报告文学

——百名老兵讲述的北大荒往事

拓荒拓荒

邱苏滨　眭建平 ——— 著

时代文艺出版社

图书在版编目（CIP）数据

拓荒，拓荒！：百名老兵讲述的北大荒往事 / 邱苏滨，眭建平著.
—长春：时代文艺出版社，2019.9（2021.5重印）

ISBN 978-7-5387-6151-1

Ⅰ.①拓… Ⅱ.①邱…②眭… Ⅲ.①报告文学－中国－当代 Ⅳ.①I25

中国版本图书馆CIP数据核字（2019）第184018号

出 品 人　陈　琛
责任编辑　王　峰
封面题字　景喜猷
装帧设计　李　斌
排版制作　隋淑凤

本书著作权、版式和装帧设计受国际版权公约和中华人民共和国著作权法保护
本书所有文字、图片和示意图等专有使用权为时代文艺出版社所有
未事先获得时代文艺出版社许可
本书的任何部分不得以图表、电子、影印、缩拍、录音和其他任何手段
进行复制和转载，违者必究

拓荒，拓荒！
——百名老兵讲述的北大荒往事

邱苏滨　眭建平　著

出版发行 / 时代文艺出版社
地址 / 长春市福祉大路5788号　龙腾国际大厦A座15层　邮编 / 130118
总编办 / 0431-81629751　发行部 / 0431-81629755
官方微博 / weibo.com / tlapress　天猫旗舰店 / sdwycbsgf.tmall.com
印刷 / 保定市铭泰达印刷有限公司
开本 / 660mm×940mm　1 / 16　字数 / 232千字　印张 / 21.5
版次 / 2019年9月第1版　印次 / 2021年5月第2次印刷　定价 / 69.00元

图书如有印装错误　请寄回印厂调换

目 录

开篇的话 / 001

楔子 / 001

    1　北大荒，一个泛地理概念 / 001

    2　北大荒之荒 / 003

    3　黑土地的诱惑 / 005

    4　北大荒之缘 / 011

序 / 001

第一章　苍凉与激情：荒原承载的人类记忆 / 001

    第一节　密山印象 / 004

    第二节　荒原传说 / 012

    第三节　一群走下战场的人 / 040

第二章　天意与意志：黑土地诠释的自然法则 / 070

　　第一节　黑土地的姿态 / 079
　　第二节　垦荒者的表情 / 095
　　第三节　荒原上的生机 / 119

第三章　抉择与命运：小人物演绎的时代运势 / 148

　　第一节　北大荒"谎言" / 153
　　第二节　每个人的历史都带着颜色 / 171

第四章　生活与故事：男人和女人创造的绝域生机 / 205

　　第一节　北大荒的爱情 / 208
　　第二节　北大荒的女人 / 223
　　第三节　北大荒的日子 / 248

第五章　俗世与幻境：荒原上构筑的精神家园 / 258

　　第一节　电影，最奢侈的文化生活 / 261
　　第二节　学校，草棚子里的教学 / 265
　　第三节　文化人，磨难中修炼出正果 / 271

第六章　归去与来兮：新时代吟唱的英雄挽歌 / 283

　　第一节　逝者与生者 / 287
　　第二节　退休和离休 / 292
　　第三节　漂泊和归宿 / 294

尾声　这里，曾经有一座大礼堂 / 299

后记 / 308

开篇的话

古时候,这一片土地被称为苦寒之地,所谓绝域。

冰天雪地、水泡沼泽、密林荒草、飞禽走兽、蚊蝇蠓蜱……所有中国文字中描述荒蛮的词语尽可以用在此地,还有那些千古流传的诗句所传达的意境,尽你想象、铺陈……

"天苍苍,野茫茫",这是最容易让人想到的也是最恰切的一种意境,空旷、高远、苍凉。尽管这首古民歌唱的是敕勒川的阴山下,阴山离着这里尚有着千里之遥,但它那时候的荒蛮却是与这绝域一般无二,足可以拿来比拟,只是,那"风吹草低见牛羊"的诗意,却只能当作是歌者的想象,因为,"风吹草低"之后,"见"的很可能是熊瞎子、野猪或者狼……

"北大荒,北大荒,又是兔子又是狼,光长野草不打粮。"这是民间歌谣对"北大荒"的真实描述。

似乎,自盘古开天地之后,这里便被刻意地保护了下来,天道轮回，自然嬗变，生灵自在……这生灵，包括尚未开化的人类，与一切生灵的相食相克，都只是自然生态的法则。

人类总是要开化的，开化的人类创造了文明。于是，文明与野蛮一同生长，人类用文明破坏自然法则，满足自身的生存欲望和膨胀的贪念；同时，用诗意歌唱野蛮，慰藉日渐贫瘠的精神。当代著名作家聂绀弩曾站在这片土地上吟唱："天苍苍，地茫茫，一片衰草和苇塘……大烟炮，谁敢当？天低昂，雪飞扬，风癫狂，无昼夜，迷八方。雉不能飞，狍不能走，熊不出洞，野无虎狼……偶为暴客捕逃薮，何作逸民生死场……天地末日情何异，冰河时代味再尝……"

从什么时候开始，人类与自然不再和谐相处，反倒成了一对搏杀的敌人？是人类索要的太多，还是自然变得吝啬？人类与自然的角力，拼的是体能，更有精神，这便有了一个悖理：天不遂人愿，人却定要胜天！

结果……

其实，没有什么结果，但在这片土地上，却生长出许多故事。

这里是世界三大黑土地之一，被称为北大荒。

楔 子

1 北大荒,一个泛地理概念

1954年前,北大荒泛指黑龙江省东北角上的"三江平原"——黑龙江、松花江、乌苏里江下游流域之间的一块未开发的土地。

据百度百科所示,北大荒,地理坐标:东经123°40′到134°40′,横跨11个经度;北纬40°10′到50°20′,纵贯10个纬度,总面积五万五千三百万平方公里。指黑龙江嫩江流域、黑龙江谷地与三江平原广大荒芜地区。北部是小兴安岭地区,西部是松嫩平原,东部是著名的三江平原。

三江之一的松花江,源头位于吉林省长白山天池。一千二百万年前的造山运动,形成了长白山,休眠的火山口蓄积成浩瀚的水面,成为中国最大的火山湖,也是世界上最深的高山湖泊,人称天池。海拔2189.1米的天池水倾泻而下,奔腾千里,浩浩荡荡,蜿蜒流淌,汇成松花江,一路向北,纳川吸流,与黑龙江、嫩江协力，冲刷出了富饶广袤的东北大平原。

我国最早的一部地理学著作《山海经·大荒北经》载："大荒之中，有山曰不咸山，有肃慎氏之国。"今人考证，不咸山即长白山，不咸山北即有老爷岭和完达山。肃慎，满族的古称。肃慎部族当时的活动地域就在牡丹江流域至黑龙江下游。由此可知，长白山之北的大片土地，曾经是满族先民生活的区域，便是古人眼中的"大荒"。沧海桑田之间，"大荒"所指渐渐明晰，清代档案官文中，已有"东荒""西荒""北荒"之语，泛指今黑龙江省西北部的广大地区。据有关资料，1947年岁末，中共黑龙江省委机关报《新黑龙江报》刊出的《农民识字课本》开篇即是："北大荒，庄稼强。雇农贫农，饿得慌。"这是第一次公开在媒体上使用"北大荒"之称，所指已是当时的黑龙江省所辖区域。1958年，时任国家农垦部部长的王震在密山车站欢迎到密（山）虎（林）饶（河）地区开垦荒原的人民解放军转业官兵的致辞中，将"北大荒"这一称谓用到黑龙江省东部的密山、虎林及合江地区。1958年5月7日，转业少尉军官徐先国在《人民日报》发表诗作《永不放下枪》："一颗红心交给党，英雄解甲重上战场。不是当年整装上舰艇，也不是当年横戈渡长江。儿女离队要北上，响应号令远征北大荒。"值此，"北大荒"之谓借助国家权威的媒体传遍全国。

斗转星移间，如今，"北大荒"泛指黑龙江农垦总局所辖所有区域。

2 北大荒之荒

"北大荒"并非亘古荒凉。

考古发现,早在新石器时期(距今五六千年),这里就有人类居住,拓荒者们无意中垦出的石斧、石刀、骨针、陶器等文物,可以为证;先秦时期的《山海经》已记载这里有"肃慎之国"。彪悍的满族先民,曾经纵情驰骋在这片辽阔的土地上,以游牧为生,他们逐水而居;善骑射,他们与飞禽走兽为邻。白日的蓝天祥云、牧草湖泽,夜晚的弯月篝火、人语兽歌,会是一幅多么和谐的家园景象。

大自然母亲是慷慨的,她敞开了怀抱,喂养着生息在这片土地的各民族儿女,无论肃慎,还是挹娄、扶余、契丹抑或后来崛起的女真人,自然母亲对热爱并感恩于她的儿女总是一视同仁,不偏不向。

试想,若是人类能随遇而安,若是先民们但求温饱不谙世事,这一幅大自然的美好图景,便可亘古不变,直至永恒。

这显然是一种妄想。当人类可以直立行走之际,就意味着已经脱离了四肢着地的低等动物科目,进而大脑开始发达,开始有了思想,有了语言,相伴而生而长的,便是不可遏止的欲望和实现这欲念的能力。人的视界不再只看到面前的尺寸,不再只看到面前的尺寸,而是更广大的空间,目力所及的辽阔,加之想象的浩远。于是,自家园子显得逼仄了些,人家的房前屋后好像更丰美，于是，争斗、杀伐、征服，用蛮力也用智慧，你来我往间，或臣服，或族灭，或立国。数千年间，昌盛了二百年的渤海国被契丹焚毁；崛起的女真人又灭掉了辽国和北宋，建立大金朝；成吉思汗携着射雕弯弓，纵马踏破欧亚界别；努尔哈赤十三副铠甲起兵，横扫白山黑水，积累了创业的资本，他优秀的孙子凭借着关东雄风，一路杀进中原，坐上了北京的金銮殿，建立了大一统的大清王朝。

满族人坐了江山，生息在这片土地上的子孙自是欢欣鼓舞，收拾起锅碗瓢盆、携妻带子"从龙入关"，关东广袤的黑土地变得更加沉寂而寥廓。当然，清王朝并没有放弃这块风水宝地，颁布了封禁之策，建起了边墙，严禁关内汉民流入，以保龙脉千年不衰。曾想，这种封禁保护，除了对龙兴之地的尊崇和膜拜，也许还藏着小小的心机，作为少数民族入主中原，统治起有着几千年文明的大汉民族，终是有一些心虚，少了些底气，不得不时刻防备着有朝一日被掀下龙椅、撵出京城，那时候，关外的苦寒之所或是他们唯一的退路，丰饶的黑土地也是他们最安全的家园。

然而，随着清王朝统治地位的稳定，二百多年间，满族人除了保留着旗籍，享受旗人的优渥待遇，其习俗、其理念、其语言和文字，已在不知不觉间与汉民族融合，族别关系变得模糊。

渐渐地，他们差不多忘记了那一大片曾经供养他们的黑土地。偶尔，会想起那里的苦寒，便将获罪之人流放过去，以示惩罚；偶尔，会想起老家的味道，下旨进贡各类山珍野味，以饱口福。除此，他们已不再理会那片黑土地上的一草一木，任凭它荒芜起来，野蛮生长……

3　黑土地的诱惑

那是五百万公顷的黑土地啊！

"攥把黑土直冒油，插根筷子都能发芽"的黑土地，有机质含量平均在百分之三至百分之五之间，有的地区高达百分之十以上。其肥沃、其富饶，对于人类来说，实在是一种无法抗拒的诱惑。

满族人的入关，以及封禁政策造成的直接后果，就是边境的空虚，邻界的沙俄便乘机越境，烧杀抢掠，原住民或被杀，或亡命，侥幸存活下来的，已是少之又少。清初，为边境防务、解决军粮供应问题，顺治元年（1644年）至康熙六年（1667年），曾经实行移民奖励政策，招募移民，推动屯垦。但清王朝害怕汉族人大量移往东北和黑龙江，从康熙八年（1669年）到咸丰七年（1857年）长达一百八十八年的漫长时间里，实行了封禁移民政策，千里"北大荒"，竟至荒无人烟。

日月旋转，四季轮回，苦寒绝域之地，自在自得。开心时，肆无忌惮炫富，袒胸露臂张扬；暴躁时刮起大烟炮儿，挟风带雪、摧枯拉朽；寂寞时林涛呼啸引狼虫虎豹，电闪雷鸣戏禽鸟鱼蚌……孩儿似的天真，处女般的内敛，英雄样的壮举，是大自然本来的样貌，与人类无干。

但人类的好奇心是无法遏止的，人类的征服欲是与生俱来的。何况，有时，当人类自身的生存受到威胁时，向自然索取，似乎是天经地义的选择。无论是自发的行动，还是集体认同，抑或是国家行为，都是人类与自然的一次次搏杀，其惨烈和壮烈，无关乎输赢。

三次大规模的移民，性质各异，北大荒都是目的地之一。

清王朝立国北京，将自己的子弟族人都带进了京城，并给予优渥的国民待遇，即所谓"恩养"，生来即享俸禄。这些旗人不事农工，不谙商贾，唯一的职业就是披甲从军，人称八旗子弟。随着政权的稳固，战事锐减，人丁日繁，京城靠钱粮生活的八旗子弟越来越多。他们平日里好逸恶劳，游手好闲，提笼驾鸟，吃喝嫖赌，无事生非；更有甚者，肆意挥霍，不善持家，寅吃卯粮，典房卖地，贫困潦倒。这些昔日开国功臣的后人没有了祖辈驰骋疆场的雄姿，而是武功废弛、精神萎靡，已然变成社会公害。同时，养活这些闲散旗人的财政支出，也让大清国力不能支。这种"恩养制度"酿成的社会痼疾，威胁着清政府的统治基础，亟待解决。朝野内外，有识之士纷纷上书，献计献策，让这些旗人归田务农、自食其力。乾隆九年（1744年）准奏，移京城闲散旗人一千户到东北屯田垦荒，并开始实施京旗移驻计划。先期便投入大量人力物力，仅置办住房、牲畜、铁器等，就耗银"十一万四千八百二十九两"，还动用国家权力开垦荒地供这些旗人耕种。然而，这些习惯于坐享其成的闲散旗人已吃不了辛苦，耐不了极地的寒冷，纷纷弃耕，逃回京城。乾隆虽有谕旨，逃回京城者一经拿获，正法示众，却仍然阻止不了这种逃离。已开垦的土地再次废弛荒芜。

嘉庆十九年（1814年），富俊重任吉林将军。这位四任吉林将军的清朝大员的到任，彻底改写了中国东北屯田垦荒的历史。吉林将军，全称为"镇守吉林乌拉等处将军"，简称"吉林将军"。吉林将军之下分设吉林、宁古塔（今宁安）、三姓（今依兰）、伯都讷（今松原）、阿勒楚喀（今阿城）五个副都统和珲春专城驻防（乾隆二十二年，1757年）。所辖范围，今吉林省中东部、黑龙江省东部和俄罗斯滨海边疆区全部、哈巴罗夫斯克边疆区东南部。这一广大区域，人烟萧疏，绝大部分是未开垦之地。富俊拟定《拉林试垦章程》十条，"设定于吉林等处闲散旗人中选屯丁千人，每丁给银二十五两、籽种谷二石，拨给荒地三十顷。其中开垦二十顷，留荒十顷。三年后交粮贮仓。十年后移驻京师旗丁，分其熟地十五顷，荒地五顷。余下五顷熟地五顷荒地给原开垦旗丁，作为恒产，免交粮税……"（据高振环《船厂记忆》）这样翔实的垦荒规划，必是在周密的考察下形成的，可行而且周到，嘉庆皇帝自然准奏。

自此，大规模的移民屯田计划重新开始实施。这应是东北历史上最早有组织的大规模屯田，其产生的后续影响亦是巨大的，它直接改变了许多靠"铁杆庄稼"生活的旗人的观念。作家高振环据史料考证，"最为隆盛的两次欢送是在道光初年，一次有京旗五十三户自愿移驻拉林屯垦，又一次是热河地方有一百户旗民自愿报名去拉林。朝廷额外发给衣装，又发奖励银两，恩赏乘坐驿车，鼓乐声里，由乾清门侍卫护送从京师启程出关，龙旗随风飘扬，车队浩浩荡荡……"

自嘉庆、道光直至光绪年间，清廷从京城移驻闲散旗人三千七百余户，计一万五千多人口，移至今黑龙江省的阿城、双城、呼兰等地，相继开发土地二百多万亩；并随着生活的改变和发展，逐渐繁衍出一座座人烟稠密、商贾云集的城镇。比如双城，原名拉林，因为清代移驻的京旗分为左右两翼，便有了"双城"之名。

而远距这里近六百公里的今日所谓北大荒区域，仍然人迹罕至。

第二次移民潮，事涉山西、山东、河南、河北等地，那片被称为中原腹地、中华文化摇篮的土地，因为战乱而动荡，因为天灾而贫瘠，因为官患而民不聊生。面临绝境的饥民不肯坐以待毙，被迫背井离乡，奔向关外，即所谓"闯关东"。

一个"闯"字，道出了多少无奈。巍然高耸的山海关，倚山襟海，曾是明朝抵御外族入侵、拱卫京都的关隘，到了清朝，便成了封禁的门锁，阻挡着难民的脚步。尽管有朝廷严法，却断绝不了人们求生的欲望；尽管生死未卜前路渺茫，闯关东的人们仍然前仆后继，或渡海或越长城，以种种方式"绕"过关隘，侥幸闯过生死关，去寻觅那一线生机。而当清王朝垮台、山海关不再是门禁的时候，"闯关东"的难民便以不可遏止的大潮涌进了辽、吉、黑的大片沃野。

这一场移民，汹涌如潮，无序而漫长，却目标清晰。扶老携幼、手提肩挑的难民蜂拥闯过山海关，站在封禁已久还在沉睡着的黑土地上，看着郁郁葱葱的原始森林、草木葳蕤的山峦，或湍急奔涌或清澈见底的江河，还有那任性而为的飞禽走兽，顿时给人绝路逢生之感，来时那一路的风餐露宿、饥饿病痛、鬻儿卖女、生死离别的痛苦，便瞬间被这巨大的喜悦冲淡了。人活着，就是希望，这黑土地好养活人。

据相关资料，从1921年至1930年的十年间，共有近六百一十八万余人到东北谋生。而此前"闯关东"的难民还不在统计数内。这些移民闯过关，便四散开来，或投亲靠友，或择地而栖，聚落成群，渐渐繁衍出一个个村屯。今天与辽、吉、黑三省的当地人交谈，唠起祖辈，大部分都是"闯关东"人的后代。

这些无序的移民，随意停下了脚步，开荒种地，黑土地再一次展现了它的无私和胸怀。关东大地实在是过于辽阔，这些但求生存的移民所需不多，原始的刀耕火种，足以养家糊口，他们垦荒的力度和幅度，让数百里荒原变成了良田，尚不足以完全改变北大荒的面貌，更北的地方，人迹未到之处，仍然一片蛮荒。

第三次大规模移民，便是日本人推动的所谓"开拓团"。这是一个国家对另一个国家的侵略行为，是武装占领，或称掠夺。

1931年"九一八"事变，东北三省沦陷于日本侵略者的铁蹄之下。侵略者为加速对中国占领区的殖民统治，强化中苏边境防护，炮制了一个二十年内移民百万户、五百万人口的庞大计划。1936年5月，日本关东军制定了所谓的"满洲农业移民百万户移住计划"。大批日本农业贫民源源不断地涌入中国东北。到1945年，日本组织了共计十四批次、总数为七万户、二十万人的移民团进入东北，用强行驱逐、武力掠夺、地籍整理等形式，侵占黑龙江境内大量耕地，不分公有地、官地、私地，均遭强行剥夺。

据日方披露的资料承认，这样被占领的土地就达二千万亩。（张子宇《开拓团往事：罪与罚》）但这仍然满足不了其占领中国、掠夺资源、殖民统治的野心，因为有武力护佑，他们变得胆大包天，继续向北大荒腹地——虎林、密山地区进发。

日本人首先着手修建铁路。在修筑林密线（林口至密山）的同时，加紧修筑密虎线（密山至虎头）铁路，1935年2月开工，1937年12月1日，交付使用；1937年，林虎线（林口至虎头）全线通车，全程三百三十五点七公里。

1939年6月1日，日本侵略者将三江省的饶河、宝清二县与牡丹江省的密山、虎林二县划出设置东安省，省会设在东安街，即今密山市，并设立了开拓厅和开拓科，下辖密山、虎林、林口、宝清、饶河、勃利、鸡宁七个县。据史料记载，1935年9月23日，日本移民团先遣队三十四人开进密山；1936年2月29日日本拓务省北满团一百七十五人抵达密山；7月，武装移民正式定名为"集团移民"，共一千零九十三人侵入密山，分别移置密山南、北五道岗，东、西二道岗、五道岗。据《满洲开拓年鉴》统计：1941年密山境内共驻扎日本开拓团一千六百零七户五千八百八十五人。到1945年，日本移民有三十万人在虎林、密山地区。

日本开拓团在虎林、密山的活动，无疑是鸠占鹊巢，强盗式的抢占，终遭天谴。中国人民顽强的抵抗和反击，迫使日本侵略者宣布战败投降，并仓皇撤离强占的中国土地，被日本军国主义煽动蛊惑诱骗或者裹胁来到中国东北的所谓开拓团民，亦沦为侵略战争的牺牲品。1945年8月11日凌晨,关东军用两颗地雷将停靠在密山火车站的两节装满日本开拓团民的车厢炸翻,死伤妇女、儿童、开拓团民六百九十人。与此同时,日军也将密山大桥(知一大桥)炸断,同时,疯狂破坏机器设备及已有水利工程。

日本人的撤离和破坏,人为造成了大片土地开始荒芜。

1945年8月12日,苏联红军进入东安,密山光复。9月,苏军将东安省以西和东安至虎头段铁路设施全部拆除运往苏联。从此东安的铁路瘫痪。

密山,中国最北端的铁路终点。再往北,仍然是荒无人烟的沼泽地。那里,草木茂盛、水源丰沛、物产丰饶……

4 北大荒之缘

天缘、地缘和人缘。这是中国人的讲究。

时间或者说时代,对于沉寂的黑土地来说,都是毫无意义的,北大荒依旧荒凉。它是自然的存在,沼泽、蒿草、密林,是天生的模样;飞禽走兽是它豢养的精灵,风霜雪雨都是本能的情绪,它只对地球或宇宙履职,无关乎人类。

但人类真的需要它。

二十世纪五十年代初,中华人民共和国刚刚诞生,战乱平息,人民得以休养生息,百废待兴,百业待举。"以食为天"的民族,迫切需要一个稳定而巩固的粮仓,以保证五亿八千万人民的基本生活需求。

同时，国内战事平息，抗美援朝部队胜利归国，大批走下战场的军人即将复员转业，如何安置这一批人员，亦是需要面对的问题。

此时，祖国的最北方，那一片沃野，自然而然地进入决策者们的视野。

事情终归还是要有一个起因。这起因看似偶然，其实却是必然。

王震之于北大荒，或许就是一种天意。

这位出身于农民家庭的共和国将军，对土地和粮食应该有着天生的钟情和敏感。将军身经百战，指挥和参与的战斗无计其数，最让国人耳熟能详的，却是他在延安时期，为解决根据地因遭国民党军队围剿而日益严重的物质生活困难，率领共产党领导下的八路军三五九旅在南泥湾开展的大生产运动，树起了"自己动手、丰衣足食"的大旗。由此，他被选为陕甘宁边区劳动英雄，而他麾下的三五九旅被中共中央西北局誉为"发展经济的前锋"。开荒种地打粮，是一支军队的别样战斗，一首流传至今的陕北民歌《南泥湾》，让王震和三五九旅闻名遐迩。

这样的一位将军，当他脚踏黑土地、攥起一把能掐出油的黑土的时候，必然心潮澎湃，不可能不展望良田万顷粮米飘香的美景。这是一位农民出身的军人的本能反应，但此时，他的眼界和胸怀，已远远超越了一时一地。1954年3月，作为新生的共和国铁道兵司令员，当他亲临现场、视察铁道兵抢修黑龙江省汤旺河森林铁路现场时，背倚莽莽森林、眺望着一望无际的荒原，他的胸中便已有了一幅清晰的蓝图——这里，将是新中国的大粮仓。

此时，这里已经有了一批荣军农场，是在战争中负伤或年老体弱的军人集体转业复员创建的，时间是1949年至1950年，可以说，他们是最早进入并开发北大荒的大军；这里还有密山农场，1951年3月由沈阳市劳改大队组建，主要接收劳改犯人，1954年划归黑龙江省公安厅管辖（1957年5月划归铁道兵农垦局，后改为八五七农场，大批复转军人到来以前劳改犯人已经迁走）；1954年，从山东省广饶开来的人民解放军农建二师八千名官兵组建了二九〇、二九一、铁力等农场。

但幅员广阔的北大荒，仍然有那样多待开垦的处女地，国家的发展建设、人民生活的改善，仍然需要创建更多的农场，同时，大批复转官兵也需要安置。北大荒，无疑是最佳选择。

仅仅一年之后，1955年1月，第一个以铁道兵部队番号命名的农场——八五〇农场在虎林西岗建成。随后的两年时间里，先后有两万名铁道兵复转官兵开进了北大荒腹地，继八五〇后，八五二、八五三、八五四、八五八、八五九……一批以铁道兵原部队番号命名的农场雨后春笋般出现在北大荒的土地上。

1958年，国民经济建设第二个五年计划起步。1月24日，中央军委发出《动员十万转业官兵参加生产建设》的指示。2月24日，解放军总政治部干部部发出《对退出现役干部转到国营农场参加生产建设有关具体事项的通知》。3月，时任国家农垦部部长王震提出"关于发展军垦农场的意见"，3月20日，在成都，国家主席毛泽东主持召开中共中央政治局会议，讨论并通过了该意见。

意见以《中央关于发展军垦农场的意见》形式下发，指出："军垦既可解决军队复员就业问题，又可促进农业的发展，在有些地区还可以增强国防和巩固社会治安。因此，在有大量可垦荒地、当地缺乏劳动力、又有复员部队可调的条件下，应该实行军垦。"

由此，北大荒成为万众瞩目的地方。千千万万的人民解放军各军兵种的复转官兵，包括机关部队、野战军、军事院校、后勤部队及部队医院等转业官兵，从全国各地（除西藏、新疆外）来到北大荒。据有关资料记载：1958年3月至5月复员转业到北大荒的部队官兵共有八万一千多人，其中排以上军官六万多人，包括七个建制预备师、四个预备医院和两个兽医院。预一师和预七师是两个建制师来的，连武器都带来了。加上部队非军籍人员和复转官兵的家属等，号称"十万大军"。

沉寂的黑土地不再沉寂。

从此，在这里，大自然与人类，便是相生相克的两端，人类在挑战自然法则的同时，更表现出了顽强的主宰意识，"人定胜天"的豪言鼓动起人类的虚荣心，也刺激了大自然的自尊，于是，包容、和谐、敌对、仇视、争斗、搏杀，在这一片荒原上轮番上演。

注定了，这是一场无比壮阔的史诗大剧。

而这剧中的人物，便在时代设定的大背景下，以形形色色的形象，上演着一出出或荡气回肠或宛转低回或悲或喜的人生大戏。

每一个个体的生命历程，汇聚成川，或惊涛骇浪，或迂回曲折，或湍急，或徐缓，只是执意向前，却也是人类的命数。

序

行走在北大荒的土地上，是去追溯一段历史。历史其实并不久远，不过才六十多年。当时的当事人还在，当时的见证人还在，他们还生活在这片土地上，还在演绎着这片土地上独有的故事，那便不是历史，而是生活。

四月的北大荒仍然寒冷，一望无际的田野还被冰封着。黑的土地和白的冰雪并处，渗透、融合；去年秋天残留的玉米茬子大豆秸秆悄然降解；规划有序的防风林舞动起缀着几片残叶的枝条，与田边沟渠里枯黄的柳毛子一起招摇着；积蓄了一个冬天的能量，悄然酝酿着生机……一切，都在等待着春天如期而至。

很期待路边能突然窜出一只黑瞎子或者狼或者狍子之类的野物，也知道，多少年前的北大荒司空见惯的情景，如今已成奢望，最多，会在路边徘徊着一两只觅食的山鸡，还分不清是野生的还是家养的。

人类已经跻身为这片土地的主人。

赶在乍暖还寒的时候来到北大荒，是做了盘算的。那些复转官兵进入荒原时正是这个季节，当年的荒凉当年的苦寒早已不再，曾经的草甸子沼泽地莽莽森林已变成万顷良田，那一簇簇群居的楼房或平房，昭示着一种征服和坦然。这里，已然没有了旧时模样，在没有见到那些老兵的时候，在没有听到他们讲述的时候，相似的季节具有唯一的带入感，能让人身临其境。而即将到来的春播，现代化的大机械耕作在万顷田野的景象，同样有着超强的诱惑和震撼，进而遥想岁月的深处，让人恍兮惚兮。

现在的行走，是为了进入历史的深处。其实，泛泛了解那段历史，完全不用这样大费周折，各种史料资料，官方的私人的，专业的业余的，公开出版的网上传播的，太多太多的研究和记述已经告诉世人很多，但是总让人有疏离之感。是那种历史的僵硬和单调，或许只是因为不能感同身受，便有一种不满足感；或许，更想走进的是创造历史的人，是人心，是人心最隐秘最柔软之处，希望能让这历史有些温度。可屈指算来，那些当年的老兵，大都已经离世，尚还健在的，也已过了耄耋之年。风烛残年的生命里，垦荒，是他们刻骨铭心的记忆，他们个体的经历创造了历史，但在文献记录中，却都是历史舞台上的背景人物，只是陪衬，连配角都不是；他们鲜有机会发出自己的声音，讲述自己的喜怒哀乐，偶尔被关注，最多也是为那些叱咤风云的主角做个补充，为历史资料做个注脚。更多的时候，他们只能互相回忆过去，为记忆的错乱争辩几句；或者对着儿孙絮叨一段故事，却被怀疑是否真有其事；再或者，只是自言自语，将牛年的事按在马月身上……他们个体的生命，被历史忽略了，但他们个体的经历，恰恰却是活着的历史，是没有被篡改修饰或者讹传的历史，可感可亲可信。

于是，我们来了，驱车八百公里，抢速度，更是抢时间。我们家老眭——眭建平说，再不抓紧，老兵们都走了，那段历史就被带走了！这位老铁道兵的后代，尚在襁褓中就来到了北大荒，自称是开发北大荒年龄最小的战士，说时都是满脸的自豪。当兵离开北大荒四十余年，仍是念念不忘，终于得着机会，自费买了设备，摄影、摄像、录音几乎都是全套的，刻不容缓就来了，一路上都能感觉到他的兴奋和心急。

但愿我们来得还不算太晚。

采访札记：
采访点落在了八五二农场。

八五二农场，地处完达山脉北麓，挠力河中游，位于宝清县境东部，距县城五十八公里。始建于1956年，以解放军铁道兵部队八五〇二师代号命名。现隶属红兴隆管理局，黑龙江垦区第二大农场，是一个以农业生产为主、各业综合协调发展的大型国有现代化企业，有八个管理区。现有地域面积一千三百六十三平方公里，耕地一百二十万亩，林地四十三万亩，水域十一万亩，人口五万。

农场场部所在的南横林子镇，俨然是一个繁华的城市，纵横有序的街道整洁、平整，主干道大街宽敞、笔直，装饰着时尚的街灯，堪比一座中型城市的主干道；几幢并排的办公楼，高耸、壮阔，毫不逊色于一个省部级大机关的规模；一个个高层住宅小区，让这里的人民享受着现代生活；宾馆、酒店、超市、咖啡厅、美容会所、台球室、广场……所有现代城市的元素，应有尽有。殊不知，仅仅六十年前，这里还都是一片荒凉之地。如今，却寻不到曾经的模样了，只有那一条条街路上悬挂着的路牌，还会让你想起过往的历史——军垦大道、将军路、铁兵路、复转路、支边路、知青路；白桦林大街、完北街、新华街、黎明街、索伦街、北仓街、沃野街……

哪儿去了，那个由铁道兵原八五〇三师代师长黄振荣插根树

八五二农场场部的白桦林大街

华灯初上的军垦大道

干便确认是农场场部的地方?

哪儿去了,那些让垦荒者栖身却不能遮风避雨的马架子?

哪儿去了,那座用建北京人民大会堂剩余木材建成的酷似人民大会堂的老俱乐部?

……

走在街上,满眼风光,却掩饰不住满心的失落。这是老眭自小生活的地方。父母去世多年,但这里仍然有相熟的父辈,还有邻居、同学,他不时被人认出聊上几句,他也常常看着某个人眼熟。这里不是他的出生之地,但已然是他最钟情的故乡,那些浸入骨血里的记忆,成为他成长的给养,亦沉淀为生命的基因,他总是毫不犹豫地自认是北大荒人。如今,重新站在这片土地上,他却有些恍惚——那些戴着口罩散步的人,是防风还是防雾霾?那个背着名牌包的时尚女子是谁家的女儿?那一群跳广场舞健身的人不再需要像父辈那样整日在大田里劳作了?

其实,谁都明白,老眭要寻找的北大荒不在这里。

第二天,我们见到了八五二农场老干部科科长范军。

范科长拿出一份名单,是他管理范围内所有健在的离退休复转官兵,有二百多人。这让我们惊喜,能一次采访到这样多的老兵,该是多好的机遇,会有多么大的收获?范科长拿起笔,边说边做着标记,告诉我们,哪位老兵随子女迁往了外地,哪位老兵已经卧床不起,哪位老兵两耳失聪思维不清……随着范科长的说明,一份名单上有可能接受采访的只剩下了一百多人,惋惜

跳广场舞的农场人

农场别墅区

之际未免唏嘘。范科长年纪刚过五旬，说话不紧不慢，许是常年与老干部们打交道，总是一脸和气，说话带笑，看不出脾气来。他说他现在的主要工作，就是为老干部们签报医疗费用、年节走访慰问，看望住院病人、发送逝者。说话间，知道他也当过兵，转业回到农场，他的父亲就是一位开发北大荒的老兵。我们高兴了，这正是我们要采访的对象。可惜他说，父亲已重病卧床不能言语，对他特别依赖，每天必须看到他靠他照顾。范科长的语气里，透出了些许惆怅。难怪刚一见面，就觉得他一脸的疲惫。

范科长说，再晚几年，怕是连这些人都找不到了。

万幸，万幸。

这些老兵正是我们寻找的北大荒人。

一百多位老兵，有一少部分随子女住在总场，其余都分散在八五二农场的各个分场和生产队。考虑时间的关系，我们决定，先采访能在总场找到的老兵，然后再跑下边的各个分场。老干部科设有老干部活动室，活动室外面就是文化广场，也是总场居民的活动场地。白天，身体尚健的老兵，有的会到活动室打桌球、打牌或者聊天，有的会在广场上打门球、散步、晒太阳，显然这里是绝佳的集中采访点。范科长特意为我们辟出一间办公室，让我们架设摄像设备，布置背景幕布，免去了搬运移动设备之累；我们随时可以找到或者约请来采访对象，有住处稍远些的，便用车接送。有行动不便或愿意在家里接受采访的，还有住在下边各分场的老兵，我们就驱车前往，扛着设备进院上楼。我们只有一个目的，尽可能多地采访到健在的老兵，让那一段渐行渐远的历史详细、鲜活地呈现在现代人的眼前。

第一章

苍凉与激情

荒原承载的人类记忆

采访札记：

几乎每一个被采访的老兵嘴里，都说到一个名字：黄振荣。

这位原铁道兵八五〇三师代师长、八五二农场的创建者、北大荒开发的卓越功勋，在二十世纪六十年代"文化大革命"时期去世。人们在擦洗他的遗体为他更衣时才发现，他的九个脚趾甲没有了，那是他踏查荒原时被冻掉的。可以想见当时天气的恶劣，装备的简陋，还有忘我的牺牲精神。英雄已经长眠于北大荒这片黑土地，我们无缘亲聆他的讲述，但在老兵们的回忆中，他却是鲜活的。在他的儿子黄黎先生的回忆文章中，我们也能清晰地看到一位拓荒者的身影——

"1956年3月13日，迎着漫天大雪，爸爸带着三名干部，带着干粮、枪弹和地图，在宝清一位老猎手的前导下，按照王震司令员的主攻指令，走向完达山北麓，敲开了完达山北麓南北千里范围内

黄振荣

黄振荣初探荒原，并为八五二农场选址

的荒原大门，留下了开拓者的第一行足迹。在白雪皑皑的亘古荒原上，多次击退野狼的袭击，餐宿雪原，在军用地图上标满了一百七十六个垦荒点，标明了以后要建的铁道兵八五〇二部农场各团部（分场）、连队的位置（含现在八五三、五九七大部连队），历时七天后返回宝清。"

正是这次亲自踏查，摸清了完达山北麓有三百多万亩可开垦土地，黄振荣随即向在北京的王震司令员发电报告踏查情况。

此前，铁道兵八五〇二师、八五〇三师、八五〇六师、八五一〇师，刚刚从抗美援朝的战场上回国，正转战在中国云南、贵州、湖北、四川、福建等地，修建黎湛铁路、鹰厦铁路、鹰潭铁路等。期间，面临复员转业的官兵组建起复转大队，一边学习动员，一边等候出发的命令。黄振荣的踏查报告，无疑为总部下达命令提供了决策依据。

1956年4月上旬,铁道兵复转大队先头部队两千多人开进了完达山北麓。可是,因为冰雪初融,本来就没有的路,更是被冰和雪水封住了道眼,先头部队寸步难行,被困荒原。

随即,王震司令员从北京来电:

虎林八五〇党委并转宝清指挥部:
　　你们深入山北地区,行动迅速,意志坚强,很好,目前转建部队正在整装待命,大量机械已经集中完毕,即将向你们垦区进发,望务于5月10日打通虎林宝清直达公路,以便迎接部队到来,祝你们胜利。
　　　　　　　　铁道兵司令员兼政治委员王震

这就是战时的一道军令!垦荒的大军正集结待命,只等先头部队清除拦路的"敌军",然后乘势进军!

军令如山。先头部队的十几个连队、两千多名官兵,迅即在一百二十公里的战线上伐树、烧树根,在沟壑溪流中打下了四十八座桥桩。

1956年5月10日,虎宝线全线通车。

1956年6月1日,黄振荣陪同从北京赶来的王震参加了在老三号(原日本大东开拓团所在地,后为种畜站,人称老场部)举行的开荒典礼。王震宣布铁道兵八五〇二部农场成立,并坐上了第一台拖拉机,指挥着拖拉机手谭光友,开出了铁道兵部队开垦北大荒的第一犁。

完达山北麓第一犁石刻

　　1956年10月，铁道兵农垦局统一单位名称时，将八五〇二农场定名为八五二农场，场长为李桂莲，黄振荣为副场长，不久，李桂莲调往新疆，黄振荣被任命为八五二农场场长。仅1956年，黄振荣就率领七千多官兵，开荒达二十多万亩，还扩建了三分场（后扩建为八五三农场）。到1957年时，开垦耕地面积五十一万亩，又扩建了八五五农场。

　　1958年，人民解放军"十万复转官兵"从全国各地陆续进入北大荒。

第一节　密山印象

采访札记：

　　密山，中国东北东南角的一个小县城。境内有蜂蜜山，海拔五百七十四米，相传很久很久以前，此山林木茂密，百花争艳，野蜂成群，蜂蜜顺着岩石流淌成溪，故称蜂蜜山。光绪二十五年，设蜂蜜山招垦局，统管密山、虎林、饶河一带垦荒事宜。光绪三十四年正月初十（1908年），东三省总督徐世昌奏请设立密山府，隶属吉林行省东北路道，呈文上都写的是"蜜山"，但批文、印信均将"蜜"字改成了"密"字。民国时期，1913年3月2日，将密山府改为密山县。二十世纪三十年代，密山县被日本关东军第十师团占领，1945年苏联红军接管密山，1946年解放军三五九旅一部分进入密山，成立人民政权。

一个小小的、人口只有千余户的县城，只因为占着地利，更因为周边有着辽阔的荒原，黑土地肥沃的土质，丰沛的水资源，还有茂密的原始森林、秘不示人的丰富矿藏，必然引起世人的关注，而让这个小县城一夜之间名闻遐迩的，则是新中国这一场轰轰烈烈的壮举——军垦。

这里，是垦荒官兵们进入北大荒的第一站。

几乎所有采访到的老兵，都说到了一个字：冷。这是北大荒留给他们最初始也是最深刻的记忆。

正是初春时节，冰雪尚未消融，高过屋顶的积雪、泥泞的街路，周边萧条的树林、灰蒙蒙的远山，让垦荒官兵们对北大荒做出最初的判断：荒凉。

密山县有个北大营，砖瓦房，铁皮瓦，曾是日本关东军修筑的驻军地，最多时这里驻扎过几万日军，存放几百架飞机。日本投降后，老百姓把铁皮瓦都拿走了，房子只有墙没有了顶。1954

年6月，中国人民解放军农建二师来到密山，把这里作为驻地，指派了一个营的兵力到爱林割草，一共割了三个月的草，修缮了北大营。农建二师迁走后，将北大营移交给铁道兵农垦总局。

距密山一百一十二公里的宝清县，设有"中国人民解放军八五〇部农场宝清开荒指挥部"（后改为八五二农场转运站），负责接待中转工作。所有分配到各建场开荒点的人员，都得经宝清县分散开去，而每个开荒点距离不等，最远的，有着三百多里的路程。

1956年3月始，人民解放军铁道兵复转官兵成批次地陆续来到密山。1958年，更有"十万官兵"乘着专列，一批一批地奔向这里。

这里，是中国东北铁路的终端。火车到达密山站，再无路可走。

1 到了密山，一看，这么荒凉啊！

走下火车，寒风扑面而来，针扎般刺入骨髓；放眼望去，四处积雪，雪堆得竟与屋顶齐平，房檐下垂挂着冰溜子；黑与白加上灰，成了这里的主色调；枯萎了一冬天的树，还呆呆地挺着光秃秃的枝干……那个时代，还没有或者说没有谁知道"厄尔尼诺现象"，也没有"温室效应"，没有"全球气候变暖"。一年之中，北大荒地区有半年的时候处于寒季，因而最大的特色，就是冷，冰雪、风霜，都是自然的常态。

福建来的、四川来的、贵州来的、江苏来的、浙江来的、广东来的，还有从朝鲜直接用专列运来的志愿军官兵……很多人都穿着单衣呢，御寒的衣物都打进了行李，只以为是春天了，也该春风拂面春暖花开了，谁想却还是呵气成霜滴水成冰呢？即使有那些穿了棉衣的，也不过是象征性地抵抗一下。这里的冷是那种不容置疑的霸道。那种冻透了、浸入骨髓的冷，令人难以承受。对于这些南方来的复转官兵来说，不啻一种下马威，那真是一种意志的考验。

车立志：我们从福建坐火车，经过哈尔滨到了密山。四月份的厦门和四月份的密山真是天壤之别，从春暖花开到冻天雪地，真是不一样。到了密山，一看，这么荒凉啊！

龙汉斌：我们是1958年3月22日来的。来之前，济南的天气已经很暖和了，我们的冬装都打在行李里了。火车一过山海关就走不了，雪好大呀，从山海关到哈尔滨，火车跑了四五天。我们都穿着单军装，哈尔滨零下二十多度……结果冻感冒了。

程遐：四月份还下雪，加上积雪，路两旁都是雪墙，我们坐在车上，看不到外面的景色，也不知道车开到什么地方去了。

一个不足千户的小县城，突然之间涌入了几万人，完全超出了它的承载能力，其市面的纷乱、其物资供应的匮乏、其生活环境的艰窘可想而知。

　　此时，北大营被铁道兵农垦局作为临时接待基地，周围机关、学校、旅馆、俱乐部等，凡有一块空地就搭起了席棚，里面挤满了人，有十几个席棚作为临时食堂，二十四小时不间断做饭供餐，席棚外排队等待用餐的人络绎不绝。

　　街上也是车来人往，随处都是穿着军装的复转官兵，还有他们的女人和孩子，操着南腔北调；路边到处堆积着各类物资，临时搁置的行李家当；老百姓家里所有能住人的房子都住满了人，几个家庭不分男女老幼挤在一铺炕上。

　　人员突然爆满，又无法一下子分散出去，以致后来的人根本进不了县城，只好在县城西边的乡镇临时住下来……

　　四月份，北大荒还时常下雪。

　　大雪封路，没有汽车，人员就无法尽快分流，即使有汽车，也是有数的几辆，运力不足，何况冰雪路面举步维艰，根本无法快速疏散人群。

　　那维林是吉林省舒兰人。或许因为是东北人耐寒，也或许是因为复员前曾经在长春〇〇一二部队当了三年公安兵，还在军械靶场干了一年，刚到密山他就被安排到密山派出所。那一年他二十三岁。"我在火车站当纠察队员，负责维护秩序。全国来了好多人，很乱。丢东西的多，经常到派出所去找。偷东西的都是当地人，除了小偷小摸外没有其他的案子。"

　　小偷小摸尚不足虑，可等待却让人心焦难耐。何况这样多的人员，虽以复转官兵为主，但终究来北大荒时的境遇不同，身份各异，面对超乎耐力的奇寒，面对超乎想象的荒凉，面对无法预测的前景，人心会生变，难免不会生事。

> 赵定祥：……有的人就开小差了。有的人跑回家了，有的人跑回原单位了，原单位就说服动员，是党员的党内开会，是群众的群众开会；有自己返回来的，还有被抓回来的。

当然，这些人毕竟是少数。终究都是军人，虽摘下了领章帽徽，但仍然保持着军人的纪律和操行，更有一腔热血和激情。很多人不再等待，干脆扛起背包，以步行军的姿态，奔赴开荒点。

也有不肯步行的，有的还是有一定级别的，在部队时自然是有资格坐汽车的。也习惯于坐汽车了，有的甚至从这个办公区到那个办公区都得坐车；也都是经历过战争出生入死过的，过了几年和平日子后，此时的步行军似乎让他们为难，于是，去农垦总局找局长要车，没有车就不肯走。

2 走向未知的荒原腹地

1958年4月13日，在密山火车站临时搭起了台子，两边挂着王震书写的一副对联："密虎宝饶，千里沃野变良田；完达山下，英雄建国立家园。"台下聚集了上万名的复转官兵，从后面看去，是一顶顶的大盖帽在攒动，有黄色的，有白色的，有蓝色的。中国人民解放军副总参谋长、国家农垦部长、开发北大荒的总指挥王震站在台上——

"身着上将军装的王震一挥手,中国垦荒史最雄壮的一幕出现了:数以万计的转业军人背着行李,有人还领着自己的妻子和孩子,徒步走向没有路没有村落的荒原,边走边唱起一支属于自己的歌……"

这是许多公开的资料里描述的,十万官兵开发北大荒时最动人最壮烈的一幕。

但在张深远的讲述中,还有另外的细节:"……王震部长在密山车站召开万人大会,骂人,说:要什么车,都打背包走,发挥铁脚板精神,走到各个农场去。还点名问,南京军区那个中校校官、上校来没来啊?我来的时候毛主席怎么指示我,周总理怎么指示我——我听得清清楚楚——他这一骂,都老老实实的了,就王震能压住……"

聚集在密山的复转官兵们出发了。上万人分成人数不等的各路队伍,有限的汽车、马车、拖拉机载着老人、女人和孩子还有家当,复转官兵们则拉开了步行军的阵式,成建制的队伍打着红旗。积雪在路旁堆成两道雪墙,人和车行走其间,甚至看不到雪墙外的景物;再往远走,也就没有了路,尽情地向前走就是。队伍里有十四位是南京军区歌舞团转业的,有舞蹈演员、歌唱演员,还有搞乐器的。他们就仿照电影里看到的苏联集体农庄社员上工的样子,排着横队拉着手风琴和小提琴,唱着、拉着、走着……

前方,是一片荒原和沼泽……

刘孝洪：从宝清到钢铁镇（八五二农场一分场被命名为钢铁镇），根本就没有路。走到现在的六分场一队就下起雨来了，雨大得人都睁不开眼睛，泥巴没到膝盖高，背包、浑身都是泥，走到天黑才走到一分场二队。

李书亭：从密山到八五二农场走了三天，先到宝清，宝清离我们要建点的地方还有几十里路。没有路，我们自己修，两边挖沟排水，中间高一点，就是简单的路。然后到万金乡，又到了尖山子。三分场在尖山子。

张世泽：往八五三去，那雪特别大，走到猛虎桥那儿，下放军官带着家属，有个小孩子冻死了。真艰苦啊，零下四十多度，大人都受不了。

吴桂二：雪大，就住在了杨大房。你知道我们到杨大房住在哪吗？就住在老乡的马号里。原计划是到八五四去，没有车，过不去，就留在八五二农场了。

吕志宣：在密山北大营，有房子没有火炕，我们住地上，我现买了两张狍子皮，住了一个星期。我分配到八五三农场，结果雪大封路不好走，就留在八五二农场了。从宝清先到总场，总场到一分场三十华里左右，路两边猪肉粮食都有，没有人拿。

金文鼎：是沈阳后勤汽车团从密山给我们送到八五三的，带着家属，浩浩荡荡的。走到老场部，蛤蟆通那雪大，路不通，过不去。这时候黄振荣场长出来了，就留我们吃饭，麻花油条豆浆，免费供应。黄场长说八五三去不了，干脆就留在八五二吧。就这样我们到了八五二。

老兵们的讲述，带着南腔北调的口音，几十年前的经历，如今说起来，已然平和了许多。他们很少陈述当时的心理感受，或许在当时便已或冻或累或饥变得麻木，也或许时光的尘埃淹没了当年的心境。此时的感慨、叹息，或者唏嘘，都好像是在为别人，为那些正当青壮年的复转官兵。老兵们的描述没有什么章法，想到哪儿说到哪儿，他们共同描绘出的是一段杂乱、琐碎、随意和窘然的气氛，但却含着执拗的意象，那就是，走，向前，走向未知的荒原腹地。

第二节　荒原传说

采访札记：

黑土地曾经的深沉、稳重，已经因其上生长的茂密庄稼和蜚声中外的盛名变得张扬，蛮荒和苍凉成为文人骚客口中或笔下的意境，风霜雪雨扬起的岁月尘埃，遮掩了它真实的面貌，也混淆了历史的清晰度。走在八五二农场辖区，脚步或车轮撵过的土地，每一寸都曾经是过往生活的载体，也埋藏了许多的故事，更在无意中，记载了一茬儿又一茬儿的历史，用静默的姿态诠释着黑土地的深邃和意涵。

老头甸子、寡妇林、西天边、羊房子……都是地名，直白而朴实，没有被知识分子加工过的，字面上看一目了然，却能让你读出那么丰富的故事，还有韵味。我们试图寻找这些地名所指的位置，将老兵们记忆中的情景，一一得到实地的印证。可惜，眼前，只是个大致的范围，没有参照物，可谓是徒有其名。但我们知道，它们仍然是存在的，而且活着，实实在在地活在这些老兵们的讲述中，这些地方，曾经是老兵们生命中的印迹，真实而坚硬。当年的老头甸子就是一大片荒原和沼泽，里面只有一个王老头，一座草房，一条船，种点地，种点儿大烟。没有人知道王老头的来历和身世，为何一个人深居在这荒原腹地，但许多当年的复转官兵见到过这个老头，住过那座草房，还坐过那条船。"坐他的船去割檩条割草，用镰刀割，打木头杆子，回来盖窝棚。"（龙书培说）"去宝清办事，来去一百多里地没有人烟，都要经过老头甸子，路过的人只能在这儿住，因为一天走不到地儿。"（张书发说）

据说，这就是当年的老头店

听说被分派去那个西天边叫"洋房子"的地方，让二十五岁的王实荣和他的战友们很是兴奋了一阵。虽说"西天边"感觉上有着一种遥不可及的距离，但在这个荒无人烟的地方，能有一座房子在等着他们，那真是幸运，估计是日本人进去的时候盖的"洋房子"。等到他们千辛万苦地跋涉到了"西天边"，却发现，所谓的"洋房子"就是一个老头放羊住的房子。"一个小草房，他住那儿，我们住啥？到处是山沟，小树这么粗，砍巴砍巴，一支，上边盖草下面铺草，就住上了。睡到半夜，怎么这么冷啊？从缝里往外一看，外面一片白，10月2日竟然下雪了。"

寡妇林仍然还是一片树林子，一片杂木林，紧邻着一眼望不到头的大田，前面便是六分场七队（今属第八管理区），显然七队是依托着"寡妇林"发展起来的。据说，当年这里有一个寡妇，开着一家旅店，因而被人称为"寡妇林"。寡妇何以成为寡妇，又如何一个人在这荒郊野外开店，问了许多人，都是语焉不详。这便让人有着许多的猜测。寡妇的丈夫是谁？夫妇俩如何选择在这里落脚？夫妇俩一起开个小旅店，接待一下偶尔过路的旅人或猎人，寻常时候过着自给自足的日子，倒是小民的正常生活。只这寡妇一个人，在人迹罕至之处，顶起一家旅店，该是多么的不易？即便她不戒备那些旅人猎人甚至偶尔下山的胡子，难道就不怕时常出没的狼虫虎豹？月黑风高之夜罡风吹出树林的飒飒低咽，或者大烟炮儿夹杂着野狼的嚎叫，那又是何等的恐怖场景？寡妇如何生活以及如何生存下来不得而知，但寡妇林的名称却流传了下来。当年的寡妇是否遇到危难不得而知，但当年的垦荒官兵们却是实实在在地经历过那样的恐怖场景，好在，他们是一群人。

一群人以军人的姿态挺进荒原，落地生根，在改变大自然样貌的同时，顺理成章地将自己的意愿，种植在这片土地上，开花结果。曾经被日本侵略者以军用术语编码的1号、2号、3号、4号、5号……10号地界名称，被日本开拓团称为"皇部"的地名，还有一座用被饿死的日本开拓团移民名字命名的石臼桥都逐渐废弃，代之以具有鲜明时代和政治意味的名称，或首长命名，或约定俗成，却不容置疑：朝阳乡、曙光镇、钢铁镇、猛虎桥、跃进山、将军岭……

"二人班"位于八五二农场六分场北横林子边的一片高岗，关于名称的由来有两个版本，一说是有两个猎人经常住在这里，另一说是二位抗联战士化装成猎人在这一带活动，最后也牺牲在这里。抗联战士姓甚名谁为何只有两人如何牺牲，仍然无从考据。幸而，"二人班"的地名保留了下来，让人们知道这里曾经有过的血雨腥风。抗日联军征战的步伐辗转在这片荒凉的黑土地，自然环境的恶劣和日本侵略者的嚣张，都不能击垮他们捍卫国土的意志。垦荒者们在这里曾挖出过抗联使用过的枪支残骸，枪栓和枪体分离，枪体明显带有破坏的痕迹。显然，是为了不让杀人武器落入日本人的手中，抗联战士在最后的时刻毁掉的。如今这件出土的武器和其他一些老物件，收藏于建在蛤蟆通水库的一个很简陋的小展览馆里。

老地名"二人班"，承载了一段历史，也在无意中接续了一种精神。七千多名铁道兵官兵以及后续进入的各部队各军种的转业官兵,在亘古荒原上的开拓,其生活条件的困苦、生存环境的恶劣、劳动强度的超限,还有垦荒者们顽强的生命意志,正是中国军人精神品格的自然承续。逝去的岁月有诸多的不可考,但亲身的经历透过这些健在的老兵们,通过他们的口述,只言片语地连缀起来,却构成一幅清晰的初进荒原时的生存情景。

1 马架子,一种简易的草棚子,用树干搭起一个三角形的架子

最初的八五二农场场部,位于北横林子南部,是黄振荣亲自选定的。一片高岗地上,周围全是白桦林,原始、茂密,枝干挺拔着;林间铺着厚厚的落叶,已不知积累了多少年,踩上去稀松柔软。北大荒的初春,与冬季无二,仍然吹着硬硬的风,随处可见的积雪,初融的溪水还带着冰碴儿。放眼望去,目力所及一片寥廓,挥手划定一个无限大的范围作为辖域。(后为节约耕地,场部迁移至现在的南横林子镇,原场部位置被称为老场部。)

确定了场部位置,随后按着大致方位依次派出分部队,各自去选定的开荒点。

开荒点,就是各分场、连队所在位置和大概范围。在哪儿盖房子其实很随意,看好一块地势稍微高的地方,往往是带队的团(营)长插上一根树干,说:这里做场部。然后,随手一抡,划定各连大致的范围。然后,各连分散开去,奔向自己的地盘。连长也是随手一指:一排二排在这儿,三排四排那边,炊事班在那儿。依次轮到各个排,排长也是随手划定一个圈:这是一班二

班，三班四班去那边儿。苗登被指派去建六分场一队，他和战友们上山伐木。小树林有鸟窝，被小鸟吐出的鱼刺儿在地上铺了很厚一层。树有很多，看好哪棵就伐哪棵，然后往回拉，拉来建一队。去建六队时，走到半路爬犁坏了，就把木头卸了下来，就地建了个队。这就是现在的六分场四队。

所谓建队，要有住处和办公场所，就得盖房子，其实就是搭马架子。这是一种简易的草棚子，用树干搭起一个三角形的架子，三面苫上羊草，一面留做门挂上草帘子；里面离地面一尺多高，用树干搭上铺，铺上草。马架子的大小，按住人多少搭建，对面铺，一般是住一个班，也有大的，最多能住七八十人。马架子能挡风，却不遮雨。外面下大雨，里面下小雨。早上起来，就找不到自己的鞋了，铺下都是水，鞋都顺水漂走了；晚上坐在铺上就地涮涮脚，然后上"床"，连洗脚盆都省了。当时流传一首《马架之歌》："小马架，不寻常／不用楞条不用梁／不分顶盖不分墙／里面还有'弹簧床'……"不知是谁做的，说顺口溜也行，算童谣也可，诙谐中有苦有涩，却透着乐观。

> 张宪文：那时候这里都是树林，榛柴棵子比人都高，草也高，野鸡有的是，野兔跑来跑去的，狍子、野猪那个多，鱼也多，是水就有鱼。
>
> 王树泉：第一天看到的八五二农场是一片荒凉，南边是原始森林，北边的树都是小杨树，在草甸子上一片一片的，猛虎桥到工程队这一片二十多里。

王建吾：没有路，只能用拖拉机拉爬犁，拉行李，到地势高的地方停下来，就在这建点。伐木、割条子、割草、苫房子。当天晚上睡在帐篷里，早上起来，帐篷上面一层白的，下雪了。那是五月啊！

张书发：砍木头，割条子，搭马架子，其实就是草棚子。马架子晴天还可以挡风，下雨的时候是外面下大雨里面下小雨。有一天下大雨，棚子里过水了，第二天早上起来找不到鞋了，漂到外面去了。

冷绍杰：那时候住的马架子，外面下大雨，里面下小雨，睡的是对面铺，对面铺之间有水流，你晚上起夜得穿水鞋。

管柏年：一个班一个草棚子，就是马架子、窝棚，到处是水。伙房就搭了一个苫布，打完饭都回自己的屋吃去，没有地方待呀，一个马架子住十来个人。

吴凤祥：住的是马架子，土房子用草泥糊的墙，抬头能看着天，房子四面通风，没有门。炕烧得不热，第二天早上，鞋冻得邦邦硬。

付国喜：哪来的火？全靠身体焐被窝，早上被窝都冻的冰，白天出太阳挂出去晒，晒干晚上好盖呀。

顾隆开：就是个棚子，劳改搭的棚子，用木头搭个铺，一个小组住一个棚子。一下雨地上都是水，鞋都冲跑了。

冯绍昌：炊事班就我和一个炊事员，再加一个拉水的。当炊事员苦得很，厨房烟囱不行，你做一天饭，眼睛都看不见，厨房里都是烟和蒸汽、冷气。我有一个战友，晚上出去解手，出去就找不回来了，就在野地里待了一晚上。

李书亭：去建三分场一队，上山上伐木，到大草甸子割草，盖草棚子、马架子。我们在七分场的猪腰山伐木，伐了不少，怎么运回去呢？往回扛，从七分场到三分场二十来里地，怎么扛？两个人一起扛，从山上往三分场走。

李玉宝：房子是简易的，就地取材。遍地是草，就地弄那个泥，往草上一搭。黑土一干就裂，有的房子从里面都能看到外面。

吴桂二：盖房子就要砍木头、割草，去好几里路的地方伐木，来回也没有车，连马车都没有。天天伐木，早上去晚上回来。要把伐的木头运下山，我们两个人一组，抬一根木头，每个人手里拿个木棍找平衡，从山上抬到下山的河边。扛下来没有车运，大家想了个办法，把三根五根木头捆在一起，在冰面上拉着走，没有冰的地方拉不动就拆开一根根拉。在五六里远的河面上，一组一组拉着木排……

马架子简陋，原始。遥想人类初始，刚刚由树上来到地面生活，就地取材，搭建的遮风避雨之所，就应该是这种草棚子。这

垦荒者背倚的就是马架子。

是人类的最初建筑技艺,是发明、创新,皆缘于生存的本能。数万年的进化,人类祖先的智慧,仍然庇护着今天的人类,只不过,当生存已经不是唯一追求的时候,这种最原始的复制就显得那么不得已,那么无可奈何。

马架子是在仓促之间搭建的,马架子里的日子也就谈不上是生活,漏雨,透风,蚊虫叮咬,难以舒展的身体,无法描述的味道,人在这样的居住条件下,更不可能随意放飞心情。单身汉们也就罢了,可还有带着家属拖儿携老的呢?有的几家住着一个马

老房子

架子，几对年轻的夫妇睡在一个大铺上。有两对夫妇，各有一个吃奶的孩子，住在一铺炕上，晚上母亲起来喂奶，竟然抱错了孩子！日常生活的不方便、出来进去的尴尬、大人叫孩子哭，那场景该是怎样一个窘迫？

2 房子矮，经常被大雪埋了，像挖山洞那样抠门或窗户，人才能出来

马架子毕竟是临时住处，暂时的栖身之地。夏天尚可勉强对付着住，却根本抵御不了极地冬季的寒冷。入冬之前，必须建成临时住房。上级确定的方针是边开荒边建点，也就是建房和开荒两不耽误。具体实施起来，采取了"自建公助"的办法，就是公

残存的拉合辫房子

残存的泥草房

当年的泥草房，如今已成废墟

家提供门、窗，给时间，几个人或几家搭伙，自己采集建房材料盖房。这样一来，建房的速度是加快了，但因为材料各异手艺不同，房子也盖得各式各样，更别提质量了。

　　龙汉斌：盖的房子有很多种，光拉合辫就有很多种，有羊草的，有榛柴条子的，有横辫的，有竖辫的。我们盖的房子有门框没有门，有窗户框没有窗户。那时候狼特别多，我们都不敢在下面住，都住在顶棚上，顶棚距地面有两米多高。

苗登：盖的房子，有草把子编的拉合辫房子，有土打墙的房子。冬天特别冷，满屋子是霜，睡觉要用被子蒙着头，结果被头上面冻得梆梆的。

潘永海：这里再苦，材料都有啊。房子建好了，两个大通铺一面睡三十来人，两个大汽油桶改的火炉，烧木头取暖。结婚了的，两家之间用布帘子一档，一不注意就是一家了。

孟启华：我来的时候已经有草辫子的房子了，房子动不动就着火，经常晚上要出去救火。

许崇茂：脱大坯，盖厂房。那时天气比较冷，和泥，光着脚，没有水靴。我没有鞋，光着脚下地，腿冻得通红通红的，我现在脚走路都酸疼，就是那个时候坐下的病根。

张书发：冬天住的房子都是土的墙，两块木板中间加上泥，门窗是刚伐倒的木头做的，做好了就变形。房子四处透风，窗关不严，门也关不严，房顶是草苫的，也透风。

吴凤祥：炕也不好，烧不好就中煤毒。那时候人脑子也笨，不会掏炕，农场从宝清请人教怎么搭炕，都不学。后来农场统一给搭炕，让我们安心生产。

王玉山：屋里还是比较冷的，外面下雪，屋里也刮雪，早上起来，屋里能收几盆雪。屋里也没有炉子，就有炕。炕面就是在树条子上抹上泥，到后半夜炕就不热了。

吴明玉：刚来的时候很苦，冬天的时候雪也大，一下雪就刮大风，在外面都站不住，大风把你刮得在雪地上滚，房子也矮，经常被大雪埋了，没有办法，只好像挖山洞那样抠门或窗户，人才能出来。

黎志汉：第一个任务盖房子。到后面的大草甸割羊草，水都没到腿肚；还有人去后面的山（猪腰山）上伐木，到处都是树。回来盖房子，用草泥编成草辫子，顺着墙一路一路编起来（俗称拉合辫房子）。一年盖了二三十栋房子，几乎是一天盖一栋，一天盖一栋，盖不成就不吃饭。到了冬天，我们就搬到新房子了。两口子不能睡在一起，男生一栋女生一栋，没有那么多房子。在屋外是零下四十一度，屋里还是四十一度，屋里屋外一样冷。屋里可以烧柴火，后半夜没人烧了，屋里就是冷的。

顾隆开：建设临时房，草辫子房，上面盖好草，下面搭上炕。晚上点煤油灯搭房子、抹房子、搭炕、修理烟囱，一开始都不会，有些不好烧的就容易中煤毒。我们是贵州人，有几个东北人带着搭房子搭炕，我们慢慢摸索，慢慢就好了。

朱宇同：有了固定的房子住了，但保暖还是不行。

每天回来，鞋子都是湿的，累了，把鞋子一脱就上炕睡觉。第二天早上起来，鞋冻得硬邦邦的穿不上，就用斧子敲，敲软乎了好穿。这鞋三敲两敲就敲裂了。我们什么样式的鞋都试过。一开始是部队发的大头鞋，冷，不行。买那种长筒的毡靴，不经穿。看老百姓都穿用乌拉草萱的靰鞡鞋，又买靰鞡鞋，结果穿了冻得够呛。一问，说穿的不对，要把乌拉草砸软了才行。试的结果，黑的棉胶鞋最合适。有一对小夫妻，刚结婚的，被子不少。一开始感觉冷了再加一床，两床被子不够再加一床。早上起床也不叠被子，生怕那点儿热乎气跑没了。元旦休息一天，他们晒被子，结果被子冻在一起了，不知道怎么弄开好，急得哭了。有一天我们好奇，借了个温度计，看看究竟有多冷，一量，零下十八度。

纪玉升：晚上回到家，被子那个凉，一晚上没睡觉。刮风，雪顺着房檐就吹下来，被子上面都是雪花。后来有个同志和我开玩笑：同志啊，坚持坚持吧，再有六个月就暖和了。那时候年轻，也懒，就弄点儿开水和泥往墙上一糊，结果一干又掉下来了。年轻火力壮不怕冷，冻就冻吧，戴着皮帽子就睡吧，就这么过来了。

人类在自然面前，从来就不是被动的。人懂得顺势而为，懂得因地制宜，懂得忍耐忍受；当生命遭遇极限挑战的时候，人类的智慧和人类的耐受力是相伴相生的。生存条件的一点点改善，哪怕微不足道，也能让人生出欢喜，生出希望。

3 喝水就在地上挖个坑，吃的也多是高粱米、苞米面，也没有蔬菜

初进北大荒，吃，同样是这些复转官兵们首先要经受的生存挑战。按照中央军委的规定，转业官兵们第一年的口粮由地方政府供应，仍按照军队标准。政策是好政策，但对于偏僻且又交通不便的北大荒来说，却很难保证把粮食按时保量地运到目的地。于是，有的农场只好组织人力，去设在百里以外的宝清县的国库背运口粮；粮食连背带扛地运回去了，有的农场又没有加工设备，只好暂时以原粮充饥，结果顿顿煮苞米、小麦。

付国喜：做饭用水，就用车压过的车辙里的积水，炊事员猛烧，烧多少遍才能喝。我们刚从宝清走路过来，家属一个劲儿哭，抱着孩子，吃也没啥吃的，就烧那个水，凉了给孩子喝。

苗登：喝水就在地上挖个坑，做的大米饭都是黄色的，吃的也多是高粱米、苞米面，也没有蔬菜吃。

赵定祥：吃的水都要用明矾澄清了才能用，明矾要到宝清去买。

王实荣：吃的饭都是什么呢？光吃馒头没有菜，住了半个月也没吃着菜。

李玉宝是山东枣庄人，四岁那年，家里穷，没有地，靠要饭度日，就把他送人了。八岁的时候，为了生存，他给人家放牛，各家各户的，一家一头牛，一年能给一升粮食，一升十五斤，一年能得一百五十斤粮食。他知道挨饿的滋味，他懂得粮食的珍贵。1946年参军，从铁道兵八五〇三师转业来到北大荒这一年，他二十五岁，被指派管理伙食。"伙房一共两口大锅，支好了。有三麻袋土豆，放到棚子里，我去看了，那个芽子都露在麻袋外面这么长。那时候也不知道中不中毒的，连皮都不削，切吧切吧就下锅了。有豆油，每个单位都有能装三百六十斤油的汽油桶，有两摞盆子，一摞有二十多个盆，一个班两个盆，一个打菜一个装饭。有十几把勺子，有五麻袋高粱米，一桶豆油，没有盐。吃饭时，现找好的树枝或蒿子秆当筷子用。"

黎志汉转业时的军衔是少尉，扬州人，念过第二野战军军政大学，学的是电台报务，当过部队文化教员，为连以上干部授课，在部队里算是文化水平较高的。他曾随军进军西南，参加抗美援朝。亲身经历过战场的人，对苦和难自有另一番体验和考量。"我想北大荒虽然苦，但是比起西南，比起抗美援朝，不会比朝鲜苦，不会比西南苦，最起码天上没有飞机地上没有大炮。"但是，来到北大荒，那种艰苦那种困难，仍然是他事先没有预料到的。且不说他一个典型的南方人如何承受北方的寒冷，单是"吃"，就让他至今刻骨铭心："炊事班找水是没有的，只能把雪化成水做饭。那时人随地大小便。有时候晚上做饭，炊事员去弄雪，结果把大便也弄回来了。锅里的雪化了，大便也漂上来了，炊事员看见了不吭声，把大便扔了照常做饭。"到了1959年，情况仍然没有更大的好转，"我调到了七分场二队，在二连当文书当统计。有一天没有咸盐了，指导员说，黎统计，没有盐了，听说你当过炮兵，会骑马。盐在万金山乡（宝清县附近），在路边堆着呢。你骑着马去，争取晚上让我们吃上带盐的饭。那时候路不好走，土路，上面垫上沙子算好的。拖拉机在上面走压得都是坑，一人多深，人掉下去很危险。我骑着马沿着边儿走，走到万金山乡，看到路边有盐，就用手捧了半袋子，晚上终于回到二队。大家看到我回来了，说好了，这回吃疙瘩汤就可以有咸味了。"

徐福龙讲过这样一件事。"因为吃粮的事情，王震还把宝清的一个县长给撤掉了。王震到宝清要粮他不给，王震问身边的人那个走的人是谁，身边的人说他是县长，王震说把他撤了。结果真就把他撤了。"

徐福龙讲的，有根有蔓，有细节有场景，却没有旁证。道听途说也好，亲眼所见也罢，或者只是望风捕影加上口头演绎，但我们相信确有其事。试想，一个小小的宝清县，要接收、调运、分配十万人的粮食，要保证各个单位各个部门都满意，谈何容易？那位被王震撤职的县长应该有着许多委屈。或许他不认识王震（王震是否会亲自去要粮尚存疑），或许他真没有粮食可调，或许他那天情绪不好正憋着一肚子火，他没能及时满足开荒部队所要的粮食。也许平时这样的情况很多，过个一天两天就会解决，但是不巧，那天，他正赶上王震去要粮。只能说，这位被撤职的县长运气不好。

4 蚊子、"小咬"叮得受不了，就把稀泥抹到脸上、脖子上

北大荒的初春，仍然有冰有雪，有凛冽的风，有雨夹雪的狂虐，有倒春寒的淫威，当冰凌花顽强地钻出封冻的寒土，顶着鹅黄在渐渐融化的冰雪中炫耀时，也就宣示着，又一个自然季节的轮回。

黑土地开始融化，水泡子和沼泽地解冻了，萧瑟的森林有了绿意，蛰伏了一个冬季的草籽冒芽了，鸟兽缓过了阳儿随意出没。领教了北地的寒冷，忍受着风餐露宿的艰辛，万物复苏之际，也让人的心中生长着绿色的希望。然而，人们还未来得及好好享受这一番欣喜，大荒地就又亮出一件利器，来考验这一群天不怕地不怕的垦荒者。

说起来，不过是瞎虻、蚊子、"小咬"（蠓）还有"草爬子"（蜱虫）之类。春夏秋之际，这种司空见惯的小生物，会在人们不防备时叮咬一下，扰得人心烦，但却从不被人当回事。

而在北大荒，茂盛的野草、水源丰沛的沼泽，是蚊子、"小咬"理所当然的滋生地。它们随着季节的轮回自生自灭，从不被打扰。它们泛滥，无所谓成灾；它们与大荒地的其他生物共存，相生相克，自在无虞。但是，垦荒者们来了，不管不顾地一脚踏进了它们的领地，不速之客一般，惊扰了它们的宁静。于是，一场斗法不可避免，说不上谁是谁的灾难，瞎虻、蚊子、"小咬"与人类之间，只是一种意志的较量。这一场没有胜负的战斗，让

垦荒者们吃尽了苦头。

吴明玉：夏天的"小咬"太厉害，钻进头发里咬，很多人被咬得起大包。

王建吾：黄昏的时候，蚊子、"小咬"多，用手一拍，手掌上黢黑，都是蚊子、"小咬"。我不抗咬，眼皮都咬肿了，眼睛睁不开。

车立志：五六月份，北大荒的蚊子就比较凶了，还有"小咬"、瞎虻。一巴掌拍下去，能打死一层蚊子。外出方便的时候要带火柴，用火熏蚊子。没有防蚊帽的，就用稀泥巴抹到手上脸上脖子上，没有办法的办法。

金文鼎：开荒的时候，蚊子、"小咬"叮得受不了，晚上翻地有稀泥的地方，就把稀泥抹到脸上、脖子上。戴防蚊帽蚊子能防住，防不住"小咬"。

魏玉章：六月份，瞎虻蚊子、"小咬"太多了，它们是三班倒，早晚是蚊子、"小咬"多，白天是瞎虻多，阴天"小咬"多。大家用毛巾和帽子把脖子、脑袋、脸捂得严严实实的，还是防不胜防，被咬得浑身是包，脸都被咬得变形了。有一天张志强和我说，脖子上怎么起个包呢？我近前一看，哪是什么包啊，是草爬子叮在那里，肚子里吸满了血，拔也拔不出来，还不敢使劲。副班长有经验，拿烟头烤，才弄出来。

龙书培：那时候蚊虫真多，解大便就是个难题。

蚊子、"小咬"多呀，背风的地方用手都能抓着。大草甸草太高了，太深了，什么都看不见，蚊子也太多了，草把犁堵住的时候，要去用手抠犁，那蚊子把人都咬坏了。

冷绍杰：开一夜荒，要清理二三次水箱前面的蚊虫尸体，不清理水箱就要开锅。晚上保养车的时候，要一个人保养车，一个人打蚊子，不打蚊子实在受不了。

陈永富：有一次我和农机手翻地，夜班。机务排长给送饭。我们就下车吃饭。饭挺好，但蚊子就胡撸不了了，灯光前面就像撒的麦糠一样，全是，什么也看不见，我们也吃不了饭，就让机务排长快拿走了，我们俩就上车了。

高崇仓：开荒的时候在地头吃饭。来送饭了，三张大饼两个咸鸡蛋。在三队泥鳅坑翻地，那个地，在那儿吃不行，"小咬"、"蚊子"都上嘴里。没有办法，就把拖拉机那个机盖子拿下来放旁边，那上面有风扇，风扇吹的"小咬"过不去了，我们才吃，吃完了上车走吧，结果忘了机盖子。天蒙蒙亮，发现后面有个狼，我们就把犁摘下来，开着拖拉机去撵，到跟前才发现是机盖子，在我们刚才吃饭的地方。

朱宇同：为了对付蚊子、"小咬"和牛虻，我们也想出了不少办法。有的用艾蒿做个花圈点着了戴在头上；也有拢一堆火，上面放上湿草，刻意让它冒烟熏它

垦荒时的朱宇同

们。蚊子、"小咬"、牛虻是三班倒，这个走了那个来，这个走了那个来，要是晴天没有风，那我们的日子就难受了。

谢克沛：拖拉机晚上干一宿活儿，第二天早上上面铺了一层蚊子。"小咬"比蚊子还厉害，打都打不开，你一张嘴就能飞进去几个"小咬"。第三个敌人是瞎蠓，它隔着衣服咬你。有一个战友，开拖拉机的，受不了这"小咬"、蚊子咬，支持不了了，后来要求调动工作了。

5 棒打狍子瓢舀鱼，野鸡飞到饭锅里

适者生存，弱肉强食，是自然的法则，也是上天摆出的公平姿态。万物生灵，此消彼长都是自然的命数。但人类的确是一种特殊的动物，或许是造物主的偏袒，智慧和韧性，是天赋的人类生存基因。或许为验证自己的创造，上天便为人类设下了种种的"局"，因而自然的所有表情，都是在考验人类的耐力和意志。人类为争取自身基本生存的努力和抗争，残酷而惨烈，却是合情合理，也顺应着天意。

荒原上既然有飞禽走兽，也应该有人类的生存之地。垦荒者们踏进荒原，就意味着打破了这里亘古的生态平衡，一场争夺荒原主宰的战斗，便不可避免地暴发了。

开拖拉机垦荒的谢克沛

沼泽地里的收获

"棒打狍子瓢舀鱼，野鸡飞到饭锅里。"这是北大荒最初的真实情景，如今已经成为传说。但在老兵们的叙述中，这仍是最鲜活的记忆，并成为艰苦的垦荒生活中甜美的回味，口福的享受，还有情绪的调剂。

彭荣刚：在北大荒有一个好处，鱼老鼻子了，真厚啊。我去割草，下了三个鱼钩，中午下班的时候来看，钓到两条鲶鱼有一尺多长，鱼真肥真多。中午干活休息时间，我去砍柴火，边砍柴边抓鱼，不知道该抓哪个好了，太多了，各种鱼都有。我老婆生老二的时候没有奶，全靠抓鱼吃。

高崇仓：现在六队那个地方有个小孤岛，我在那里开荒，我和杨少华两个人一班。我把裤子脱下来，把裤腿一扎，用裤子装鱼，抓老头鱼。老头鱼很大很粗，黢黑，脑袋上还有个包，一弄就是一裤子，扛着回来。

张书发：1956年的国庆节，我们几个战友上山采蘑菇，路过一个水沟，看水面在动，靠近一看里面有不少鱼，大的有半尺，小的也有一二两。我们也不上山采蘑菇了，赶紧回伙房拿盆拿桶的。二三里地跑回伙房拿盆来，连水带鱼往外舀，整了一大铁桶，弄回去了。1956年雪很大，狍子进村了。天蒙蒙亮，有人起来做饭，看有个影子晃，一看是一群狍子，就都出来拿棒子揳，有一只腿受伤了没跑了，其他的都跑了。

曾经荒无人烟，曾经人迹罕至，这些低等生物便可肆意滋生。鲫鱼、鲤鱼、六须鲶、泥鳅、狗鱼和老头鱼等等，它们繁衍的速度和数量，远远超过天敌的能量。人类没有到来的时候，它们的天敌，也无非只需要用它们果腹，满足基本的生存需求。但人类不同，人类的欲求很大，人类除了满足生存的需要，还要满足感观和心理。沼泽或者河沟或者车辙里，只要积水的地方，便有鱼儿活蹦乱跳，垂钓或者撒网都纯属多余，人只恨两只手太少；被从蓬草水潭中惊飞的野鸡和野鸭、大雁、天鹅等各类飞禽，翩翩舞姿带给人美的享受，那草窝中仓促遗下的鸟蛋，又令人收获意外的惊喜；狍子、鹿、猞狸、野兔等在枪口下惊慌逃窜，刺激着人的征服欲望；被拖拉机和人吓呆在路中间的狍子，迟疑之间绝想不到会有飞来的棒子或者撞上来的车轮让它殒命，还要被戏谑为傻狍子……

6 野猪、狍子成群，狼也多，经常看见被狼吃的半拉克叽的狍子

不过，荒原上那些食肉类的大牲灵，却不是那么容易对付的。同样为争夺生存之地，它们与人类的交锋便是硬碰硬的较量。你死我活，你进我退。野兽靠的是蛮力和凶悍，人类凭的是智慧和韧性，两相比较，高下立现。

那维林：那时候野兽很多，野猪、狍子都成群，狼也多，经常可以看见被狼吃的半拉克叽的狍子。在三队的时候看见过狼晚上到猪圈里吃猪。

冷绍杰：在钢铁镇开荒的时候，有一次遇见黑瞎子，大的领着小崽，从我们车前过去，我们也不敢惹它。夜里开荒经常遇到狼，几个蓝眼睛就在地里走，实际就是狼。有的时候，我们拿着撬杠追着狼打，它就把牙一龇。后来才知道，这个不是狼，是"猱头"。

张书韵：上午我把牛放出去，等我晚上去找牛的时候，看见那狼都围着牛转。狼怕公牛，所以没有吃到牛。黄振荣场长在六队劳动，锄地时我们俩挨着，累了就坐着休息，说了一会儿话，一抬头时，看见两条狼就站在前面看着我们。我们举起锄头，狼跑了。

国保华：北大荒这个地方，哎哟，人烟稀少，到处都是荒地、草原、森林、狼虫虎豹，各种野兽真是不少。那时候不论是种地还是开荒，都是昼夜干活，白天晚上都可以看见野兽，每个生产队相隔有几十里路远，人少车少，野兽就多。

王家臣：散会后连夜从分场部往二连走，走到六队后边，就发现有两只狼跟着我。我那时候抽烟，有火柴，走一段路划一根火柴，我一点火，它们就往后退一退；再抓一把蒿草点着。就这样一路走着，一路点火。过了八连，狼见我老有火，它们就跑了。

杨兴俊：粮油加工厂和养鸡队之间都是茂密的树林子，上下班的路上时常能看见黑瞎子和狼。有一次下班回家，遇到一只狼，它把两只前腿搭在了我的后肩上。我以前听别人说过的，狼把腿搭在你的肩上，你回头它就咬你的脖子，你使劲儿拉着它的前爪，你的头顶住它的脖子，它就咬不到你了。我就把它的两个前爪紧紧地拉住，一路上战战兢兢的，一直把它背到了养鸡队，才敢放开手。养鸡队边上有草，我把草点着，狼就吓跑了。1959年的时候，我从一队到场部去开会，也是晚上回家，有几只狼围着我，我也是把草点着了，狼就跑了。

高崇仓：天还下着蒙蒙雨，我听后面有声音，回头一看，有个狼，浑身是灰黑的。我就拿个撬杠敲，它也不跑，我要是过去呢，它就往后走一走，等我回来它又回来了。翻地的时候，狼跟着的时候多，五铧犁翻开的沟里有耗子跑，它在后面抓耗子吃。

王实荣：我们正集合听报告，放羊的老头跑来了，说我的苞米地里来野猪了。我们好几天没有吃着菜了。朱营长说临时休息，把手枪大枪带着，去打野猪。他的匣子枪也不用了，一伸手把战士的枪拿来。交叉火力一打，野猪站起来了，比苞米还高，原来是黑瞎子。我们也不管是黑瞎子还是野猪了，交叉火力打起来。当地老百姓说，黑瞎子不能随便打，一听到枪声就上来了。黑瞎子也上来了，结果黑瞎子受伤跑了，没跑多远，就在沟边上跑不动了。我们不敢靠近，朱营长说你们在后面看着点儿，他拿着匣子枪照着黑瞎子的脑袋打了几枪。原来黑瞎子在苞米地里吃野猪呢，结果我们把野猪也抬回来了，吃了一顿肉。

朱宇同：走着走着，就听轰隆一声，从树上掉下来一个东西，吓我一跳。再一看，是个小黑瞎子。我害怕，它也害怕。一会儿它就钻进榛柴棵子跑了。还有一回，在回家的路上碰到一个小黑瞎子，大家一喊，把小黑瞎子吓坏了，就爬到树上去了。大家把树围起来，用手里拿的锯把树给锯倒了，小黑瞎子被摔个半死。还有一次，我骑车去饶河办事，骑到一个大坡顶的时候，看见有两头野猪上来了。我们面对面,可以听见它们呼哧呼哧的喘气声,看见它们甩脑袋,听见两个大耳朵打脑袋劈了啪啦声音,我傻眼了。我蹬个大坡已经快筋疲力尽了,又遇到它们。野猪看见我也吓得够呛,它们也不知道怎么好,不知道是向前跑还是向后跑,结果一个野猪向前跑,一个野猪向后跑,把我夹在了中间。怎么办?我一咬牙,推着车子就往前冲,借势上车,向坡下冲去。

黎志汉:有一年我和一个老师到总场函授学习。走到六分场的路上,忽然看到一个大黑瞎子在前面漂着走。我们一看坏了,商量着,然后两个人互相照应,分散黑瞎子的注意力,后来我们跑到六分场六队。六队的人和我们说,它天天来,它的小崽被我们抓住了。

东北人将黑熊称为熊瞎子或黑瞎子,并非因为它真的瞎,只是因为它头上鬃毛很长,跑动时会被风吹起来挡住视线,最远可视距离二十米至三十米,故名。但这丝毫不影响它的强悍和杀伤力。它一巴掌可以撕裂人的皮肉,一屁股能将人坐死。它是荒原上的王者,几乎没有天敌,因而它的傲慢和威武是与生俱来的。在黎志汉的讲述里,用"漂着走"形容黑瞎子的姿态,生动又鲜活。这一只被抓走了幼崽的黑瞎子,天天在人的周围"漂"来"漂"去,母性的本能让它早已不顾了生死,肆无忌惮地与人类叫号。黎志汉与它的遭遇未见胜负,但我们却可以想见这只黑瞎子以及它的家族未来的结局。

　　垦荒大军挺进荒原，人与兽的对抗就不可避免。同样是为了争取生存，没有谁握有天赋的特权。这一场厮杀没有谁对谁错，人类的强势，注定了他要成为这片荒原的主宰，不择手段，不计后果。

　　几十年过去了。如今，这片土地上再也见不到"棒打狍子瓢舀鱼，野鸡飞到饭锅里"的情景，更难觅黑瞎子、野猪、野狼等大山牲的踪影，只偶尔有一只迷路的野兔或者饥饿难耐的野鸡在路边徘徊在雪地上觅食。荒原上群鸟翔舞、山灵竞逐的盛景，如同那句谚语，更如同垦荒者们当年住过的马架子、缺吃少穿的生活窘境、征服沼泽地的艰难，成为一种遥远的传说。

　　如同王建吾所说：那时候多原始啊，也考验人啊，现在跟孩子说，他不会相信的，哪有这个事啊。

　　王建吾又说：我现在有第四代了，我跟第三代说当时的事，他们不相信，认为我在编故事，说神话故事。

第三节　一群走下战场的人

　　采访札记：

　　故事也好，神话也罢，这些垦荒者的的确确在创造着奇迹。当我们随着他们的讲述，逐渐走进历史的深处时，不由得想要探究一番，这究竟是怎样的一群人？

　　这是一群上过真正战场的人，枪林弹雨中的冲锋，飞机轰炸时的夺命，土匪冷枪下的惊魂，多少次的死里逃生，让他们感恩命运之神的惠顾。

1948年打山东维县，张宪文在突击班，班长排长包括他在内，十七个人，九个爆破手，拿着手榴弹上去了，结果，十七个人就回来了两个。马玉田参军时抗日战争还没结束，他打了七八次仗，解放战争时打过淮海战役、渡江战役、后来又参加抗美援朝。"打德州的时候，打了七天七夜，你进去我出来，我进去你出来，死老人了。"他是和村里九个人一起出来当兵的，抗日战争胜利的时候剩下两个，解放战争胜利后就剩他一个了。

宫锡昱在解放军攻打潍县的时候已经是班长了，攻城时先冲上去的战士负伤了，他拉了一挺轻机枪就冲上去了。由于作战勇敢，战斗结束后他就火线入党了。

李清1948年1月入伍时在县大队，是骑兵，他个小，大马上不去，都得找个东西或者高处垫着才能上马。当骑兵这一年，没有被子也没有衣服，就发了一件皮大衣，穿的衣服还是从家里带出来的。那一年，没有脱衣服睡过觉。追一股土匪，追了三天三夜。1949年县大队编入独立三团，他到了高炮部队，留在鞍山，保卫钢都。在沈阳北大营，两个人一床被子，被子很窄，两个人要横着盖，还没有褥子，直到1949年下半年才发了服装。1952年到朝鲜，在清川江、大同江一带守大桥，李清是通信班长。"有一次一个晚上挪三个地方，到一个地方刚安置好，线也架设好了，刚要休息一会儿，接到命令马上转移阵地，就这样折腾了一晚上。"

程遐抗美援朝时虽是在机要部门工作，跟着首长行动，却仍然面临险境，"松树被炸弹炸的乱七八糟的，有的树叶哗哗地落，有一块弹片落在我脚下，我一摸好烫啊。事后觉得侥幸，我再往前走几步或者弹片再往后点，我就完蛋了。"

陈金重是铁道兵，抗美援朝时抢修桥梁，他当突击队员。"拉过定时炸弹，美国飞机扔下来的，不响，就拉出去，我那时才二十一岁，小，也不知道害怕，让去就去吧。拴上棕绳，往膀子上缠，一吹哨就拉，拉出去就放，绑个炸药包，搁个雷管，就引爆了。"

陆克亮在抗美援朝时也是铁道兵，"在朝鲜待了三年，修了两条铁路，没有死，就不错了。那时候真是说死就死了，美国飞机天天轰炸、扫射。那时候也不知道怕，也不怕，怕也没用，死就死，不死就赚了，打仗就这样，越怕死越死得快，不怕死还活着呢。"

王树泉在朝鲜战场上时是卫生兵，有过与死神擦肩而过的经历，有过美国飞机轰炸下的生死救护。那一次坐汽车上去抢修铁路，一颗炸弹下来，一个排二十七个战士倒下了。王树泉赶去抢救，"摸摸这人没气了，看看那个也没气了。有个叫齐瑞发的，是东北战士，大腿整个都碎了，我拿着两个大三角布两个止血带都很难止住血。打上肾上腺素止血，然后送下去，后来听说半道上就牺牲了。""那一个排的战士，我都认识，那些战士身体都是不错的，打球、生活和工作都在一起，当时看到他们一个个都没气了，真是很悲伤。"

孟繁和抗美援朝时在三十八军一〇三师三十七团卫生队，给卫生队长当通讯员。"卫生队有两个担架连，专门抬伤员，担下来后往医院送，轻的治好重新上战场。死的也多，很惨的，一个连近二百来人，打没了，一个连打成一个班了。三十八军一共打了四个战役，打完第四战役，我们军也打得差不多了。"

王全洲刚入朝参战时还不知道是怎么回事呢，看见有老百姓都穿着白衣服、女人头上顶着东西、语言还不同，还感到奇怪。但死神却已经降临身边，"站台上停着火车，火车上有一个营要运去前线。结果，有特务在车站上发出信号，马上美国飞机就来轰炸了。我们刚跑进防空洞，美国飞机的机枪就扫到洞口了。飞机飞走后，我们出来看，摆在防空洞口的枕木都被打碎了。那个营的战友牺牲了不少。"

杨兴俊是铁道兵，在朝鲜战场上，"我们的任务就是天天周而复始地填炸弹坑、铺铁轨，我们修了敌机炸，敌机炸了我们修。白天我们都离开铁路，分散在山上，天黑的时候才敢出来活动。夜里干活的时候，敌机投照明弹了，我们会就地趴下，等照明弹灭了继续干。即使是晚上也很危险，铁道兵也有成排被炸死的时候。我就看见过友邻部队被炸的场景，听见被埋的战友喊妈呀妈呀、救我救我的声音。"

李进晓现在说起来，还是不住地叹息。"在平壤，那炸弹像下雨一样。都是父母所生，哪有不害怕的，打起仗来人的脸都焦黄。在朝鲜时想，赶紧死吧，天天都在死人，今天不死明天死，死了省得遭罪了。我们连就剩十八个人，其他的都死了，炸死的，还有冻死的、饿死的。我的命大，没有死在朝鲜，可我的战友都不在了。"

老兵们讲起战场，有的激动，有的流泪，有的平静，有的还能发出笑声，这实在是我辈所难以揣摩透彻的反应。或许，随着时间的推移，曾经刻骨铭心的经历，都不过是一种过程，成为人生故事，如今讲起来，已恍若隔世；或许，他们已走过人生的大半，那些一次次与死神擦肩而过的生死瞬间，已沉淀在记忆的最深处，被生活掩埋住，长出了硬壳，轻易不会或不想揭开；而不期然间被触动，被刺激，他们那种下意识的反应，恰恰是最真实的心理状态。一位叫潘永海的老兵，八十八岁，身板硬朗、挺实，说话利落，听力还好，思维也很清晰。但讲起他参战的经历，却是轻描淡写。"我参军的部队是四十四独立团。新兵训练了三个月，就参加了辽沈战役，打锦州。拿下了锦州之后，接着就是黑山阻击战，在晚上，我也不知道黑山是什么样，什么叫阻击，反正叫我们打就打，能阻截就行了。完了之后，接着打傅作义的部队，在葫芦岛登陆。我们刚到，炮五师的部队就把他们打回去了，我们部队就撤回来进关了，从息烽堡进关的，打天津，包围北京，就是平津战役。打天津，三个小时就拿下来了，打下天津，马不停蹄地去包围北京了。我们八连占领南苑机场，阻止国民党逃跑……1949年4月25号，我们部队南下，从武汉过江，先打国民党部队，后去江西剿匪。国民党四十万部队都撤到大山里了，咱们三个野战军把他们围在大山里，具体是哪三个野战军我也不清楚，我们的部队就编入三十八军了。在那剿了三年匪后，接到命令继续南下开往广州，在南昌火车站待了两天整顿休息，然后坐船押运军火去九江，坐了两天车到了赣州，接到命令，停止前进，就地休息。在赣州休整了近一个月，又命令北上，我们被弄得迷迷糊糊的，也不知道北上干什么去……坐着闷罐车，战士睡在里面，干部睡在靠门（的地方），北上到了天津，在杨家屯又停下了，又休整。过了一段时间，命令下来了，成立空军。把我调到牡丹江，就这样，我在牡丹江待了八年。现在的第七航空学校，一开始叫黄河部队，后来叫二五三七部队，抗美援朝以后就叫第七航空学校了，这期间我都是战士。后来让我当班长，当了几天班长就让我当上士了。当了三个月的上士，团里就让我当司务长。司务长就是干部了，当司务长要管账的，我不懂，别人教我怎么写账什么的。当了一段司务长，场站（团级单位）又不让我当司务长了，让我当行政管理员，行政管理员是连级职务。到了1956年，把我调到大连的空三军去学文化，期间有'反右'运动，后来让我们这些学员就地转业，转业干什么去呢，去开垦北大荒，还说北大荒很苦，要有思想准备。我想在部队打仗那么苦都不怕苦不怕死的，北大荒再苦还有部队苦吗。1958年4月5日就到了北大荒。"

这一段讲述，笔者没有任何修饰性的添加，也几乎没有删减，听着，就是这么平铺直叙，很顺畅地便将一个人的前半生经历交代了。对战争的讲述就是个过程，他只是其间的一个点，没有任何色彩，也没有惊心动魄的场面，还没有鲜活生动的细节，不知道老人是不是在刻意回避什么，但是，我们仍然能够从中生发出无穷的想象，品味出酸涩苦辣的滋味。

　　就是这样的一群人，到北大荒时，他们很多人刚刚走下战场不久，有的甚至是直接用闷罐车从抗美援朝前线拉到了这里，身上的硝烟味还未完全散尽，结痂的伤疤还在隐隐作痛，与死神擦肩而过的惊魂还未安定。他们是幸运儿，无数次地暗自庆幸，解甲归田之时，回家，过安稳日子，曾是他们最基本的渴求，但事实是，无论是自觉自愿，还是被动选择，他们最终来到了北大荒，在这千古荒原上，开始了又一场艰苦卓绝的战斗。

　　因而，面对北大荒的艰苦和困难，他们说，北大荒是日子苦，可比战争年代好得多，最起码没有生命危险；比起那些倒在战场上的战友，他们的命真大。老铁兵苗洪仲就说，"那时候我们也年轻，刚从部队下来，铁道兵都在艰苦的地方工作，都在荒山荒岭修路架桥，都苦惯了，北大荒再苦有在朝鲜苦吗？"这就是这一群走下战场的人面对困难艰苦时的心态。

　　如今，英雄迟暮，步履已经蹒跚，反应有些迟钝，记忆力逐渐衰退，他们常常记不得眼前刚刚发生的事，但几十年前的战斗场景，那些血雨腥风的经历，却清晰如昨。听着他们娓娓的诉说，我们心里很清楚，这是最后的讲述，也是以后再也无法亲耳聆听的故事——

　　1 徐洪志：一颗炮弹下来，就把壕沟炸平了，洞里的七八个人当场牺牲，我的腿被炮弹崩伤了

　　1928年出生的徐洪志，山东沂南人。1940年时八路军的抗大一分校就设在他的村子里。他还不到十二岁,就在抗大一分校干了个差事,扫扫地送个信什么的,就算参军了。1941年年底日本鬼子扫荡时,徐洪志是秘密工作团的宣传员,因为生病,独自躲在山里的一个老乡家里,被鬼子搜了出来。那一次鬼子还抓了很多人,都准备送到兖州去做工。日本人看徐洪志太小了,还是个孩子,就把他放了。

徐洪志回家后上了一年多学,1944年又参军了,在十六纵一团。这个团有个侦通队,就是侦察通信队,他当通讯员。第一次战斗,打了一天两夜,解放了他家所在的县城。没过多久,日本鬼子开始反扑,来了一个大队,有五六千人,还带着山炮。八路军参战的是一团、二团和十二团,一场激战,八路军胜了,一个大队的鬼子基本被消灭掉。徐洪志和另一个通讯员在送信的路上,还缴获了一支三八枪。

1945年日本战败投降,却不肯向解放军交枪。十月份,徐洪志所在部队从营口坐船到了东北,一共六个师,来接受日本人的武器。到辽阳时,国民党部队刚占领了沈阳,徐洪志所在的部队就停在辽阳休整。二十多天后,解放战争暴发,这时是1945年11月。

徐洪志参加了在东北的主要战役:四保临江、解放四平、辽西会战、解放锦州,然后就跟着部队进关了。先是解放天津,然后南下解放安徽,再渡海解放海南岛。

打海南岛时徐洪志在先谴营,是军医。先遣营分乘十几条船,如果顺风用不了一天一夜就可到达,不料那天却没有风,只能靠人力划船。头上有两架敌机扫射,后面有敌人的十几条船追击,快登陆的时候,解放军的一条船被打漏了,只这一条船上就伤亡了二三十人。在解放海南岛的战斗中,徐洪志所在的卫生队,立了集体大功。

朝鲜战争爆发,徐洪志随军入朝,还是在卫生队,进行战地救护。有一次,他去壕沟防空洞里包扎完伤员,刚离开十几米,"一颗炮弹下来,就把壕沟炸平了,洞里的七八个人当场牺牲,我的腿被炮弹崩伤了。"徐洪志立了三等功,部队回到丹东后,他还被评为模范,参加了群英大会,直到现在,他还享受劳动模范的待遇。

1955年授衔时,徐洪志是少尉;1957年他考取了解放军总后勤部军医大学预备学校。1958年,学校、后勤、机关都精减人员,动员转业官兵到北大荒。徐洪志觉得自己年龄大了,军衔还低,就主动申请要求转业,并自愿来到北大荒。

"都说刚来时艰苦,我觉得比在朝鲜好多了。在朝鲜三个月没脱过衣服,也没进房子,飞机时不时地来轰炸也不敢住,在防空洞住了三个月。三次战役后想换换衣服,衬衫沾在身上都脱不下来。吃的就是炒面、压缩饼干,打过三八线以后部队供应不上,没有吃的。这里,有住的地方,吃的也可以,还没有生命危险。"

2 张成礼:打仗前,我把新的衬衣旧的衬衣,新的外套旧的外套都穿上了,等死吧

张成礼是山东东阿人,1933年2月生人。

张成礼原来不叫张成礼，叫张成信，他的哥哥叫张成礼。他的家乡是老根据地，政府有个规定，家里有兄弟俩必须去一个当兵。老大就去当兵了。老大走了，家里就没有人种地了。"有一天我和我妈到部队去看我哥。带兵的看见我，对我很满意，就指着我哥说，你回家种地去吧。就把我留下来了，名字改不了，我就叫张成礼了。复员了，到复员大队的时候，我说把名字改过来吧，部队说不能改。我就叫了一辈子张成礼。"

张成礼所在的部队到了河南，改编成正规军，扩充了六个营，他在五连。营部的骑兵侦察员叫老佟，是1945年的兵，但张成礼的辈分大，老佟得管他叫叔，他们俩住的房子挨着。老佟问张成礼在哪呢，张成礼说在五连。"他说好，好。不到半个月，调令来了，让我去当公务员，首长到哪，我给倒个茶呀、叠个铺啊，就干这个活，后来就当警卫员了。我把首长伺候得好，到一个地方就给他买烟，他的文件包里总有烟，他走到哪我跟到哪。他有两个警卫员，一前一后跟着他，相距他五六米。"

打淮海战役的时候，张成礼在营里当警卫员。团里接到命令，说毛主席讲的，我们的胜败由这次战役决定，打胜了，中国提前十年建设好，要是打败了，倒退十年。最后国民党被打败了。"说真的，打仗我也怕死。我有两套军装，打仗前，我把新的衬衣旧的衬衣，新的外套旧的外套都穿上了，等死吧。可是，没有死，又活过来了。"

淮海战役是晚上一点多钟结束战斗的，牺牲的人太多了，几个连队剩下的才能合并成一个连。休整还不到一个小时，马上南下，渡江，不给国民党部队喘气的工夫。张成礼他们乘的是小木船，从九江过江，很快就渡过去了。

然后就到了贵州。贵州城里已经没有国民党军队，部队就地休息，刚休息就听见大炮响，派出侦察兵去侦察。侦察兵回来报告，说国民党的正规军跑到山里，和土匪在一起了。这之后就开始剿匪。

1952年10月，张成礼所在的部队正在福建修铁路，晚上紧急集合，说去执行新的任务，现在的工作等一个月后回来接着干。张成礼和战友们坐上了闷罐车，也不知道要去哪，一天两顿饭都在火车上吃。晚上九点多钟火车到了安东，就是现在的丹东，让把帽徽都摘下来，把军用水壶上的五角星也弄掉，每人发了五斤压缩饼干，然后两个排坐进一个闷罐车厢，车门边放一个马桶，在闷罐车里不许发声。"我们是被当货物运过江去的。过了鸭绿江后，火车就停下了，不到十分钟，门哗一下打开，就听见打枪打炮的声音。坏了，打仗了。哪儿打呢？这时才知道到朝鲜了。想想也不对，在丹东的时候，战士把枪都交了，我们在部队好好的，怎么把枪都交了呢？"

张成礼所在的部队是八五〇六师，铁道兵，在朝鲜不打仗，专门修铁路。被炸毁的铁路裸露着巨大的坑，为了尽快通车，附近有什么可填弹坑的东西，就不管不顾地搬来先把弹坑填满，让火车通过，抢时间把货物运上前线，事后再把那些填弹坑的东西抠出来，重新填满。

朝鲜的冬天很冷，填炸弹坑的土石要到离施工现场不远的地方取，先挖开冻土，再往下挖，慢慢地，就挖成了很深很大的洞。有一次，遇到飞机轰炸，战士们来不及撤出来，成班成排地被埋在洞里牺牲了，在外面的战友跺着脚地哭喊，也没有一点儿办法。

从朝鲜回国后，张成礼还是铁道兵，在一〇五团建筑处当警卫员。面临复员时，首长让他随军，可他想着家里需要有人种地，就要求复员回老家。

"到复员大队集训，上级强调共产党员必须到北大荒。我就这样来北大荒了。"

3 王吉贵：在朝鲜是天天要死人的，不知道什么时候就轮到自己

王吉贵十二岁时从山东平阴逃荒要饭到了东北，在佳木斯兴城镇富海屯落户，给人家放猪、放马、放牛，1950年参军，抗美援朝时随部队入朝参战。他在高射机枪部队当射手，专门打飞机，保护大桥，保护车站，后来又保护阵地。哪个地方重要就往哪个地方跑。

在杨德（音）的时候，是保护车站。那天晚上王吉贵值班，一架B-29大飞机飞来了。没有探照灯，就靠判断，一是听声音，一是在子弹里压上照明弹。王吉贵判断距离差不多，就击发了。子弹打上去，把天空照亮了，别的高炮和高射机枪一起都开火，就把B-29打下来了，飞行员被活捉。王吉贵执行过两次打碉堡的任务。第二次是打198.6阵地。第一天五班上去，晚上打，结果一

个班都报销了。第二天还是打198.6阵地，连长让王吉贵他们班去打。王吉贵到了阵地，观察一番，觉得五班的位置正是挨炮弹的地方，就建议班长，他和副射手把枪伪装好，趴在地上，把车推到前面一个大的沟坎上。"班长说能行吗？我说怎么不行，炮弹打低了，打在你前面和你没有关系；炮弹打高了，贴着你头皮过去，和你还没有关系。他说你不暴露目标吗？我说晚上打枪在哪儿不暴露目标？只要咱们的火力能压住他们，暴露就暴露呗。"那次一共要打三个碉堡，必须快速准确地拿下来。王吉贵让副射手弄了三个带杈的松树枝来，每个松树枝的杈对准一个碉堡，事先瞄准好，也没有测量设备，只能用土办法。打完一个碉堡，就迅速挪到下一个上面。就这样，王吉贵他们把三个碉堡都端了，班级立了集体三等功。

每一次战斗结束，周围都是被敌机扫射后留下的弹坑，净是碗口大的窟窿。看着累累弹坑，王吉贵很为自己庆幸。他真的是命大，多少次与死神擦肩，却都躲过了。"有一次我们四个人擦枪。班长是浙江人，中华人民共和国成立前的老兵，坐右边，副班长是江苏人，坐在我左边，副射手坐我斜对面。敌人的一颗炮弹飞来，在空中爆炸，炸出一股黑烟，我说不好，敌人打炮了，赶紧收拾。还没有说完呢，又来了一发炮弹，班长脑袋没了，血咕咕往外冒。我赶紧用班长的衣服把班长一包，抱到下面沟里去，等担架队上来。还有一次，我和副射手下去挑水，到山沟里，一发炮弹落在我脚下，幸亏没有爆炸，要不我还能活到现在？副射手在树上弄干树枝呢，我说赶紧下来。我们俩挑着水就往回跑。等我们跑回交通壕，敌人的炮弹就像下雨似的下来了，交通壕都打平了。等打完炮，班里的人从防空洞出来，看见我们俩，说正想去给你们收尸呢，炮这么打你们俩还能活！还有一次，敌机投弹，把一班的防空洞炸塌了，排长让我们去抠东西，只能钻进一个人。我进去把一班的东西全拿出来了，排长又让我再找找。我摸了一会摸到了一个大腿，怎么也拽不动，他一点反应都没有，完了，死啦。排长说你赶快出来吧，我就爬出来了。我面具还没有摘下来，身后的洞轰地一下子全塌了，晚出来一会儿我就闷在里面了。还有一次，我给班里烧水洗澡，他们说不洗，敌人一会要打炮了。他们不洗我洗。我洗完了，刚进防空洞，敌人的炮弹就砸下来了，把洗澡用的大油桶崩上天了。大伙说王吉贵洗澡呢，是不是给崩跑了？要出去看看。我说我在这呢。"

"在朝鲜是天天要死人的，不知道什么时候就轮到自己，时间长了，都不在乎了。打起仗来什么都不知道，眼睛瞪得溜圆，看哪个来就打哪个。"

1953年王吉贵回国。先在丹东，后来到城子坦，又到庄河、金县，从金县转业。1966年3月，王吉贵带着一个连到了八五二农场。王吉贵本来的去向是大连，原定来八五二的是一个通信连长，他却说什么也不来。王吉贵很不以为然，就说了一句话，"到哪不是去？到哪都一样干。结果，这句话让干部股抓住了，就定让我来了。我是在东北长大的，来就来，不在乎。"

4 张深远：我的生命是我那个排副给的，要是没有他，我的老骨头早就埋在朝鲜了

张深远是第一批入朝的志愿军。他那时是战士，扛着九九式步枪就出国了。

第二次战役时，志愿军上去一个师，打美国鬼子的一个营，本来不用太费血本的，可是越打越不对劲儿。志愿军受挫，不得不撤退。战后才知道，是情报有误，美国鬼子其实是两个加强团，比志愿军的一个师的力量还强。这是张深远第一次参加战斗，敌人在哪儿、东南西北都找不着。部队撤退，他就跟着跑，跑了一阵，他的背包带散了，他就停下捆背包。那是个冬天，手冻得不好使，好半天也捆不上。排副赶过来，拿起背包就给扔了。"我说你扔了晚上我盖啥？他说啥时候了还想晚上！他拉着我跑，跑着跑着，干粮袋子开了，一袋是苞米，一袋是黄豆。我把黄豆丢了，我就来回找啊，也不顾炮弹、子弹。排副一看又是我，说丢就丢了，他牵着我又跑。敌人枪炮一打，我俩又跑散了。我来回找地方躲，凡是有坑的地方都被人占住了。敌人的人、我们的人，死的、叫唤的。排副一看又是我，一把把我摁住，把敌人的尸体拉过来挡住我。他一直保护着我。后来我才知道，是支部给他的任务，因为我是连里唯一的一个初中生，文书才是高小生，副排长本来是带尖刀班的，只负责我一个初中生。"

"我的生命是我那个排副给的，要是没有他，我的老骨头早就埋在朝鲜了。排副回国后提了连长，后来我们就失去联系了，

但是他那个样子我还记得,姓王,我终身不忘。"

第四次战役是在朝鲜的元洲城。打完第三个战役,张深远所在的师已经没有多少人了,连团的兵力都不够。按原来的部署,志愿军一个师插到敌人心脏,二野的部队上来打,将美二师和伪八师分割包围,然后吃掉。战斗打起来了,后续部队却上不来,志愿军这一个师是孤军深入,没有办法,只好撤退。"在敌人心脏里撤退,那伤亡多大啊。我看见军长被两个警卫员架着。军长喊,凡是一个活的,都要给我弄走一个伤员,谁要丢下一个伤员,就是革命的千古罪人。就这几句话,他来回地喊。军长我们认识啊,军长在粉碎日本鬼子第三次扫荡时腿部负伤,外号叫吴腐子,大名叫吴瑞林。他喊得很刺激呀。我们已经三天三夜没吃饭、没喝水了,可我们两个小鬼,也老老实实地去救伤员。没有担架,用草袋子,用两个棍一串,拉住一个伤员抬着就走。那伤员是腰部负伤,他说我知道你们也抬不动了,也没有饭吃,你们扶着我走吧。我们俩还是抬着他,没到地方,他就断气了。"

张深远回国是在1953年1月,那天还没有停战,正打上甘岭。"我们坐上闷罐车,也不知道是回国,车门一打开,才知道到了丹东,好像到了天堂似的。有两年多没看到电灯了,也没有看见城市,心情好极了。那天发了不少钱,什么出国费、两年多的菜金、两年多的津贴费。晚上,在公安俱乐部里,背包一打开就睡觉,睡得很踏实,敌人的飞机还在天上响,我们都无所谓了。"

回国后,张深远是连队文化教员,后来上了空校。两年后分配到沈阳军区,在沈阳军区军械学校当军事教员。"我是胃溃疡，住了两次医院一次疗养院，正好赶上裁军，军事院校解散。我身体不行，就下放到北大荒了。"

5 赵凤宣：我带着二十多人送饭，走错路了，送到美国战壕去了

赵凤宣是1944年入伍的，抗日战争还没结束。赵凤宣在后方，时常到鬼子据点扒个坑埋雷，有拉雷，有筒子雷，敌人出来就炸他，不出来过几天就起走。

1947年打孟良崮时，赵凤宣在师卫生部，抬担架，上战场上抬伤号。国民党七十四师住在山上，到处是他们的人，老百姓都逃走了。赵凤宣所在的部队住在山沟里，没吃没喝的。赵凤宣实在饿得不行，在一个山洞里找到了地瓜，用老百姓的盆子煮着吃了，这就算违反纪律了。那时候，想喝水就喝山沟里的水，水里有死人还有死马，都泡在河沟里。孟良崮战事结束的时候正下着大雨。

"到了河北，打敌五十七师，我还是在师卫生部，抢伤号；打菏泽时是大年初一，菏泽周围都是芦苇、战壕，死的人很多；到河南，打周子口，晚上五点五分出发，十二点多战斗就结束了；打完开封，又回了山东。"

1949年赵凤宣调到山东军分区教导营学习，1950年参加了抗美援朝。

赵凤宣那时是副排长。有一次，他带着二十多人往前线送饭，就是炒米、窝头，结果，走错路了，走到美国战壕来了。"六班长

看到有亮就上去问路,结果美国人出来了,说OK,OK。六班长听见话音不对,就跑,最后还是被抓住了,好几年也没消息,不知哪去了。我们二十多个人听见美国人说话就跑了。"

在朝鲜,还有四个多月没吃上饭的时候,尽找野菜对付了。赵凤宣带一个排去领粮食,结果一斤粮食都没有领到。"问我有罐头要不要,我说罐头也要。战士都说不要那玩意,不愿吃。不吃也要,我们一人扛一箱罐头走的。走到半路饿了,就开几个罐头吃。到了部队,战士们把野菜拌着罐头吃。后来野菜也没有了,我和排长几个人出去找吃的。看见豆地里有豆子,叶子快掉光了,就上面有几片叶子。我们弄了大半面袋子,回去放锅里烀烀就吃了。通信员告诉连长,说一排的饭好吃。连长就让通信员要了一碗。连长就骂我们,这哪是野菜,这是豆叶,谁让你们违反群众纪律的?那时土豆、苞米有的是,谁也不敢动。饿就饿着,吃豆叶还挨连长骂一顿。每次到连部开会,大家都介绍吃饭的经验,介绍一下哪里有野菜,哪个野菜能吃。"

1958年初赵凤宣从朝鲜回国,在临江学习了四个月,就转业到了北大荒。

"有一次我女儿说:北大荒吃不上喝不上,来这干啥?我说:你不来我不来,谁来?北大荒总得有人来。"

6 李玉宝:老美的空军很厉害,白天黑夜都来轰炸,一来就三四十架

李玉宝是山东枣庄人,1931年1月1日生人,"1月1日"是

他随便报的日子,他四岁就被送人了,根本不知道自己的生日;他档案上记载的入伍时间是1948年1月,其实他1946年就入伍了。那时候小,啥事也不懂。部队上东北人多,看人家大部分填的是1948年入伍,他就跟着改过来了,把前两年都扔了。

李玉宝一开始在区上,后来调到县武装部,县武装部与县大队住在一起,县大队有五个大队,要升级成为军区的五团,李玉宝不愿意留在地方兵团,觉得没有意思,就要求到前方去。那时候小,不知道死不死的,也不想那么多。李玉宝到了县大队通讯班,然后就一块升级了。"整训了二十多天,不到一个月,铁道兵来人了,我们就跟铁道兵走了。"

抗美援朝战争爆发时,李玉宝所在的铁道兵三师在西北一带修铁路。在山区,除了山洞就是桥梁,除了桥梁就是曲线,一个火车头费好大劲才拉几个车皮,所以线路要进行改造。干了一个多月,用混凝土打了基础。干到一半时,开始改善生活,把大小猪都杀了,说上级命令部队到宝鸡过年。"我们就琢磨,感觉不是这么回事,老兵说是要抗美援朝了,大家心里都有个小九九。"

到了宝鸡,住在一个大学校里,开始动员,讲明了就是要抗美援朝,要轻装,到朝鲜要尊重朝鲜风俗习惯,要遵守纪律,不许和女人接触,等等。

然后,坐火车到了锦州,那天是腊月二十九,休息了一会儿,火车继续走,到沈阳时就年三十儿了。"我们走在大街上,好多人都看,啊呀,因为我们的军装和东北的军装不一样,戴的是单帽，东北都戴狗皮帽子。有些老百姓说老八路都开过来了，要跟美国打个你死我活了。"

到沈阳后第二次轻装，要求一个背包不能超过十五斤。过江后，铁道兵没有战斗任务，就是修铁路、桥梁。

老美的空军很厉害，白天黑夜都来轰炸，一来就三四十架，二十多架的都少。桥梁、铁路、公路都炸完了、炸烂了，铁轨炸得像拧得麻花劲儿似的。敌机白天炸铁道兵晚上修。这就不可能按着原来的水泥工程修了，改用原木搭排架，做简易桥梁。桥有二十多米高，卡的笼子，笼子里面揎的大石头做基架，上面立排架，两排，上面铺钢轨，钢轨一个扣一个，这才能通车。这一段修好了，火车开过来就进山洞，在里面待命；哪段修好了，火车再走，火车一过来就进山洞。那里山洞多，火车一段一段地走。一年多，全线通车的时候就一天，其他的都是一段一段地走。很难保障前线的物资供应。在兵站里，罐头都成箱成箱地堆在那里，还有粮食，都泡在水里；运进去的黄豆，还有胶鞋球鞋，卸在山坡上，被飞机炸了，烧得糊了，都烧成灰了，还是一垛一垛的。

美国人的飞机一来就是好几十架。"我看过那炸弹，很粗，我们把没响的炸弹里的黄色炸药掏出来用来爆破，我钻进去过。那是一千多磅的炸弹，重型轰炸机扔下的，B-29，飞一万多米，根本不俯冲，平着飞就扔炸弹。"

有一次下大雨，桥被冲垮，把基础都冲走了。连里的意见是把桥拉倒，不用了。为了安全，想用绳子拉倒，但随军有个团参谋不同意拉倒，要求上人拆。连里就召开支部会议，研究上桥的问题。"指导员在会上就说了，我们所有的党员都上桥，群众少上桥，一旦出了问题先死党员。上桥以后，如果看到桥要倒的话，要先蹦一下，先蹦到排架子上，因为桥先倒，排架子后倒。如果摔死就摔死，但不至于砸死。"

研究完了开始拆桥。拆得差不多了，连长正在桥头和工程师们研究事儿，看到排架子直晃荡，桥上还有不少人，他奔桥那头就把人都撵下去了，他往回走的时候，桥倒了，他掉下去了。"我刚出了桥，回头一看，眼睛也花了，看掉下去有十多个人，桥底下有炸弹坑，有一个叫乔绍剑的掉坑里了，运气好，没伤着。另外一个山东老乡，掉下去摔断了三根肋骨。连长牺牲了，指导员把腿摔断了，副连长一只脚踏过去时，后面的桥倒了，他一跳没摔下去。他急了，拿手枪往天上打，让大家来救人。结果大家领会错了，以为来飞机了。就听他在桥上喊，大家都来救人！那一次，连长牺牲了，排长、副排长，还有八班的两个战士牺牲了。"

回国后，铁道兵三师就到了大西北，1953年到华县，修宝成铁路，进山伐木，盖房子；还没盖完，又调到江西鹰潭，修鹰厦铁路。几个月后，李玉宝复员了，进了复员大队。动员时要求百分之九十几都得去北大荒。

李玉宝看过苏联电影，觉得集体农庄挺好。"没承想，到了密山，下了火车就没有道了，一片草原啊！"

7 董宝源：害怕你也没有办法，害怕你也得往前打，往前冲

董宝源是黑龙江省宁安人。高小还没有毕业，就被日本人抓去做劳工，到山里抠松油。松树会分泌油脂，死了烂了，松油都集中在一起，日本人用这些松油炼油。松油很不好抠，可日本人要求一个人一天最低也得抠十斤二十斤。这个时候已经临近日本投降，监工们也没有精力管这些劳工。"八一五光复那几天吧，我们就听见炮响了，我小，不知道什么事。那些老人说开炮的肯定是老毛子（东北人对苏联人的称呼），老毛子要进来了。我说我听见飞机响了。第二天我们就往回跑，迎头还碰见日本鬼子往山里撤，抬的抬，背的背，还有家属、警察、特务，他们把我们带的吃的东西都抢走了。离家还有五六十里路的时候，又碰到一群日本鬼子，都端着上了刺刀的长枪。他们要炸桥，位置就在宁安海浪附近。我们中间有很多朝鲜人，都会日语，我们让他们在前面走。日本鬼子和他们说，让我们赶紧过去。我们过去不一会儿，他们就把桥炸了。"

1946年八路军到了牡丹江的宁安，董宝源应征入伍，在牡丹江二支队一团一营一连，那是支地方部队。他才十五岁，扛了三个月的枪。连长看他太小，打仗也跟不上队伍，就建议营里把他调到营部当卫生员。虽然董宝源高小没有毕业，但在部队里，文化程度还算是很高的了，他在牡丹江卫校学习了三个月。

1947年1月，董宝源所在部队与东北民主联军第一纵队合编，改编为中国人民解放军三十八军，董宝源在卫生队。卫生队既没有枪也没有炮，就跟着部队跑，战场在哪儿就跟到哪儿，接管伤

员，像转运站一样，从前线下来的伤员到卫生队，卫生队处理后再往后方转。

围困长春时，国民党的部队没有吃的，他们的飞机就飞来空投粮食。正是春天的时候，风小，粮食能投给他们；风一大，就投到解放军这边了。长春的老百姓也饿得连道都走不动了，他们可以向外走。每天解放军放开口子，让老百姓走两个小时，上午八点到十点。部队在九台卡伦设了一个粥铺，粥很稀，每次给一小铁碗；再往前走一里多路，还有个小店，小店的粥就稠点儿了，给两碗粥；再往前走段路，到了第三个小店，能吃饱就让他们吃饱。"为什么这么做呢？就是怕他们一下子撑坏了。"

然后就是辽沈战役了。"我记得最艰苦的是过大凌河。初冬的大凌河都结冰碴了。渡河时都要把衣服脱下来打成捆，光着挤着过河，水齐腰深，老百姓都穿着新发的水衣给我们带路。我们纵队在锦州周围，塔山阻击战是四纵队打的，我们一纵队做后备。等拿下锦州，塔山阻击战也结束了。打完锦州，我们又往回返，大部队一个劲儿地催着快走。那时候国民党兵被我们打得到处跑，到处都是溃兵。什么叫兵败如山倒？那就是啊！"

打天津的时候，董宝源调到通信连当了卫生员，也不配枪，只给了两颗手榴弹。"害怕你也没有办法，害怕你也得往前打，往前冲。"

"我们打的是小西阳门。小西阳门周围都是国民党布的地雷，我们的工兵在前面排雷，有地雷的地方都插上小白旗。咱们的炮很多，一个个像树桩子似的。具体进攻的日期我记不住了，但时间我还能记住,是上午八点钟,一开始是试炮,不到十点就打起来了。过护城河的时候,搭浮桥的还没有跟上来,部队就冲上去了。我们有一个政委叫李伟,一下子就掉下去了,他的警卫员把他救上来。我们大部队冲上去后,国民党的兵很多都缴枪往后跑。我们就告诉他们到哪个交通壕去集中。十点钟部队发起总攻,十一点我们就进了天津城了。"

"打完天津就去包围北京。在北京接收整编的国民党兵,一个班一个排地接收。接收结束时已经是1949年的春天,我们就开始南下。"

北方人到了南方很不适应。通信连负责电话接线、骑兵通信,还有一个架线排。一次行军,目的地是湖南的桃源县,一百二十多人的通信连,真正走到目的地的只有三个人,董宝源、副连长和理发员,剩下的都掉队了。发疟疾的发疟疾,拉肚子的拉肚子,行军的时候把大便都拉在裤子里了。

那时候没有什么仗打,就是走路了,走到广西百色,中华人民共和国成立了。"知道建国了,当然高兴了,我还演节目了呢。那时候就知道有国家了,知道打仗就是为了成立这个国家呀,但不知道要建成什么样,都想回到北方,到北京看一看,结果也没有回得来。"

"庆祝建国,给每个战士发了一块银圆,一个大银圆。我把银圆打了一双筷子,那时候花的都是纸币,不用大洋,把它打成筷子做个纪念好保存。可抗美援朝的时候丢了。有一次遇到敌机扫射,当时我把挎包放在吉普车的后座上,车给打着了,我的挎包就没有了。"

抗美援朝时，作为卫生兵的董宝源无数次地目睹了生命的逝去，经历了战争的残酷。"我的战友，还有我的同班同学，还有伤病员、机关，都在一个山洞里，那个山洞被打着了，结果烧死了三百多人。"

董宝源1951年回国。回国后参加学习班，学习医疗知识，一年后分到二十七陆军医院，就是后来的五十七预备医院。1957年9月，五十七预备医院集体转业到八五二农场。

8 顾隆开：脚下一踩，地下怎么是湿的？也没下雨呀，细看，是血

顾隆开是贵州黔西县人，1928年五月初一生人。他曾在九路军当过兵。他家住的是地主的房子，种的地也是地主的，九路军来征兵，地主让他参加九路军，他就得参加。后来九路军被打散了，顾隆开自己跑回了家，把枪埋了起来。1951年，政府召集像顾隆开这样的人开会，教育训练，让他们知道国家是怎么回事，年轻人都要参军，参加抗美援朝。顾隆开就把枪起出来上交了，报名参军，村里敲锣打鼓地送他到县里。不久部队开到东北锦州应县，在训练队学了一个多月后，顾隆开被编入八五〇三部队一支队一连，八月十五就入朝了。

过了鸭绿江都是战场，没前方也没有后方。一过江，就看见破车破坦克到处都是。晚上行军时，敌机来了，照明弹一下来，地下什么都看得清清楚楚的，飞机投下炸弹，"我们有一个排

都牺牲了。我们正走着,脚下一踩,地下怎么是湿的?也没下雨呀,细看,是血。还没到战场呢,他们就牺牲了。"

顾隆开这批新兵被编入部队,一个班有四五个新兵,由老兵带着修铁道。

铁道兵专门修铁路桥梁,白天美国飞机炸,晚上就抢修。铁路被炸的大坑连小坑,到处都是坑,有时要用一个团的兵力去填一个炸弹坑,可见炸弹坑有多大多深;有的深坑里还有定时炸弹,不知道它什么时候爆炸,排除定时炸弹时常有牺牲。

"每天炸弹都在头上来回晃,哪天都有几十架飞机在天上飞。"

有一次敌机轰炸,一个连的防空洞被炸塌了,牺牲了不少人。飞机轰炸一过去,就开始干活,抬钢轨,扛枕木,抬土方,抢修被炸毁的铁路和桥梁。白天一般不敢行动,都是晚上抢修。炸完了就修,修好了再炸,没完没了,一天休息不了几个小时,一个多月没怎么睡觉。困得不行了,有的时候边干活边睡觉,走着路也能睡着,遇到一个坑就摔下去了。"那时候的艰苦没法说。"

有一次敌机轰炸扫射,顾隆开被埋在土里,挖出来时,人竟然没伤着,只是挎包上有个枪眼。还有一次,飞机扫射过来,眼看着他的铁锹卡在车上被打断了,铁锹头掉了下来。战友竟然还跟他开玩笑:你的脑袋还在吗?

"那时候也不知道害怕,活着干,死了就拉倒。"

前方需要的一切,都是靠铁路运送上去的。铁路修不好,炮弹就运不过去，前方就打不了胜仗。可以说，没有铁道兵，前方的战斗就没有保障。"他们都说胜利都是由铁道兵保障的，都给我们写感谢书。"

1953年顾隆开回国。这时候他已经三十来岁了，想着该成家了，就有了复员的念头。"但再想想国家需要建设，还是服从国家吧，党需要在哪儿就在哪儿。"

顾隆开随部队开到鹰厦铁路线，修建鹰厦铁路。1956年，复员到北大荒。

"从部队下来，腰腿都不行了。"

9 王言贵：到朝鲜是坐闷罐车去的，去了就没有打算回来

王言贵是河南新野人，1928年12月生人。1948年入伍，在县大队，后来到了五十八军一七三师五一九团警卫连。1950年朝鲜战争爆发，部队要培养一批坦克驾驶员，王言贵被选上了。"我一个字不识，不知学校门在哪儿，我去干啥？人家说要的就是这样的，没文化的现学都来得及。"王言贵懵懵懂懂地就报了到，然后跟着队伍坐上了火车。一开始说是去北京，他没出过门，想着能去北京看看也挺好。谁知道火车晃荡到了北京没让下车，停了一会儿又开走了，又晃荡了几天就到了四平。"一下车，哎呀可冷了，那时候十月份就很冷了。"那一年，部队刚换了新服装，王言贵他们都戴着大盖帽，穿着套头衣服，很帅气。

那时候朝鲜战争打得相当激烈，学员们都明白，看样子要过江了。那时苏联军队也来了三个师，派出教员教这批学员，驾驶

员教驾驶员,炮长教炮长,教了三个月。"晚上拉出去试试,不行,车都开到沟里去了,这还能打仗?那时候的人都笨。"

又备战了三个月后,王言贵他们就过去了。"到朝鲜是坐闷罐车去的,去了就没有打算回来。既然我是自愿来的,在这个关键时刻就不能当逃兵,当兵就是为了打仗的。"

这批匆忙培训上岗的驾驶员,开着坦克上了战场,就暴露出短处来,技术不过关,就别提还要打仗了。坦克本来应该是在前面开路的,可这一批坦克只能跟在步兵后面跑。没办法,上级只好又抽一部分坦克驾驶员到团里集训。

这一次培训过后,王言贵们再次把坦克开上了前线。

"我们挖好了坑道,把坦克藏到山洞里,藏好了,伪装起来,美国飞机来了也找不到。白天不开车去看地形,把地形摸熟了,知道目标在哪儿,天黑了,我们开车出来打。我们的指挥所在山顶上,他一指挥就开始打,一号、二号、三号目标。打完了,敌人的炮火撵着打过来,我们赶紧跑回山洞藏起来。"

美国人知道有个志愿军的坦克部队在这一片,晚上飞机过来,却找不着目标,就胡乱扔一气炸弹。坦克部队驻扎的地方是个城市,被炸成了一片废墟,没有一处完整的地方。"在朝鲜那么多年,他们愣没有找到我们。"

坦克部队一个师两个坦克团,一个连才十台车,一连、二连、三连是轻型坦克,三十二吨的;四连、五连是火炮和重型坦克,四十八吨的。平时坦克车都不集中在一起,这挖几个洞,那挖几个洞,分散藏起来,敌人根本发现不了。

配合步兵部队打上甘岭，王言贵所在的连全连出动，他开的是三十二吨的坦克车。战前各车的位置都布置好了，你的车打啥？打探照灯不让它亮；他的车打啥？掩护步兵冲锋；有的车开辟道路、冲铁丝网，有的车打暗堡，有的车打钢筋水泥碉堡等等。连长的车是指挥车，副连长不在坦克车里。一个车有五个人，多一个也坐不下。车里尽是枪弹、炮弹，装得满满的，打不同目标用不同的炮弹。车里有望远镜、观察镜，在车里都可以看到一炮弹打哪儿去了。"我们的炮弹打过去能穿透他们的二层钢板，像火龙似的，他们打我们不行，苏联坦克比他们的好。"

越打越有经验，也不害怕了。最后打得敌人的坦克也不敢露头了，原来都不伪装，后来也得伪装了。

"步兵真的很苦啊！我们车上能带着吃的，步兵不行，都在掩体里，下雨天就站在水里、泥里，弄得像个泥蛋，在最前沿的部队一个星期一换。"

王言贵参加的最后一战是打金华。那时候每天都是谈判啊停火啊，每天都谈，也不知道能不能停，也都无所谓了。打金华就是专挑李承晚打，说是李承晚不谈判。那次志愿军出动了两个军，王言贵他们的车队也出动了，一口气把李承晚的军队消灭了。

打完金华就停战了。

停战那天王言贵还挺纳闷儿，怎么停火了？连里派他带个车去前沿，配合工兵班起地雷，还告诉他下午返回来时，把敌人的车能卸的零件都卸回来。他就带着车去了。

"我们的前沿在哪儿?你看过电影《英雄儿女》了吧,那是我们的最前沿,敌人叫老秃山,我们叫无名高地,就打那个地方。我一看真停火了,挺好,战士们都穿着白衬衣,就在那山头上。"

"打金华我哥牺牲了。他是步兵,部队当时给我来信,告诉我他牺牲了。他是模范党员,是班长。战争哪有不牺牲的,是避免不了的。我家很穷,弟兄五个,姊妹六个。我们弟兄都找不到媳妇,我哥他是老三,有媳妇。国民党那时候抓壮丁,他就躲起来了。淮海战役结束了,他在家里参加了解放军。他牺牲的时候二十六岁吧,他有个孩子,现在还在。"

1955年3月王言贵回国,1956年3月就到了北大荒。

血雨腥风的经历,生与死的绞杀,肉体的痛苦和意志的考验,心理的重压和精神的折磨,我们知道,这不是故事,是一个人的经历,也是一群人的命数。这样的一群人,从战争的绞杀中逃生的人,苦与难都已不在话下,生与死只在笑谈中。活下来,就是幸运;而活下去,则是最大的信念。

北大荒,无非是他们面对的又一个战场。

第二章

天意与意志

黑土地诠释的自然法则

采访札记：

离八五二农场九十八公里、与八五三农场相邻的千鸟湖湿地，已经开辟成旅游景区，而且是国家AAAA级景区。

我们驱车前往。与一般的旅游者不同，我们的心里还揣着一个目的：寻找。寻找北大荒曾经的模样。

千鸟湖湿地位于红兴隆管理局红旗岭农场，与完达山余脉隔挠力河相望。湿地内水系发达，水泡子星罗棋布，是水禽栖息、繁衍之处。春夏之际，这里百鸟翔舞、千羽竞飞，故名千鸟湖。这里也是欧亚大陆野生动物迁徙的必经之地。据说是目前国内现存最原始、最具湿地多样性特征的一处天然遗迹。

既是"遗迹"，显然便是人类未来得及开发之处。千鸟湖湿地横跨饶河、宝清两县，与富锦、虎林两市相邻，一千八百多公顷的面积，正属于当年垦荒者们的开拓范围。几十年的开垦，凡人力所及之处，均已经变成良田，为何却"遗"下这块湿地？是有意为之还是无意之失，都不可考。客观上，却为地球保留下一块净化、循环、缓解的生态系统，就是所谓的地球之"肾"。按照环境保护主义的观点，随着人类的过度开发，地球已经面目全非，已经不堪重负，这一块块地球之"肾"则是难能可贵的遗存，让地球母亲得以喘息。而且，这一块湿地，如同这地球上任何一处遗存的湿地一样，成为旅游景观，吸引得有闲人士趋之若鹜。

千鸟湖湿地为游人们做了太多的暖心设计。乘大船可以穿越大一些的水面，接近观赏核心景点；坐小船能穿梭于水草杂生的水泡子，浏览各处景观；电瓶车可以载着游人沿着水泥路随形就势地体验湿地风情；湿地木栈道最堪称绝，你可以步行通过水上栈道、木质浮桥从各个角度深入湿地中心，零距离接近湿地；或驻足于观鸟台、观景台、瞭望塔，饱览湿地风光。

阳光下，青草漫野泛着金黄，随着微风摇曳多姿；沼泽星罗棋布，映着天上的云水中的草；鹭鸶在水草边若隐若现，鸳鸯在水中游曳，野鸭惊飞发出含意不明的叫声……

湿地很美。游人在惊叹感慨之时，不会想到这一片湿地的前世今生，更想不到它印刻着拓荒者的青春岁月和生命年轮。

所谓的湿地，就是老兵们口中的沼泽地、水泡子，他们喜欢用大草甸子来形容。这是让垦荒者们无法忘怀的荒原标志。沼泽地有丰沛的水，有攥出油来的黑土，有充足的养分，排干了水、割光了草，翻开千年封层，这里就是一片肥沃的土地，能长出金灿灿的粮食。可大草甸子里没人高的荒草和深浅莫测的水泡子，隐藏着无数的不可知。阳光下流光溢彩的大草甸子，更像是大自然为人类设下的陷阱。

但垦荒者们却必须走进去，前面有水有草有泥，有塔头墩子有草筏子，就是没有路。"一开始往里去净是大水泡子，就得坐拖拉机、坐爬犁，没有道，就在水泡子里走。"（苗登说）"没有路，有小羊肠道还是弯弯曲曲的，走草甸子，塔头墩子也多，经常被绊倒，摔倒了爬起来再走。"（张书发说）

我们走在红旗岭千鸟湖湿地中央曲折有致的木栈道上，春风很硬，或呼呼闷响，或啸啸尖叫。裹紧了御寒的衣服，戴上防风的头巾和墨镜，眼前仍然是一派风光美景。这一片添加了更多人为因素和文化意义的湿地，无论如何不再原始，虽然它与当年的大草甸子一般无二，但就是让人感觉恍兮惚兮，是因为它叫了湿地而不是沼泽地？

我们还是想看看老兵们口中的沼泽地。

我们奔向八五二农场六分场八队，据说那里还有一片未开发的沼泽地。陪同我们的是刚刚离任总场宣传部长的张培诚。张培诚是老眭的发小、同学，时任总场农垦文化办公室主任，无论从工作角度还是同学情谊，对我们的采访都给予了大力支持和协助，有他陪同，自然是方便顺利，省去了诸多麻烦。我们询问哪儿还有未开发的荒地，他张口就来，轻车熟路地就把我们带到了这里。

放眼四顾，都是一眼望不到边际的田野。阡陌纵横的良田，环绕着井然有秩的灌溉系统，强排站如哨兵般职守着；通往田野的道路四通八达，农工们可以开着汽车直达地头，两旁如同城市一般种植着有防风作用的景观树；进口或者国产的大机械，恣意地耕作在大田里，农机手坐在有空调的驾驶室里，只需揿动操作按钮，一天内便可轻松地完成以前需要几十人几天才能完成的劳动量。

这里，再也没有了当年的模样，完全是一副现代化农场的景象。

此情此景，真的很难让人想象出曾经的荒芜，更无法想象，当年的垦荒者们在这荒原上"战天斗地"的艰难。但是，垦荒老兵的心中，仍然清清楚楚地萦绕着旧时场景。他们能准确地说出哪块地是和谁一起开垦的，拖拉机陷在了哪块沼泽地里，夜里开

等待播种的土地

074　　拓荒，拓荒！

大马力拖拉机

耘耕机

荒时在哪儿遇到了狼……

我们的车穿过各个作业区，开始下道，驶上田间土路。正是春耕时节，各种大机械要么在地里耕作要么在去往大田的路上；刚刚下过的一场雨夹雪，把路面弄得很湿润，被车轮辗出纵横的泥泞……汽车驶上一道高高的田埂后便再也无法前行，我们只好下车，背上摄影照相器材，徒步寻找那一片沼泽地。

风真的很硬，御寒的冲锋衣被风刺透了，帽子不时地被掀开，防风的脖套似乎不起作用，脸颊冻得直抽搐，说出的话都带着颤音。我们在泥泞中挑拣着道眼儿下脚，好在高埂就是路，高埂引领我们走上另一道高埂。眼前，豁然出现一道河汊，河汊上有一个简易的泵站，有一道简易小桥，桥下有农工随意搭的鱼亮子（窝棚，打渔人可以吃住在里面）。远望，竟是一道河口，蛤蟆通河和挠力河的交汇处。两股水流汇聚在一起，湍急，发出声响，碰撞的结果，然后相拥着一起奔向下游，注入乌苏里江。河口交叉处，便是一大片的地，荒地。

我们站在了这片荒地的边缘。眼前是一个连一个的塔头墩子，中间汪着水或薄冰。塔头墩子上已经泛绿，草覆在上面，如一个个撑开伞的蘑菇。试着挑选了几个墩子下脚去踩，湿滑无骨，担心下陷，不敢再向前迈步，只好驻足，凝望，冥想，想当年的垦荒者们如何踏进这样的一片沼泽地。没有路，随时会陷进泥淖，会被草缠住机械，浑身的泥，水靴里灌满了水，脸被风吹得皴起一层皮，手冻得无法拿弯……只肤浅的臆想，已是让人有了痛感。真的置身其中的垦荒者，遭遇的又岂止是这些？

蛤蟆通河

  眼前的这一片沼泽地,真的是遗存了。高埂的那一侧,原来也都是这样的沼泽地,刚刚开垦不久。土地主人正在地头忙碌,他说这一片原来都是草筏地,所以粮食产量不行。细问之下,所谓的草筏地,其实就是东北老百姓口中的"大酱缸"。沼泽地里生长着苔草,筏块上杂草非常多,主要有节骨草、三棱草,苔草在积水中根茎交织,形成漂筏。漂筏苔草的支脉很长,秋季枯萎,越冬后生出新枝,逐年聚积,形成了漂筏层。人在这边踩上去,那一边就会浮起来,遇到较薄处,就可能陷进去。开发出来粮食产量也不高,因为存不住水,土层下面,还隐藏着几米厚甚至更深的草炭,那是原始的积累。

  或许,这就是这一片沼泽地被剩下的原因?可以称为真正的遗存了。"遗存"规模不大,一眼望到边,边上竖着高高的高压线塔和移动通讯塔,与眼前的景色有些风马牛不相及的意思,却也给人恍如隔世之感。

有资料显示,由于过量开耕,北大荒的湿地面积减少了百分之八十,大量稀有动物失去栖息地被迫迁徙。为有效保护地球环境、防止生态恶化,国家出台了保护政策,部分地区已经退耕还"荒",大片湿地被划为保护区。

其实,现代与历史,不过是时间的游戏,时间在游戏中,把每个阶段贴上标签,让人去猜测,哪是历史,哪是现实?时间还给人留了一个选择题:对与错从哪一个节点上算起?

红旗岭千鸟湖湿地被保护起来了,其他好多著名的湿地被保护起来。不知眼前这一片湿地是否被划为了保护的范围。但它的原始模样,的确让我们可以身临其境般感受着垦荒者的生命

残存的湿地

塔头墩子

沼泽地之夏天

境遇。

黑土地本来就是孕育生命的，在这片土地上生长的生命都是有价值的；黑土地本来就是生长粮食的，只不过设置了密钥，谁掌握了解码的钥匙，谁就是主宰。人类，无疑是最高一级的生命，这是造物主的偏袒，也是上天的意志。

第一节　黑土地的姿态

采访札记：

黑土地是有记忆的。记忆如同种子，种下了，便扎下根，继而生长。一个人的记忆会淡漠会模糊会混乱，但那些刻骨铭心的经历，却溶入血脉，生死相随。当这种记忆成为一种集体的意识时，则沉淀为一代人的生命基因。

荒原，满眼都是荒草、水泡子、塔头墩子，这里，便是垦荒部队的战场。里面，深不可测，敌情不明，不能擅入。需要摸清地形，需要探明情况。统计员就充当了侦察兵的角色。贵州三穗人刘光辉，高小毕业，1951年5月参军，编入铁道兵八五〇三师，入朝参战，三年后回国，又随部队辗转修宝成铁路、鹰厦铁路。以他的学历，在部队算是有文化的，当过文化教员。来到北大荒，便在八五二农场二分场当统计员。重庆人赵成礼1950年入伍，在部队时就做后勤保障工作，为部队进军西藏供应油料，为抗美援朝换装，发被服、厨具、餐具，每天不停地发。到了北大荒，在五分场只当了一个月的农工，就做了统计员，可谓人尽其才。统计员的工作，就是一天天地拿着拐尺在草地里四处跑，找适合开荒条件的地，拖拉机能进去作业的，拿着长树枝做标杆，看哪适合开荒就插上标杆，然后打防火道，烧荒，把一人高的羊草烧掉，好让拖拉机进来翻地。当统计员很辛苦，一个人在大草甸子里到处跑，每天要走几十公里路。每天，他们的脸都是灰的，只有牙齿是白的。渴了用手捧点儿水泡子的水喝。水泡子多，下雨了，就得赶快跑，跑慢了可能就出不来了。

那时候，还有一个工作岗位叫测定员。

二十四岁的张文英干的就是这个活儿。张文英是上海人。初中二年级时，他十六岁，和七个同学一起从家里跑出来，正好遇到南下的解放军部队，就跟着队伍走了。中华人民共和国成立后随铁道兵七师到大兴安岭修过森林铁路，到朝鲜参加抗美援朝；回国后又到黑龙江省汤原县建过部队营房，然后到江西修鹰厦铁路。赶上了裁员，他从文化教员的岗位上被调到铁道兵八五〇三部队，在材料科当材料调度，然后复员来到北大荒。当了半年农工后，调到总场劳资科当测定员。测定员就是给每个工种定量。比方说，拖拉机翻地，他是几点到的，几点开始翻地的；翻一趟翻了多少亩地、翻地的深度、用了多长时间；一个班翻了多少亩地、用了多少油料等。取平均数再稍增加一点点，算作是先进的；也可以差一点点，算是保守的。定额不一定是死的，比如说可以是一元钱，也可以是一元零五角，也可以是九毛五。这些都要根据地质条件来定额。没有经验，边干边学、边干边摸索。他得跟着开荒队一起跑，开到哪儿他得跟到哪儿，因此他把农场的各个地块都跑遍了。从张文英的工作性质可以看出，农场从初建时起，走的就是一条大农业的路子，是集体农庄的生产模式。

这一场拓荒可以用惊天动地来形容。荒原上，凡人迹所到之处，到处摆开了战天斗地的架势。十万之众，亘古未有的拓荒，当十万人的意念汇成一股意志的时候，沉寂的黑土地便被搅动起兴奋的神经，随着人欢马叫，随着机械的轰鸣，随着日出日落的轮回，上演了一出人与自然的角力，有任性的斗气，有无奈的对峙，有逞强的比武，在人类的执念面前，自然显得更大度和包容，还有无私。站在黑土地上的垦荒者们，背负着为新生的人民共和国建设大粮仓的信念，以一种胜利者的姿态和表情，展示着"人定胜天"的意志。

1 不是谁都可以当拖拉机手的

开荒的主力军无疑是拖拉机。而那个年代，拖拉机是个新鲜玩意儿，更多的人都是只从苏联电影里看到过。电影里的拖拉机手开着拖拉机在一望无际的田野里翻地播种收割的画面，令人称奇和羡慕。因而当一个拖拉机手，是无数青年人渴望的理想工作。

从全国调运进来的拖拉机停在宝清县，停在各农场，有的在路边，有的在沟里，等着来人开走它。八五二农场连一个机务人员都没有，分配的拖拉机开不回来，选调拖拉机手，成了当务之急。

何道玉和他的六十多名战友，被从铁力农场调来，作为骨干，大部分都分在各分场当机务连长、副连长、指导员等。何道玉被分在一分场，场长是穆振江。"他问我说，我们现在来了些拖拉机，也不会开，你们会不会呀？我说试试看吧。我们就把那些机械都装起来了。他说，我们弄了一个来月也没有弄起来，你们几天就装起来了。"过了几天，总场又分给一分场不少拖拉机，都在密山。何道玉便带着人去了密山，把新拖拉机开回到一分场。

山东胶州人赵希太也是农建二师的，在二百九十团六十三连。他是被送到黑龙江省农业厅的一个学校培训的。想学开拖拉机的人很多，可不是谁想学开拖拉机谁就能学，也是有条件的。其中一条就是政治标准：出身好，历史清白，是共产党员或共青团员。赵希太是共青团员，被挑选上送去培训。入学时，学校也得摸摸底，看看学员的文化层次。赵希太七岁就跟着父亲要饭，十四岁时，家乡解放了，他参加了县大队，到胶东军区抗大学习了三个月，到部队后上过速成识字班。1952年西南军区有个祁建华发明了速成识字法，印成一个小本，上面有一千二百字。赵希太学了一个月，字都学了，考试是念报纸，结果就认识九百来个字。因而他的文化水平也就是能看看报纸，算术就学了个加、减、乘，除法就不会。学校怀疑他的文化程度能不能跟上学习，就有想要打发回去的意思。赵希太说，"跟不上也得跟啊，既然来了，就得学啊。我说我不回去，那时候觉得能开上拖拉机很了不得呢，我得学。"开学典礼以后，就开始学拖拉机、康拜因。赵希太是真跟不上，有很多字不会写，不会写就画个代号，比如说"拖拉机牵引康拜因","牵"字不会写,就画个手,边上写个"千"字;还比如"播种量"等等,也用代号、画画。他心里明白什么意思,就是不会写。批考试卷子时,老师当着他的面一个一个地问:这是什么?那是什么?赵希太就跟老师一个一个地解释。老师听懂了,说:你写的不对说的对。老师很宽容,给批了个五分。就这样,学了一年,赵希太毕业了,分配到牡丹江农垦局,再分就到了八五二农场。他已经是成熟的拖拉机手了。

像何道玉、赵希太这样从其他农场调配的农机手都是骨干,但毕竟数量不多,远远达不到垦荒的需求,还得在现有人员中挑选。那些在部队时当过汽车兵或者坦克兵的,自然是首选。雷有财和陈永富都是汽车兵,陈永富是专门运送汽车的,把抗美援朝战场上打坏的汽车运回来,再把前线需要的汽车运上去;王言贵是坦克手,在朝鲜战场上开着坦克,配合打过上甘岭战役;黄开元是坦克装填手,自然会开坦克。开过汽车和坦克的人,摆弄个拖拉机自然不在话下,可惜够这样条件的人选也不多,所以更多的,还是得现培养。八五二农场成立了"八一红专大学",一个重要的培养目标就是农机手,很多都是速成的。在炮兵部队的车长清来北大荒的一个目的,就是开拖拉机。他听早来的战友说北大荒缺拖拉机手,也不管是不是艰苦,就报名来了。他如愿以偿当上了拖拉机手,从一级拖拉机手开始考,成绩是综合考试的分数和实际操作技能,还有政治表现。一共四个等级,每一级都与工资挂钩,一级是三十三元,二级三十八点六元,四级是四十五点二元。每级他都考上了。车长清开了一辈子拖拉机,直到退休的时候都是拖拉机手。

那时候的拖拉机手大多像车长清这样的，都是临时培养出来的，在"八一红专大学"，一茬茬地培养，一批批地返回到开荒队。

开荒的拖拉机手们

2 拖拉机开荒，在大甸子里跑，动不动就陷里面了

防火道已经打开，烧荒的火已经点燃。荒草易燃，风助火势，浓烟蔓延开来，一片片地掠过，留下层层棕色的土，发出呛人的焦味。

开荒队来了，开着各式的拖拉机，K55、K30、德特54，还有斯大林80号、斯大林100号。拖拉机虽说有进口的，却并不是最先进的。用拖拉机手苗登的话说，都是外国淘汰的，破玩意儿，用不住，三两年就完了。就是这样的机械，数量上也远远满足不了需要，很多地块还必须靠人力开荒。

拖拉机开荒，要按作业要求区划若干小区，在地两头和中间插上标旗，由技术熟练的驾驶员对正标旗耕第一犁，简称打"圩"，要求耕向笔直、土壤翻转覆盖良好。一个"圩"安排一台拖拉机采用内、外套翻作业方法，尽量减少机车空行距离，避免作业中出现故障停车，影响其他车正常作业，也便于机车作业质量、数量的检查验收。而那些拖拉机进不去的低洼地、凸凹不平之处、草筏地和山坡地，就得靠人力开荒。副排长于同超的工作就是协助连长勘察地形、安排地号作业，经常一个人出没在大草原，口袋里揣着一个记录本和一支钢笔，手里拿一个步公尺，为了防野兽，还带上一支步枪。"打圩、丈量、验收、上报进度，忙得不亦乐乎。看好一片荒地，中间哪里有水坑，提前用树条子插上，在树条子上面缠上草把子做标记。然后叫上拖拉机，我走在前面，拖拉机放下犁，跟在我后面，一直开到不能再走了，再顺着这个圩转圈内翻，不准越出界限。因为岗地翻完了，开荒作业接近了低洼地，要是不小心掉进了"大酱缸"，那可不是闹着玩的。"

无论是人力还是机械，对于垦荒者们来说，都是生命耐力的挑战。他们不得不拼力应战，不屈不挠，付出劳累辛苦，流血流汗，甚至生命的代价，不只为个人的生存，昭示的是一种集体的意志。

雷有财：翻地的时候，烧过的草木灰和土灰被风一吹，把拖拉机手各个都弄得像小鬼。水泡子多，拖拉机动不动就陷里面了；高岗地、条木件好的地，一天能开几十亩地，可有的地块连十来亩都开不上。

冷绍杰：最早在猛虎桥附近开荒，老场部、猛虎桥、北横林子、钢铁镇这一片地都开完了，就去八五三开荒。我们的家就是一个大爬犁上的蒙古包，到处走。那时候五铧犁不是自动犁，是人工操作的，农机手要坐在犁上。犁铧被草塞住了，我们就得下车抠。开荒的时候也有迷失方向的时候，夜里开荒容易犯困，到地头就找不到回来的路了。

李书亭：湿地多，总误车，只能拣干的地方开荒，湿的地方拉不动。就人工拉犁开荒，在山坡地，十来个

准备开荒

垦荒

人拉犁，一天也开不了多少地，一天也拉不了几趟。

潘永海：没有机械就用人拉犁、用锹挖，低洼地水齐腰深，就挖深沟把水排出去，然后再开荒，所有的分场、连队都是这么干出来的。

王树泉：二分场二队都是草甸子，都是羊草，水洼塘，拖拉机过不去，动不动就陷进去，陷一台另一台去拉，这个也陷进去了。没办法就砍粗木头，垫上，一台台往出拉。那时候战士们太苦了，累得一点劲都没有了，回去就躺在炕上，啃两口窝窝头，哪有大米白面。

龙书培：开荒的时候控制犁入土的深浅，深了拖拉机拉不动，浅了就一层皮，不长庄稼。大家为了完成任务，拼命地干，不管是什么活，干得嗷嗷叫，都能保质保量完成。你的班干多少他的班干多少，比着干，也不嫌苦不嫌累。冬天挖排水沟，没有机械，都是靠人挖筐抬。过去把二分场五队叫大酱缸，北边的排水沟有一百多米宽、几千米长，都是人工挖出来的。如果不挖排水干渠、支渠、排水沟，很多地都开不出来，种不了地。

金文鼎：一天一百多亩地，大拖拉机效果好，拖拉机都是从苏联进口的拖拉机，就是斯大林100号，能拉五个铧，德特只能拉三个铧。一个班次十二个钟头，一天两个班次，两个班次能开二百来亩地。一天人换班车不停，也就吃饭的时候停一下。

高崇仓：有的地号不好开，有的地方有塔头墩子，有的地方有蚂蚁窝，有的地方有树根，有的地方是榛柴窠子，有的地方是洼地，条件好的，一天能开七八十亩，条件不好的，一天开十几亩。

周钊来：开拖拉机开荒，在大甸子里跑，一趟好几里地长。拖拉机负荷重，只能拉三铧犁，五铧犁拉不动。在二分场八队开荒时，有个九号地很长，从这头到那头至少得半天，拖拉机低速跑，高速跑不了。一天能开几十亩地，三四十亩地。

孙略：我们开的是德特54，苏联进口的。有的地方是平的，有的地方有榛柴窠子，拖拉机碰到树墩以后走不了，就得移。有时候从那边一开过去以后，线比较长，一直走到那边就吃中午饭了。天气好一些还可以，若下雨天，或掉沟里就慢了。有时候能开一百亩地，有的时候二百亩地，一台拖拉机有两个人，两班倒。

陈永富：我开着斯大林80号拉着犁，三四天没有找到地。拉进去，摘下来，倒出来，倒着把犁拉出去，往前面不能动弹。就这样好几天。好不容易有一天我和戴成升两个人开着荒了，这一天开了二十八亩地，还全是草筏地，可分场还表扬我们了，说可把荒开出来了。你说这荒是怎开的？到后来，这地到什么程度？斯大林80号陷在地里出不来了，得把犁拆开来一点一点往外拿出来。是真找不到能开的地了，全是低洼地，沼泽地。那时候地不够用，各个队都开荒。

赵希太：一台拖拉机一个车长一个司机，还有两个助手，要两班倒。我是车长，车长也开车。从五分场场部前后开始开，一直向西开。那时不光我们一台车，好几台车，开完了东村又开西村，再往西，就到杨大房，红部，过去这里有日本的开拓团在，他们叫皇部，下面是一二三四五六七八九号，杨大房叫二号，不知道现在叫不叫号了，我们开荒的时候还叫几号几号的。到了十月份，那一片都开完了，去尖山子，就是现在的三分场。没有路去尖山子，只好绕到宝清，再从宝清到尖山子。拖拉机开荒没有指标，随便开，但我们那时哪天都是一台四垧地，两台八垧地，一垧十五亩。我在开荒队还放了个卫星，比赛开荒，一天一宿开了二十四垧，一台车。我当代表参加牡丹江农垦局的什么表彰大会，奖励我那台车，不仅有奖状，还发了春秋衣（就是绒衣），上面印着"开荒卫星一号"。年终有跃进奖，我是特等奖，五十元的。

车长清：两班倒，人歇机不停。高岗地、没有树的地，一天能开荒近百亩，不好的地也有开十几亩的时候。

黄开元：白天晚上都开荒，就知道吃饭睡觉干活，也说不出大道理来。一天吃了饭就下地，上了拖拉机就干，到下午五六点钟下班回来吃饭，没感觉累。一天开荒开好了能开六七十、八九十亩地。我的车大，斯大林80号，苏联进口的，一天干十来个小时。

李清：王震将军是总头。呵呵，这个老头喜欢骂人。我在杨岗的时候看到过，他不论到什么地方，都督促别人去翻地干活。有一个干部和他辩论几句，他们就吵吵起来了，他把那个干部骂了一顿，让农场场长把那个干部拿掉，还真拿掉了。

没有什么可以阻挡开荒者的脚步，也没有什么可以削弱开荒者的信心。一位共和国的开国将军，国家农垦部部长，不仅亲自坐上拖拉机，指挥着开出八五二农场垦荒的第一犁，甚至要亲自走到地头，督促开荒的进度，并显示着他不可撼动的权威和意志，那是怎样的一种气场？

八五二农场那时候有六个拖拉机队，各个开荒队的进度参差不齐，数量却在与日俱增。拖拉机翻完一片地，统计员要一拐子一拐子地丈量。一拐尺是二米，用拐尺量出这块地的长度和宽度，算出它的亩数(面积)，还要算出每天的开荒亩数。每天都要统计、汇总出亩数和拖拉机的工作量，上报给分场，分场再上报总场。赵成礼清楚地记得，连机械加人工开荒，经他统计的五分场的开荒数量，就有五六万亩。仅仅两年，八五二农场开荒亩数达五十一万亩，同时，节约开荒费用一百一十万元。1957年10月，在北京召开了全国农林代表会议，会上，时任国家副主席、军委副主席朱德在讲话中特别表扬了八五二农场，称八五二农场是全国开荒费用最低的一个单位。开荒费用是如何实现节约的，今天的我们无法推测，但至少在管理上是有章法的。拖拉机开荒，所需油料是个大数目，如何控制用油量，应该是有规则的。顾仁武在拖拉机五队当油料员。"那时候没有油罐，都是大油桶。油桶的保管和给拖拉机加油也是有学问的，比如怎么计算每个拖拉机的加油量和它的作业量；油料还分大油料和小油料，柴油和煤油是大油料，黄油和机油是小油料。"顾仁武并没有什么文化，淮海战役的时候参军，还不到十六岁，在团部当通信员，因为没有文化，就干跑腿的活，后来在铁道兵8510师时管材料。他的管理油料的经验，只能是在工作中摸索学习的，靠的也就是一份责任心。

但是，当年在总场材料科工作的吕长庆也说出了另一种事实。"拖拉机等都是上级单位拨的，需要什么东西提供计划，由上面供应。总局设在密山，叫密山供应站，以后又分到虎林供应站。那时候的计划是瞎胡闹，东西积压老了。有些拖拉机的零件容易坏，有些多少年都不坏，但都是成套地进。有好多拖拉机都是外国进来的，拖拉机用报废了，材料还没有用完。是1966年吧，处理积压，把没有用的东西全部报废。我就收分场积压物资，送到老场部。把这些没用的材料都送到总场，国家给核销了。"

节约也好，浪费也罢，历史不追究这些细节，只看结果。我们感受到的，是轰鸣作响的隆隆机声，是热火朝天的开荒场面。当年的八五二农场开荒数量是惊人的，最多时达到几百万亩。在此基础上，先后扩建了八五三农场和八五五农场（即现在的五九七农场）。

3 垦荒的日子可遭了罪了

数字能够说明开荒的成绩，能够印证开荒的宏大场面，甚至能让国人骄傲、世人震惊，却无法清晰地显示垦荒者们付出的辛劳、吃过的苦头、饱受的艰难和流出的血汗甚至生命。这些，没有记载在任何文件和报告中，只能留存在垦荒者们的记忆和讲述中——

赵希太：那些年可遭了罪了，连个毛衣都买不起，就穿着棉衣棉裤，黑胶鞋，冻脚啊。那个时候的冬天真冷，实在没有办法，我就把脚放在拖拉机排气管那烤一烤，暖和一点儿再出去。

王全洲：吃顿饭也困难。一个班两个大盆，一个盛饭一个盛菜，到处是水，都没有地方放盆。四队的地一直到小孤山，太长太远了，中午送饭的，有的时候就不知道送到哪儿去了。

金文鼎：开始时开荒队还吃得较好，都是面粉，送的饭都是馒头，用一个树枝一叉两个就吃。蔬菜少，一开始能吃点儿冻菜，有时候有点儿汤。猪肉很稀罕，一个月吃一次就不错了。一个人六块钱伙食费，一个月六块钱怎么也不够，要靠农场补贴了。

冷绍杰：食堂送来的热腾腾的馒头，到地头就成了带冰碴儿的冻馒头了。有一次我的手冻僵了，到卫生所去治疗。一个姓丁的医生用雪给我搓，治疗了几天，大部分都好了，还是有个关节留下了后遗症。在猛虎桥住的时候，除了队长外，所有人都得了痢疾。那时候还是部队供应，对于痢疾的治疗，就控制饮食，每天只允许吃三碗米饭，对于我们这些用盆吃饭的年轻人，真是一种虐待。好了以后就一直开荒。一开始是部队供应，伙食还好点儿。后来部队就不供应了，农场供应，农场供应就不行了，吃窝窝头，没有新鲜菜吃，吃咸菜，吃干菜，像萝卜缨什么的，都去宝清采购。

吴桂二：连队派个眼神不好的岁数大的送夜班饭，他挑着饭走丢了，找不到我们作业的地方。交完班以后回来没饭吃，问队长，怎么不给我们送夜班饭呢？队长说送饭的没有回来，一定是走丢了。

孙锡恩：那时候工作哪有个点？什么时候天黑了就该回家了，回来吃口饭又去办公室了。我被拖拉机压过，扒出来了，骨盆压碎了，尿道都压断了，在总场住了一个多月的院，瘸着瘸着回来了。

谢克沛：我在垦荒队的一个战友，到分场去换拖拉机零件，第二天也没回来。领导又派人去领零件，人家说他已经走了。原来他回来时掉到桥下去了。在离桥一百多米的地方找到了他的遗体，他领取的零件还在他身上的包里。还有个战友，是另一个垦荒队的。他开的拖拉机陷在沼泽地里了，淹了三分之二。为了拉上来，需要下去人插好钢丝绳。第一个人下去没插上，他第二个下去，闷口气，插上了钢丝绳，结果他被水泡子里的杂草缠住窒息死了。

开荒，开荒！

这是北大荒原野上的主旋律。苦和难、累和险，对于这些经历过战争的垦荒者们来说，真的不算什么。在战场上，他们看见无数的战友倒在血泊中，他们亲手埋葬过太多的战友了。他们说，至少这里没有飞机大炮，不用整天为是否能活着看见明天的太阳而担心。

车长清:"军人不怕流血流汗,不怕吃苦受累,苦点累点儿,蚊子、"小咬"多点儿也无所谓。拖拉机牵引着三铧犁或五铧犁在一片片荒原上行驶,回头看着拖拉机后面的荒地被我们的三铧犁五铧犁一犁一犁地翻过来,闻着黑土地的香味,感觉很好的。"

第二节　垦荒者的表情

采访札记:

每天采访,来来往往于各个分场之间,满眼都是大片的农田。防风林已经染绿,路边的野草开始张扬,黑土地在阳光的照射下蒸发出莫名的气息。农场的土地都已经分租给了个人,承租者根据自己的经营能力管理着面积不等的田地,按每亩三百三十元的价格向农场上缴租金。但在耕作时间和进度、播种数量和品种、种子的选优和提供、日常田间管理、病虫害的防治等等方面,农场负有管理、督促和合理布局的权力。

正是春耕时节,育种、耙地、耥地、播种,所有的环节都是机械作业,看不见集中的人工。我们想去哪块地看看耕作现场,当向导的农场干部立刻可以通过微信实时知道哪台机械正在哪片地里作业,照片、视频都有。路过四分场八队(现在叫第四管理区第八作业区),播种机正在地里播种。我们把车停在地头,走近田间劳作的机械和人,还有地头堆放的成袋的种子和肥料。这一片地有二百亩,正播种玉米,玉米种子浸泡过,裹着红色的外衣。几名女工在等着给播种机装种子，她们是承租人的亲戚，来帮忙。她们说，亲戚之间都是这样，到种地的时候，互相帮忙。问到去年（2016年）的收成，承租人说，去年每斤玉米才卖四毛三，去掉人工、肥料等成本，虽说国家有直补，可还是亏。我们没有根据计算他到底是不是亏，从他的口气里，却感觉不到失意。田地里正在奔跑的播种机，一眼望不到边的土地，还是能让人看到希望。

在七分场二队（第七管理区第二作业区），一辆大型拖拉机牵引着播种机正好回到地头，几个农工正在装种子肥料。司机下车换班，跟我们聊起来。他叫孙文忠，是这片地的承租者，也是这辆大农机的车主。他原是七分场的退休职工，父母是辽宁人，逃荒来到北大荒，他是典型的"荒二代"。应该是比较有头脑而且勤快的人，在职时是开汽车的司机，改革开放后自己筹款买了一辆大解放141，跑运输挣了些钱，租了六七百亩地，又买了迪尔1654型拖拉机，给自己种地，也出租。我们羡慕他能挣很多钱。孙师傅笑说，他都是给儿子和孙子挣的钱。语气里是满满的自豪，看着重新启动驶上田野的大机械，他的眼神都是快乐的。

今天的北大荒人，正在享受着老一辈垦荒者创造的生活。他们的生产方式和生活方式发生了翻天覆地的变化，人生观、世界观和价值观已经深深地打上时代的烙印。站在沃野千里良田万顷的土地上，他们知道老一代垦荒的艰难，但更在意和关注的，是当下的生活。

也对，除了历史学家，没有谁总是回望过去。

但垦荒老兵们无法忘怀，或许，他们是老了，新的生活总是与他们若即若离，他们看不清，也很难理解；自觉或不自觉地，往事总是清晰如昨，时不时地浮现在眼前。老兵们很愿意与人倾诉，讲过去的生活，讲过去的人和事，甚至一次没讲够，第二天会要求再补充一些。每每讲起来，他们都掩饰不住地兴奋，间或也有眼泪，有委屈，有失意，有牢骚，有不满，但你却发现，这些却往往都淹没在他们讲述的垦荒经历中，甚至被一种自豪感冲淡。可以说，垦荒生活的点点滴滴，都是他们的生命记忆，更为重要的，那是展示他们人生价值和生命经验的舞台。无论时代如何演变，脚下的土地，或茂盛，或蛰伏，或张扬，或沉默，都是一个巨大的仓库，储存着他们的人生财富。

在地头准备播种的拖拉机

作者邱苏滨（右一）在田间采访播种的农场职工

1 用裤子装着黄豆，叫"裤播机"，在地上捅个眼，点几粒豆子

大片的荒原被开垦出来，黝黑黝黑的土地，处女般敞开了她的身体，臣服、奉献，迎接着征服者，有些忸怩、拘谨，也不忘了调皮、捉弄，偶尔欲擒故纵或故弄玄虚，更带给人无尽的诱惑。征服者根本顾不得欣赏她的千娇百媚，也来不及思忖自身的能力，便迫不及待地扑上去。他们知道，这是一片充满了生机的土地，播下了种子，就是种下了希望。

吕志宣：春天雨大播种困难，有时候用人工点播。用裤子装着黄豆，人拿着，叫"裤播机"。那时候种什么收什么，苦菜呀杂草都没有，就是黑土地。产量并不低，一般小麦的高度和我的身高差不多，一米六四。到时候收回来只能收七八十斤，收一百斤都困难，一是浪费多，一是车不行。

王玉山：开出来的地种菜、种大豆，用个小铲子抠个眼放几个黄豆粒，到了第二年才开始种小麦。

赵凤宣：种地没有机器，人人拿根棍子，前面是尖尖的，在地上捅个眼，点几粒豆子，脚一踩一个。豆子长得可好了。

陈金重：那时候种地，挖个坑，种两个豆，再自己吃一颗，不吃饿。

贺友：人工开荒，是用锹把草垡子扣过来，再在上面插个眼种几粒黄豆，夏天不到六点就下地，中午在地里吃饭，多数都是苞米面窝窝头、苞米面粥和咸菜，到晚上六点才回家。家属也跟着开荒种地，有的家属比男人还能干，还能吃苦。

王建吾：早上天不亮就起来，头一天告诉到三号地种地，不用喊，都到地头等天亮。早饭在家吃，午饭在地里吃，太阳不落山不收工。女同志跟男同志一样吃苦，结婚有了孩子，还得在一线干活。有的地号离连队有十多里地，中间休息，要跑回来给孩子喂奶，喂完奶再跑回来干活。那时候什么交通工具都没有，就靠两条腿，很辛苦的，没人有怨言。

张书韵：那个时候年轻，也有干劲，条件艰苦，也没感觉艰苦。我有个战友叫骆一明，在六队的时候，在四分场割麦子，累了，他就趴着割，跪着割，一天就把裤子磨烂了。还有一个姓刘的战友，割水稻，刚买了水靴子，一上午割了七个口。

顾隆开：第一年秋天，看到有收成了，心情大好啊。随便找块地种上就长粮食，真是好地方。刚开的地哪有上肥的，连耙都没有耙。第二年就耙地了，种了四五年才开始施肥的。

那维林：那时候的康拜因都是牵引康拜因，天再好，康拜因不玩活，割麦子、割大豆，都是人工割。脱谷，多在冬天。脱谷机那么大，人干活累得一身汗，脱谷机还爱坏，一坏人就得停下来，冻得够呛。中间烧豆秸，大家围着中间烤火。掰苞米也是人工掰，集大堆。都是积雪，时间长了雪壳子都弄不碎，就用链轨拖拉机压。

苗登：收获的时候，割大豆割麦子都是人工，能拿个镰刀就得下地。早上起来下地割豆，下雨水老深，上面有冰碴儿，一开始还选择道走，后来鞋都湿了，裤子湿了，也就不顾了。割完了要集堆，要脱谷，一晚上也干不了多少活，一会儿就坏。

付孟海：割大豆是很遭罪的，垄沟的水已经结冰碴儿了，一脚下去棉鞋就湿了，脚脖子都冻得裂口子。大豆割完了，还要集垛。麦子和大豆都要用康拜因脱谷，康拜因没有几台,脱谷的时候不分白天黑夜,机器不歇人也不歇。挑大豆,往康拜因里喂大豆,还挑大豆秸。

零下三十多度的夜里,穿着绒衣还冒着大汗。

陈永富:那时候冬天也要干活。有一年,我领十几个人去集豆堆,午饭吃的馒头,送来时是热的,吃的时候咬一口是白碴儿。天也冷,人就围着豆垛跑。我的车里只能坐三个人,就有一个小火盆,根本解决不了什么问题。

吴桂二:晚上脱谷,要脱谷的粮食堆了很多堆,脱完一个大堆就得挪地方。脱谷机很大,几个人弄不了,半夜三更的,不管男女老少都喊起来抬脱谷机,从这块地抬到那块地。白天都累够呛了,晚上还得喊起来。实在抬不动就用牛拉,非常艰苦。现在想想,是怎么过来的呢?

王家臣:那时候干部是要跟班劳动的,没有在家里坐着的干部。那天等马车的工夫,正好有个铡草机在铡草,铡草机堵了,有那么长的铲子,我拿着铲子把一捅,铡草机转了,就把我手带进去了,把我的胳膊搅断了。

赵克忠:那时候的干部是比较苦的,起早贪黑,慢一点儿都不行,你不干活怎么当队长啊?领着一百多人呢,一个队啊!在单位住,上班下班都得领头干,你不指挥干活谁指挥啊?冬天时活多,积粪,在场院处理粮食，在大草甸子排水，挖水渠。排水一干两三个月，水排不出去不行，冬天冻住了，用炸药崩，打炮眼儿，放炮，不冻的地方用锹挖，一锹一锹地挖。

吴明玉：有一次，十万来斤粮食被水淹了，数九寒天的，冷啊。我说你们在门口烧堆火，给我打盆水。我把衣服脱了，钻下去了。这下好，救了十万来斤粮食，把身体弄坏了，吃什么吐什么，站都站不住了。有的群众笑话我，吴明玉呀，你原来那么厉害，现在怎么这么样啊？哈哈哈哈，我五十岁就该死的。咱们实在，也不识字，是大老粗，哪里艰苦哪里去，哪里困难哪里上，让你扛麻袋就扛麻袋，让烧酒就烧酒，活重的地方就主动去，把活轻的让给别人，从来不挑不捡。一切听党的

慰问团来总场慰问

话，对不对？《三大纪律八项注意》里有一切听指挥。我这一辈子呢，没有立过功，也没有受过处分，就这么个情况。

八五二农场的种植面积达到一百多万亩，号称"百万亩农场"。有一年仅小麦就上交了三千多吨，"加价奖"就拿回来三千多万元。要知道，那时候的小麦亩产是五百斤，大豆也就三百斤。交粮食要去迎春，迎春有个大粮库。交粮从秋天开始，到来年的春天还没有交完。

黑土地用她旺盛的生命力，回报着垦荒者的付出；收获的喜悦足以冲淡经历的艰难困苦，饱受煎熬的身心聊以自慰。两三年间，荒地开垦出来了，粮食也长出来了，北大荒具备了"北大仓"的雏形，国家实现了"屯垦"的战略目标，更在全国人民心中弘扬了一种精神，这在那个激情燃烧的年代，足以振作起昂扬向上的力量。1958年4月中旬，王震率领中国人民解放军总政慰问团来农场慰问，除了在总场演出，还下到各分场。

龙汉斌：演出台两侧有对联，上联：密虎宝饶千里荒原变良田，下联：完达山下英雄建国立家园，横批是中国人民解放军总政慰问团慰问复转官兵。这个对联我记了一辈子。

2 快要饿死了，队里的粮食堆得像山一样，都不敢动

不能忽略的是，从1956年铁道兵部队成建制挺进北大荒，到1958年十万复转官兵进入荒原，正是中国社会经历的一个特殊时期。新生的人民共和国磕磕碰碰地走过了十年，由最初的兴奋、激情澎湃，到冷静的思考、执着的建设。而接踵而至的三年自然灾害，殃及全国各个领域各个地方直至每一个人，遥远的北大荒也不例外。垦荒的巨大成就，让垦荒老兵们获得了精神上的抚慰和满足，但其实，垦荒者的生活境遇并未有大的改变，甚至愈加艰难。

顾隆开：我那时候的工资四十一块六，三个儿子一个女儿。养活一家人，还得给父母寄点儿。那时候很困难，我一回到家，孩子们都眼睁睁看着我，有时候给他们每人买一块水果糖。

李玉宝：吃的都是高粱米，看不到大米。四合村有大米，有些人想吃，就到四合村换，后来人家也不干了。有的坐汽车到佳木斯换。很少，一年到头也换不了一次。我们有条件的换一次，一般的农工也没有条件，也就没有办法吃到大米了，也就不想了。老伴生大女儿时一个鸡蛋都没吃上，没有地方买呀！吃了一斤多油条，吃了半斤猪肉，半斤猪肉还是别人给的。

王建吾：苞米面八分五一斤，每人供应的粮食百分之五十是白面，吃不起白面，没钱，就吃苞米面，光

吃苞米面也吃不起。那时候的孩子有什么吃的？能吃饱就不错了。1959年来了一批山东移民，小孩子多，有的家七个孩子两个大人，三十二块钱养九口人，你说怎么过吧？

孟启华：我当时正怀着我儿子，我老跟领导说，我吃不饱，呵呵呵。领导说，都是那样，你上哪儿去？我说我上生产队也行啊，我就调到八分场去了，几乎就能吃饱了。

吴桂二：那时候物资也紧张，有钱也买不着东西，从部队来的时候穿的一双翻毛黄皮鞋也穿坏了，衣服也被树枝刮烂了。

龙汉斌：我们湖南人能干也能吃。我中午一顿饭能吃八个馒头，再买个菜，一顿饭要花块八毛钱，还不算早晚饭。我一个月三十二块钱，这些钱不用说干别的，光吃饭都不够。

王震带着慰问团来慰问，除了演出，还和复转官兵们开了个座谈会。龙汉斌参加了这次座谈会。大家在会上提了生活困难的问题，有的提到工资不够养家，有的南方人谈到饮食习惯。这次会议之后，"王震部长从南方购进不少腊肉，腊肉好保存。"湖南人龙汉斌很喜欢吃腊肉。他有些拿不准，是不是这次座谈会起了作用，但确是在这之后，职工每人每月在食堂就餐只交六块钱伙食费，可以随便吃。"可能和我们在座谈会上跟王震部长反映这个问题有关。"龙汉斌说。

这样的日子并没有维持多久。"三年困难时期",农场就欠发工资了,给每个人记账。吃饭不用花钱,一个月吃十八斤粮,还要节约二斤。同时,农场开始精减人员,特别是精减女职工,有小孩子的就精减。原来是双职工养家,现在只有一个人有收入,而且家里老人、妇人、小孩子都不供应粮食。其实,农场并不缺少粮食,但却与全国人民一道节衣缩食,可谓同甘共苦。粮食不够吃,就吃土面黑面,就是生了赤霉病的麦子磨出的面。粮食收割了,却因为缺少运力,无法全部运出来,堆在地里;运出来的,又来不及脱粒,堆放着场院。结果,堆在地里的烂掉了,运回来的发了霉。麦子没有及时脱谷而发霉、发芽,生丹,就是生了黄曲霉菌,叫赤霉病,吃这样的麦子蒸出来的馒头就头晕、恶心、呕吐。大家叫它"头疼面"。除此,很多代食品成了垦荒者们的果腹之物。

赵克忠:1960年挨饿时,场院的粮食一囤一囤的,没有人去偷,没有人去抢。那时候给多少吃多少,饿就忍着也不偷。农场的人真不错。

唐德祥:没有粮食吃,就吃树叶、树皮、葵花盘芯子。对我们这些军人来说,不算什么。我们的要求也不多,就是吃饭、干活,把本职工作做好。

赵成礼:苞米秸秆用石灰水泡,泡软了过滤,弄出来的东西烙饼,掺野菜呀、掺苞米面呀。一个月十八斤粮，都饿得不像样了，我都饿昏倒过，是五分场的同志看我倒在地上，把我扶回家的。

董宝源：分场总比在总场强，总场有很多人都得了浮肿病，在分场还能多弄点儿大豆什么的。那时候对干部要求很严，一般是不让自己弄吃的，就吃定量的粮食。好在我家属那时候没有啥工作，可以每天上地里去捡豆子捡苞米，可以去挖野菜。把捡到的粮食磨成面和野菜什么的混在一起吃。有一次饿得没有办法，别人给了一个冻萝卜，还是个糠萝卜，用盆把这个萝卜炖了汤，好几个人喝了，喝得大家还挺高兴的。

车立志：那时候想吃点儿豆饼都是不可能的，得经过特批，才能得到一点点。能吃的东西几乎都让人们想尽办法用来充饥了。家属只好自己想办法解决。那一年我们家里种了苞米，长得还不错。到了冬天，大家到水泡子打鱼，当时的泥鳅鱼又大又肥。

周钊来：八队苞米多，全分场都到八队来拉苞米秆着吃。当时有个小加工厂，拉来磨面吃，拉糊糊面掺点儿野菜给大家吃。别的单位还到咱们这调粮食。咱们国营农场是互相支援，不讲二话该给就给。

赵凤宣：一天就发两个"棒子"，够不够吃不管了。没得吃，我们就吃苞米叶子，把苞米叶子放水坑里沤碎了煎饼子吃，榆树叶、橡子都吃过。场院上有粮食，粮食囤一囤一囤的，大豆、苞米、麦子有的是，公家动行，个人谁敢动？你饿着就饿着，你不能到场院拿东西。

张深远：我往回走，结果半路上就走不动了，就躺在公路上，要断气了。我老伴找来把我扶回去了。有两个老同志煮的面条，只剩半碗面条汤给我喝了，里面一根面条也没有，喝下去马上好了。这半碗面条汤我一辈子都忘不了。那个时候组织纪律性就是那么强，公家的东西一点儿也不能占，快要饿死了，队里的粮食堆得像山一样，都不敢动。

陈绍贤：我们把苞米秸秆在池子里用石灰水浸泡，然后捞出来放在另一个水池子里，穿着水靴子踩，用这些稀泥汤子拌些苞米面煮着吃。外出干活都带干粮，窝窝头就算是好吃的了。有一个十八级的转业老干部腰里扎个皮带，把窝窝头揣在怀里了。等中午我们烤窝窝头吃的时候，那个老干部走过来说，我的窝窝头哪儿去了。我问他你干什么去了，他说解手去了，我说你到解手的地方去找吧，结果真在那儿找到了。他拿回来烤了也就吃了。那个年代没办法。有的人和你关系不错，劳改新生什么的，也不敢明目张胆地给你管教人员吃，等半夜十二点，敲敲你家门，给你送一点儿黄豆或给你抓一把豆饼。他们的东西很多都是偷的。1960年我正是预备党员期间，我是不会去偷的。饿也只能在家挺着。

冯绍昌：困难的时候我当炊事员，想尽一切办法，能吃的东西都吃了。做淀粉,用石灰水泡苞米叶子。再一个,种的苞米不成熟,把整个苞米砍来用碾子、用磨磨面,用热水烫,烫都烫不熟,还得在锅里炒,捏成窝窝头,还有麦麸子啊,豆饼啊。豆饼是最好的东西了,有的孩子专门吃苞米面窝窝头,不吃土面,不吃淀粉。

张文英:我当司务长还得了浮肿病。吃了赤霉病的小麦面,人人都头疼呕吐。每个月的口粮只有十八斤,每人还要节约二斤,又没有什么副食,根本就不够吃。连队有苞米秸可以做淀粉,分场没有地,就上山去采榛柴叶子,揉碎了用苞米面做窝窝头。为了填满肚子,能想到的办法都用上了。夏天虽然有不少可吃的东西,但不知道哪些是有毒的,就不敢去尝试。

吴明玉:一个下放军官是东北人,生了一对双胞胎,一对双胞胎才六斤半,他们三天没有管,这对双胞胎竟然没死,你说命大不大?我为了联系圆盘锯的事,遇到他们了,知道他们怕养不活这对孩子,不想要。我说不想要给我,他们就给了我一个女孩,这个孩子才三斤半。我家属还年轻,我怕她不会带孩子,就找个老太太来伺候,竟然还喂活了。在困难时期,每个月可以领到半斤好白面,大人都舍不得吃,都给她吃了。她十岁以前经常闹病,有一次七天七夜昏迷不醒,不知道为什么还要给她输血?我一个农工,没有钱,哪来钱给她输血呀,抽我的血吧。抽了一管子给孩子输了,我也不疼不痒，可有点儿起不来了。我现在还得济这个孩子了，她在分场场部开个饭店，她在我身边，其他的孩子都不在我身边。

女人们对于这种"无米之炊"更是感触颇深，至今记忆犹新。

王龙祥的妻子孙淑梅说：他当指导员，我想到地里捡豆子，他不让我去。他说你是指导员家属，你去捡，别人会有意见的。为这件事我俩还吵了一架。饿呀，饿得受不了。但吵归吵，我还是听他的，没有去。

孙锡恩的妻子张秀冶说：三年困难时候，我正好怀孕，人家都到地里捡个豆吃，我还啥都不能干，总流产呀。我就看场院，别人上班我下班，别人下班我上班。那时候有人偷偷从场院抓把豆回家。也有人提醒他，让他拿点儿豆回家，他不干，共产党的东西他啥也不占，他就那么死心眼，就那么实诚。吃饭的时候，盛粥的盆底都要拿手指头捋一捋。家里买了点儿蜂蜜，实在饿得不行，就用筷子稍稍蘸一点儿。那时候的日子不能提了。

赵景财的妻子刘凤琴说：粮食关系都在食堂，家里没有粮食，一粒都没有。正好生老二，减了粮食，才十八斤，以前都三十多斤，苞米叶子煮了吃。小的刚生下来没吃的，把馒头拿回来煮一煮，给他吃。别人给我们麦麸子，给孩子吃了。一听锅响，孩子说我还想吃，在幼儿园也吃不饱。

有的职工实在饿极了，就去偷堆在地里的粮食。工程营有一个职工，偷粮食的时候被一枪打伤了，肠子流了出来。这是个大事故，工程营的连长指导员都挨了处分，总场还就此事召集各连的连长开会。何道玉那时在一分场七队当连长。"我在会上说，我们很为难，管严了要伤害群众，管松了他不听你的，照样来偷，怎么办？总场书记耿志义说，我们共产党领导的工人闹革命，也是为了吃，他们吃不饱，你说怎么办？我说噢，你说话的意思我明白了，只好睁一只眼闭一只眼呗，吓唬跑了就行呗。"何道玉领会了领导的心思，回来就嘱咐看护粮食的职工，再看见偷粮食的，"要先喊话，他们不听再开枪，只能朝天放枪，把他吓跑了就好，不能打人。"

这个时期，铁道兵出身的李三圆在一分场六队当粮食保管员。职工食堂的粮食不够吃，炊事员找他要粮，想让他通融一下，李三圆就为难，"粮食给你了，我对不上账怎么办？账下到哪儿？"李三圆没有文化，根本不会用笔记账，但他心里有数，"我管的粮食私自给出去了，我就说不清。"所以，再看见来要粮食的，他就躲出去。有的职工饿急了来偷点儿粮，李三圆又心软，只好睁只眼闭只眼。还有的时候，他耳朵根子也软，别人央求几句哭诉一番，他就给人家拿点儿。"帮你一点儿帮他一点儿，我一分钱也没捞着。"

艰难度日的老兵们，那种自律、那种自我约束，绝不是一个普通人的觉悟，仍然是军人的境界。军人，是一个有着特殊意义和内涵的称号。摘掉了军衔和领章、帽徽，就意味着人生的重新出发，同时也意味着有了更多的个性选择：自由和放纵。但是，对于复转官兵来说，"军人"仍然是浸入骨髓的标志，是行事做人的准则——听从指挥，意志坚定，不怕牺牲，吃苦耐劳。这不再是强硬的军纪，而是一种自觉。

老兵们生活在底层，苦苦支撑着国家战略，靠的就是一种信念：坚持。

顾隆开说，"心里有数，坚持下去将来会变好的。"

但这个"将来"是多久？"变好"会好到什么样？没有人能说得清。

这个"变好"的过程其实很是漫长，而且缓慢。孟繁和转业来八五二农场时已经是1966年，大规模的开荒建设整整十年了。孟繁和带着复转官兵组建的一个连队从长白山坐火车到迎春站。他们重复着与十年前的垦荒官兵初进荒原时的同样经历。"正下大雪，路不通，前面用推土机推雪。整整走了一天，上午十点来钟到的八五二农场场部。黄振荣和总场领导、群众都夹道欢迎，中午在招待所吃饭，晚上开联欢晚会。"孟繁和是指导员，他的连队被分到三分场，给了六个帐篷，让在一队后面成立九队。那里仍然是大草甸子，他们洗脸就是草甸子里的水，饮用水要用马车到分场拉，到七八月份才打了井，仍然是当年开荒当年种地。

对于一个人的生命而言，风雨兼程的十年，需要怎样的一种坚持？

叶剑青：铁道兵过去一直在荒山野岭没有公路、没有村庄的地方修铁路，在国内在朝鲜，都习惯吃苦受累了。说真的，没有我们铁道兵和复转官兵，是没有人能开发、建设好北大荒的。北大荒，日本鬼子也进来过，他们的移民也来了很多，为什么就开发不起来呢？他们没有南泥湾精神，没有奉献精神，没有吃苦在先的精神。我们军人长期受党的教育，都是从枪林弹雨中走过来的，在农场也一直保持着军队的传统，军人的作风。

3 何道玉的坚守

何道玉，应该是最早来到北大荒的那一批垦荒者之一。从1954年至今（2018年），整整六十四年。

何道玉所在的部队是中国人民解放军农业建设第二师，俗称农建二师，由华东九十七师的二八九、二九〇、二九一团组建而成，二八九、二九〇、二九一团也叫老四团、老五团、老六团。他们是搞农业的军人，都是听过农业专家、大学教授授课的，掌握了基本的农业知识。农建二师原来在现在的胜利油田那一片开荒种地。过去那个地方叫广北农场，在海边，盐碱地多，他们挖沟、排水，准备用黄河水灌溉，改良土壤，但要等到长粮食，这个周期恐怕太长了。1954年8月，农建二师从山东移师到北大荒，是整个一个师,都是现役军人,还带着机枪、小炮等轻重武器。他们先把密山北大荒修缮好了,然后三个团分住在虎林、宝清、集贤。农建二师是全国来北大荒最早的现役部队。他们见证了北大荒最初的荒凉,也开创了北大荒军垦的先河,参与创建了北大荒最早的农场之一友谊农场。现在的二九○农场、二九一农场,就是农建二师的前身,名称取自二九○团、二九一团的番号。铁力原来有一个农场,只有一百多人,二八九团移驻后,本来应该按番号命名为二八九,但原来的场长很有些不甘,便与团首长们商量,能不能还叫铁力农场。就这样,铁力农场的名称保留下来,"二八九团"便被淹没了。何道玉就在这个二八九团。

1955年12月31日,农场二师集体转业,归黑龙江省农垦局。

年轻时的何道玉

何道玉拿到转业证时，才知道自己转业了，那已经是1956年下半年。这时候铁道兵已经进入北大荒，八五二农场建场时一个正儿八经的机务人员也没有，便从农建二师各部调了六十多个机务人员，大部分都分在各分场当机务连长、连长、指导员什么的。

何道玉是1957年1月调到八五二农场的。从这时起，他在连队当了四十多年的干部，直到1994年在一分场五队党支部书记任上退休。

何道玉从来没有动过离开北大荒的念头。

何道玉的父亲叫何洪涛，山东平阴人，在大学读书时便接受了共产主义学说，1936年，他放弃大学教师的职位，带着几个学生到了延安，参加抗日军政大学学习，后任抗日军政大学教员，抗日战争时期，任八路军一一五师、也就是刘伯承的部队教导处政委。淮海战役结束时，他是第二野战军军官教导团政委，战场上俘虏的国民党高级将领都归他谈话教育。1949年全国刚解放时在重庆任第二高级步校学校政委。何洪涛是名副其实的老革命，中共高级干部。

1949年8月，何道玉在济南高小毕业。他没有听从父亲的安排去北京工作，而是背着父亲参军了，那一年他十五岁。正是抗美援朝战争爆发之际，何道玉报名参军，让县里征兵的人很高兴，说高级干部子女带头当兵树立了榜样。父亲知道他当兵后，并没有反对，还嘱咐他好好干。

何道玉没想到，他没有走上战场，而是被分到了农建二师，几年后又随着部队移师北大荒，开荒种地。

巧的是，父亲何洪涛这时被调到哈尔滨军事工程学院任组织部长。这个学院就是著名的"哈军工"，院长是陈赓。"哈军工"是一座有着重大红色背景和良好声誉的大学，为新中国培养了无数的高科技人才和高级管理人才。它的声誉和口碑，使很多人趋之若鹜，纷纷找陈赓院长"通融"。陈赓院长很烦，便让组织部长何洪涛"把这事管起来"，就是说，这种事不用向院长汇报，由何洪涛全权处理。

何道玉初到北大荒时还是现役军人，若想进入"哈军工"，只是父亲一句话的事。但他不去，他不想让父亲的光环影响自己的生活，他要靠自己的本事和能力。何道玉放弃了这次机会。

父亲后来调回北京军事科学院工作，但父亲的影响力不减。"文革"期间，父亲的一位在中央某部当部长的老战友张继光被下派到黑龙江省农垦总局当局长，管着七十来个农场，干了三年。何道玉也没想着靠上前去。1977年，张继光落实政策回到北京，何道玉的父亲却在这一年去世了。第二年，张继光回到黑龙江农垦局，专程来看何道玉。

何道玉正在三分场七连当连长。总场场长是马垦。"他给我打电话说，小何——我那个时候四十三岁，你不要出去啊，你父亲的老战友来看你了，我们一块去。"第二天老局长他们就来了，陪同的有管局的局长马连祥、总场场长马垦，还有分场的营长们。老局长到何道玉管辖的连里转了转，啧啧称赞他搞得不错，然后就要走了。"总场的马垦场长说，你还有什么要求啊？你大爷下午就要回去了，你有什么要求你就快说。我说，他八十多岁了从北京来看我，我就很感激了，我没有什么要求。三营的营长在我后面，踢了我一脚，他说，你要啥你说呀！你咋啥也不说？"

何道玉还是什么也没有说。

何道玉是太有个性了，过于耿直的性格让他赢得了口碑，可也耽误了他的前程。他不吃喝玩乐，不陪领导吃饭，也不拍马溜须，对职工的利益能照顾尽量照顾，被公认是个好连长。他在七队的时候，七队年年是先进单位；到五队干了十多年，五队年年是总局的标兵生产队；到三分场七连，七连也是先进单位。领导对他的工作特别满意，但对他不讲究场合和方式方法地给领导提意见，让别人下不来台很是挠头，所以他一直也没有被提拔起来。

但何道玉觉得总场很对得起他，对他也很照顾。每次涨工资都有他的份儿，刚建场的时候奖励他一级工资，退休前也奖励他一级工资，在连队一级的干部中间，他的工资是最高的。他知足。

八五二农场建场初期，何道玉是包车组长，开荒、种地，在全场他的车用得是最好的，几乎没有故障，场里就想把他树为全国劳动模范。人民日报的记者来了。那时候还没有照相的，是画像。像画好了，采访的文章也写完了，准备登报了，场长耿志义把他叫到总场，谈了一番话。"场长说，你用的拖拉机是东德制造的，质量很差，全场来了一百台，百分之九十九都坏了，唯独你这台使用的好。如果把你的事迹登上去，人家外国会不承认他

作者邱苏滨（右）采访垦荒老兵何道玉

们的质量不好，既然是坏的，他那台为什么使用的这么好呢？你就当个无名英雄吧，这个事就不能登报了。"

何道玉的画像没有登上报纸，自然也就没有当上全国劳动模范，但农场批准他入党了，还奖励他一级工资，提了干。有一次和在北京的弟弟见面，弟弟说你在北大荒干得不错啊！他奇怪弟弟怎么知道，因为他从来不跟家人说起在北大荒的经历。弟弟说，是在图书馆里看到了一本《在南泥湾的道路上》，里面记载了他的事迹。这本小书在当年很有影响，但是何道玉不知道。

何道玉彻底在北大荒扎下了根。他的三个儿子也都留在了北大荒，都在他所在的生产队当农工、种地，他没有利用自己曾经有过的权力为他们谋过事，直到现在，儿子们还都在种地，有的年份能多挣一些，有的年份就歉收。提起过去的事，孩子们偶尔会埋怨他几句，他也觉得有些对不起孩子，但他从来不后悔。

何道玉告诉我们，就在一个月前，他老家的县里来了一个电话，他才知道，他的五爷，原来是中共地下党，被日本鬼子杀害了。县里在编纂县志时，从乡里查到县里、省里直到北京，才查到了这一段被湮没的历史。

何道玉原来只知道，他的五爷曾经是一位国民党高级将领。

第三节　荒原上的生机

采访札记：

建场初期，中央提出的是"边开荒、边生产、边建设、边积累、边扩大"的方针。这是大政方针、宏观视野，执政者的理念，需要执行者的奉献，而最大的付出者，则是每一个垦荒战

农场领导们的心中是有一幅蓝图的

规划蓝图

士。没有住房,他们要现打草现搭马架子,暂时栖身;没有路,他们要现伐木搭桥垫土采石,解决眼前困难;没有运输工具,他们肩扛手抬保证工期;甚至,没有充足的粮食,他们忍饥挨饿维持最低的生存需求……在没有各种生命保障的情况下,他们承受着生理的极限,以牺牲的姿态,凭着超越常人的耐力、韧性和毅力,昭示着一种奉献的精神。

而与开荒和种地、建房同时展开的,是改变生存状态和生活环境的努力。这同样是一场拓荒,艰苦卓绝,亘古未有。一切都是白手起家,很多人都是被"逼上梁山"。纪玉升讲起他刚当上木工时的事,

"刚来的时候没有木工,就说让我干,挺好的,公家发了个斧子,没有把儿;发了个刨子,没有刨床;发个锯子,只有锯

条。干不了活啊，就琢磨。我就到一分场三队去了，叫人做了个锯拐子，用斧子砍、抠，弄个刨床，刨刃，真是白手起家。"

组建粮油加工厂的时候已经是1963年，是为了解决全农场职工、家属的吃粮问题。自己有原料，不能总从外面拉面吧。仵英当时是副指导员，"建场，先建的是面粉楼，从建草房子到土坯房，再到砖瓦房，所有的车间、库房和职工住房都是自己搞，烧砖、上山伐木、搭建，而且生产和生活两不误，还有义务劳动、突击劳动等，边生产边建设。"几年下来，共建了十一个车间，生产的品种有粗粮、细粮、食品、挂面、糕点、糖果、榨油、烧酒等等，只要是食用的都有了。李清担任酒精车间、酱菜车间、

已经废弃的八五二农场粮油加工厂（建于二十世纪六七十年代）

糕点车间的支部书记。建啤酒厂，从破土动工到建成，只用了十个月的时间，这么快建成一个厂子，还是挺快的。"领导带头是无声的命令。以身作则，吃苦在前，享受在后，上班要早到晚走。要求人家做到的，你自己要先做好，要不你没有本钱说人家。"宋尚茹负责采购供销，常常要往外跑。"那个时候没有客车，出差只能坐货车，有的时候还坐不进驾驶室里，就得在车厢里站着、坐着。大冬天的人都冻僵了。路不好，车也不好，在车上颠一天，人都快要颠散架了。天天、月月、年年，现在想想都不知道是怎么过来的。"

他们走过来了，走过了几十年的艰苦岁月，而且异口同声地说不后悔。

或许，李清说的话，能表达这些人的境界："艰苦，就是艰苦才锻炼人。没有艰苦，能有北大荒这样的形势吗？就是这些人的吃苦耐劳，才把北大荒建设起来。我们也算是老前辈吧。儿孙们不都在享福了嘛，没有先人的苦哪有后人的甜呢？"

1 医院：马架子里开始的生命救护

八五二农场医院，还有各分场的卫生所，都是在一片荒地上建起来的。

王树泉清楚地记得当年建八五二农场医院时的情景。"在老场部道西的位置，老场部都是木头盖的草房子，一大圈，圈房。那儿啥也没有，就是木头架子，泥巴糊的。开始叫卫生所，有一个姓何的所长和一个姓付的医助。我在八五二卫生科，是医政，让我建医院，给了三万块钱，添置医院的医药、器械设备啊。没有像样的医生，到五七年才来两个医生，是地方大学的大学生，国家分配的，那是我们的宝啊。可没干多长时间一个叫钱学艺的就得了病，回老家了，地方也要；另一个叫单田昊，死在这儿了，干一年多就死了。"

王树泉入伍时刚十五岁，新兵训练结束，分到铁四支队卫校学习医务，然后就分配工作，到铁四总队二八大队卫生队警卫连做卫生员。1950年调到卫生队当护士、护士班长。1951年1月17日随铁道兵三师过了鸭绿江，仍然做医务工作。初创八五二医院时的艰难，也只是他丰富的人生经历中一段难忘的记忆。

和王树泉一起建医院的，还有李本琪。抗美援朝过江时，十七岁的李本琪是铁道兵战士，修桥修铁路，因为年龄小，还念过三个月的初中，他被调去卫生队卫生员培训班学药剂。后来便在卫生队当护理员，做保健、去工地抢救伤员。1956年复员到八五二农场一分场，伐木盖房子，刚干了两个月，就被调去建医院，管药库，王树泉出去买药，他就看家。那时候买药，都是黄振荣给写条子，也不用拿现钱。

1957年，牡丹江五十七预备医院三分院（五十七预备医院是原白求恩国际和平医院三分院的一个所）集体转业，从院长到医护人员到炊事员、医疗设备，一起来到八五二农场。动员时强调，你们是不穿军装的军人，去建设北大荒，看好祖国北大门，叫屯垦戍边。

董宝源记得是1957年9月的事。"王震到我们医院，和我们说：朝鲜战争也结束了，陆军医院也用不了这么多，你们跟我到北大荒去吧。就这么的，把我们医院弄到北大荒来了。当时要调二个医院，一个是五十六医院，它在佳木斯，咱们这个医院准备去裴德的，我们医院的院长不愿意去，闹情绪，结果五十六医院去了裴德，我们医院就到了八五二农场。那时候叫牡丹江第三职工医院。"

侯建民就是这一批医护人员之一。初到北大荒，侯建民看到的是一片大树林子："没有一条道，没有一个人影。在地上踩一脚就是一个水坑，鞋没有干的时候，脚都泡发了。后来就伐树改道。我们在劳改队伐完树的空地上盖草棚子，草棚子的四周用树干支起来，用草沾泥做墙，叫拉合辫，房顶上铺上草。"

医院是五栋连在一起的草房子。什么东西都没有，有的房间里连炉子都没有，就在地上拢堆火取暖。取暖的木材都是自己上山砍，每个人都有砍柴的任务，除了值班的医生和护士，每天都得上山砍柴，砍了一冬天，总场南面树林的树几乎都要砍光了。

董宝源说，"那时候的医院条件太差了，外科手术都做不了，连肠梗阻都做不了，曾经有几个'劳改犯'做了肠梗阻手术后，因为条件不好，护理不好，营养又跟不上，最后死了。"

总场医院毕竟在场部，各分场各生产队分散在方圆百公里的各处，上场部动辄就要走上几十公里，一些小病小患只能就近医治，因而在分场设立卫生所、选派医护人员也是当务之急。

董宝源就被派到四分场卫生所。分场的条件更差，炉子要自己搭，火墙要自己掏，烧柴也要自己上山砍，有时间就上山砍柴，没有时间砍柴就得挨冻。卫生所一共六个人，分场下面有九个队，下队要走着去，最远的队离分场三十多里路，一去一回要一天时间，去一个地方也看不了几个病人。后来配发了一辆自行车，必须出急诊才能用，平时不让用。生产队要是有急诊，就用马车往卫生所送，卫生所如果治不了，就介绍到总场医院。

董福虎也是跟随牡丹江五十七预备医院三分院到的八五二农场。他1948年参军时是在西北兵团军事技术学校，刚十六岁，像他这样的学员还有七十多个，学校就专为他们开办了护训班，学打针、换药、生理解剖、药理学等。三个月结业后，跟着部队向西北进军，走过陕西、四川。准备进西藏时，抗美援朝战争爆发，部队坐船到汉口，从汉口坐火车，火车是闷罐车，怕暴露目标，从汉口一直咣当咣当到了牡丹江。开始接收从朝鲜送下来的伤员，伤员有很多都是冻伤的。董福虎到八五二医院时还是护士，各生产队的卫生员不够用，就抽一部分老护士改成医助（也是医士），他就这样到了六分场二队当卫生员。那时候在卫生所坐门诊看病也很简单，多数都是普通的伤风感冒，头疼脑热的，胃病多，有闹肚子的，没听说有什么脑梗。那时候什么医疗设备都没有，就有X光机。董福虎搞X光搞了十多年，后来又考了主治医师资格，他没觉得考试有多难。离休时他已是六分场卫生院院长。

李本琪被调去新建的七分场卫生所。卫生所有三个人，除了李本琪，还有一个医生，一个护士。房子原来是个马号，东头临时开的小卖店，西头就是卫生所，三间，用布隔开，看病一间，药房一间，打针一间。两年后，才盖了房子。

王益堂是1958年4月11日到八五二农场的，分到三分场一队，4月12日砍了一天柴火，13日就被派去分场帮助建立卫生所。他在部队学过一年医疗知识，当过药剂员、司药。来北大荒，他是做好了劳动准备的，没想到还要让他干本行，组织决定，他只好服从。"卫生所是在一个马号里，把马牵出去，把马粪清理出去，垫上黄土，用白布在屋子里做个'帐篷'，就能把风啊、灰呀都挡住了。"15日，王益堂到总场领了一些药、白布、绷带等，卫生所就架起来了。七八月份，总场医院派来了一个医生孟凡文、他的妻子李兰，还有一个助产士。同时，下来个红头文件，正式任命王益堂为三分场卫生所司药。当司药，得经常去总场医院领药。那时候分场到总场没有车，宝清有个总场的转运站，早上有一班车，去总场领药、买药都是一早到宝清赶那趟车，要走三十里路。没有客车，就搭货车，站在车厢上，春天的翻浆路把人都要颠碎了。回去的时候就没有车了，只好徒步走。从三分场到宝清，几十里路，一走就是八个多小时。说是司药，还得当医生。因为卫生所就一个医生一个护士一个助产士，他们要是下生产队，王益堂留守，来个头疼脑热、跑肚拉稀的，他就得接诊，开药处置。

孙锦章1947年入伍时就在十一纵队当卫生员，1958年从浙江宁波野战医院转业。一车皮来的转业官兵，在饶河成立了一个临时单位，领导知道他是从医院来的，就给了他一个小包，里面有个听诊器，连血压计都没有，他就临时干上卫生员工作。后来到八五九农场基建大队,成立了一个卫生所,可就他一个人。再后来他被派去八五九农场医院,在东安镇,一个山坡上,十几个人就成立了一个医院。所谓的医院连个房子都没有,就搭了个草棚子,低低的门。

朱慧生是江苏镇江市人,念到初中二年时,局势很乱,家里认为女孩子认识几个字就行了,便不让她上学了。闲得无聊时,家乡解放了,1949年6月她报名参军,考上了第二野战军后勤卫生部护训队,毕业后分在湖南军区一○三医院当护士,来北大荒后分在四分场三队当卫生员。一个队就一个卫生员,什么病都得管,也不分大人小孩。从早到晚没有闲着的时候,煤气中毒了、出麻疹的、孩子发烧的,谁家里有病人就到家里来找。朱慧生有求必应,吃饭的时候撂下饭碗就走;抱着孩子呢,把孩子放下就去看病。她还管接生,产妇来不及送医院,她就去接生。她还要跟着往分场医院送病人,坐马车,得走一两个小时。"我以前走路可快了,都像小跑一样。现在岁数大了,走不动了。老了。"

自然环境恶劣、生活条件极差、劳动强度很大,卫生医疗任务异常繁重。那时候啥病都有,伤寒、麻疹、传染病,还有煤气中毒、外伤事故等。在二分场卫生所当卫生员的吴凤祥说:"缺医少药,打的针多是消炎、退热的,打青霉素也不做试验。这么多年我没有出过医疗事故。"在生产队做卫生员,除了做本职工作之外,还要下地,农工在哪,卫生员就跟到哪。白天下地,有割伤的就包扎,没有事故就回来看病,随叫随到。"打针送药到家,有的家里卫生不好,还得帮他整理卫生,消消毒。有的人家破烂的衣服、被子在炕上一堆，就得给他们讲，给他们普及一些卫生常识。"

李成亮在部队学过三个月的卫生员，抗美援朝时在铁道兵部队当卫生员，背个包，到处寻诊。来到八五二农场分在四分场（四分场八队即现在的五分场），先后在八队、二队做保健。1958年那批转业军官来农场时，许多都带着家属孩子，"从部队来的，比较娇贵，不管白天黑夜，有点儿事就来喊我。冬天起来之后就不愿意睡，被子凉，鼻子老出血。就我一个人，出去了就没有看家的，来人看病扑个空就有意见，我就想了个办法，拿个树杈上面挑个小旗，说明在家，如果不在小旗就倒了。有人想来看病，出门看看小旗在不在，也就不跑冤枉路了。"那时候药品不全，输液的盐水不足，他自己做，按着要求做，做出来自己先用一瓶，没有问题了，再用到病人身上。他还学针灸，自己学，看书，按解剖部位先在自己身上扎，有感觉了，和理论上一致了，再给别人扎，后来这技术就成为他主要的治疗方法。

就是这样的一些人，保障着垦荒大军的生命安全和健康生活，艰苦的环境、简陋的条件都没有让他们沮丧、退缩，而是坚守着职责，尽力而为。他们有机会接触诸多病例，他们没条件也得救死扶伤，正是这种不得已而为之的特殊工作条件，使得他们的医术在进步、在提升。又通过多年的实践、进修、自学，这些当初仅仅在部队有过短暂的医学培训的卫生员或护士，成长为合格的医生。

侯建民后来成为总场医院的科主任，一开始在腹外科，后来调到骨科，经他手术治疗的病人，到哈尔滨大医院去复查，大医院的医生都佩服他的治疗水平和手法。司药王益堂到后来连外科方面的缝合、整合手术都能做了，他退休时是木材厂卫生所正儿八经的医生，尤其对糖尿病、心脑血管病症有研究，他还能给人讲课，在广州新医学杂志上发表了三篇论文，分别获一、二、三等奖。李本琪出去学习了三次，学的是外科，先把七分场卫生院的外科建了起来，一般的普外手术都可以做，不用往总场医院送。后来做结扎手术，整个八五二农场分场一级的卫生院，就七分场卫生院能做这个手术，没有出过医疗事故，退休时他是七分场卫生院院长。而董宝源1970年调回总场医院，退休时已是门诊部主任。

八五二农场职工医院

吴凤祥从当兵参加抗美援朝到复员来农场，一直都在做卫生工作，从一开始的卫生员，到退休时二分场的主治医生，"干了三十多年退休了，我没什么特殊贡献。"

保障生命，这是人类维持生存最基本的需求，但这不是最终的结果。让自己在荒原上站住脚是生存前提，为祖国建设"北大仓"是使命，而建设家园，实现"楼上楼下电灯电话"的幸福生活，则是他们为自己、为后代同时也是为农场的未来绘制的美好愿景。

国家行为，顺理成章地转化为每个垦荒者的意愿。难能可贵的，这成为一种自觉的意愿，集体的意志，而且，不可动摇。

2 谭永维：老当通讯员，老当通讯员，一辈子净当通讯员了

谭永维是农场的第一代邮递员。离休时是六分场邮政所所长。

我们见到的谭永维已经八十五岁了，看外表却是七十多岁的样子，很健康，腿脚灵便，寒暄中也看不出什么异常。

谭永维开始讲述，却遇到了障碍，清清楚楚地说了上一句话，下一句话却说不出来了。老人急得直搓手，重复着一句话，却怎么也接不上话茬儿。他苦笑着说，脑袋坏了，心里知道想说什么，嘴里就是说不出来了。他的眼神里透着无奈，还有一丝的沮丧。

老人没糊涂，所有的记忆都在心里。我们引导着他，一句一句地说，老人的老伴在一旁做些简单的补充。知道老人心里有故事，却被岁月和年龄淹没了许多，我们今天只能泛泛知道，一个

谭永维夫妇接受采访

垦荒老兵的大致经历。

　　谭永维是山东省乳山县（今为乳山市）人，1932年5月25日生人。小时候家里很穷，能吃饱饭是他最大的心愿。1948年12月他参军了，部队在乳山，他在连队当通讯员。他才十七岁，还什么也不懂呢，就是跟着人家跑，让送信就去送信，让晚上站岗就站岗，还在乳山口打了一仗。刚开始他所在的部队不是正规军，升级后移防到了烟台，就在烟台山上，他在团部还是当通讯员，送信，或者上师里去报什么表，师部在玉皇顶。

　　记不清是哪一年了，他们开始在蓬莱训练，练游泳，一人一个救生筏子，一个多月都在海里泡着练。后来就打长山岛，谭永维参加了这场战斗，还是通讯员。

　　没想到，复员来到北大荒后，他又当起了通讯员，那时候还不叫邮递员，还是在部队时的叫法。他是六分场的通讯员，隔一天上总场取一次信，回来把信送到生产队。只有他一个人，没有单独的办公室，也不挂牌。

那时候通讯是真的落后，且不说通一封信有多慢，就是有个急事发个电报，也不敢保证能比人跑一趟快呢。总场邮局就一个小电台，工作人员也少，没有交通工具，通讯也不便利，接收到电报，也不是随到随送，几天才会送一次。有个职工老家是四川的，妻子从老家回来，买了车票到迎春，五天时间就可以到。妻子临出发时，让大姑姐给发了电报，说她几号出发几号能到，让他去接站。他妻子到家了，问他咋不去接站？他说没有接到电报。结果第二天电报才送来。总场的通讯都这样不便，更不要说下面的分场了。

"那时候就是来回跑，上八五二总场，下分场各生产队。哪有自行车？就走，隔一天走一趟，就自己一个人"

无论刮风下雨，也不论冰天雪地，只要有信或包裹，谭永维就去送，挨家挨户地送，各队的人都认识他。走在路上，啥野兽都能遇到，为防身就自己弄个弹弓。就这样走了三四年。

1961年有了正式的邮政所，归宝清县管，给谭永维配了几个年轻人，他当小班长。送信开始用马车或牛车，各生产队也都有文书了，包裹和信件送到生产队，文书来拿，再分到各家。小小的邮政所却连接着全国各地。从这里往外寄的是蘑菇、木耳等；外面往里寄的就是花生、地瓜干、干果啥的。困难时期，这里职工吃土面，外面就有给寄小饼干什么的。再后来知识青年来了，信件和包裹都多了，也有了一辆破烂客车。

谭永维在邮政所一直干到退休。认识他的人都叫他老所长。

谭永维说："老当通讯员，老当通讯员，一辈子净当通讯员了。"

3 张顺良：到哪儿哪一片黑。没有电，也没有通讯

张顺良是1958年4月22日来到八五二农场的。

"到哪儿哪一片黑。没有电，也没有通讯。说好的'楼上楼下电灯电话'呢？"

这是他绝对没有想到的情景。他在部队就是管电的，在北京空防联合指挥部，他是参谋，少尉军衔，属于技术人员。本来转业名单里没有他，他强烈要求，央求老首长吴法宪，领导才最终批准他转业。

从1947年正式入伍到此时离队，十一年的军旅生涯，他参加了淮海战役、渡江战役、解放上海和江西的战斗，还参加了三个月的西南会战。参加这些战役他都是有奖章的，还得了一枚建国勋章。

和平时期了，在部队也干得腻了，他想换个自由些的工作。或许是被"楼上楼下电灯电话"的美景吸引，也或许怀着一腔建设祖国的青春热血，他没有选择回家，而是来到了北大荒。

张顺良是一个人来的。四月份，坐火车到密山。下了车，发现密山的雪有一米多深，他穿着单衣，冻得没办法，就借了件棉衣。这让他想起1947年刚加入渤海纵队的事，部队给新兵发

服装，三个人一套，一个人戴帽子，一个人穿裤子，一个人是上衣。那时候部队装备供应不上。张顺良很幸运，得了件上衣，可他长得瘦小，上衣长得过了屁股，就换了条裤子，还把裤腿撕掉一块才合适。后来跟随部队南征北战，打了七年仗，什么苦都吃过。中华人民共和国成立后到了空军就好多了，尤其在城市里，还是北京，生活条件自然优越了不少。没想到，到了北大荒，却要再吃一遍苦。

北大荒可不仅仅是天冷。下午三点多钟该吃饭了，炊事员说没有菜，司务长说还有三四个萝卜。张顺良看见了，那萝卜是冻的，硬得像铁一样。

第一天的境遇实在出乎张顺良的意料。他的心里隐隐地生出了悔意，但也只是想想。他被分到八五二农场四分场畜牧队当农工，干了四十二天，被派去农垦干校学习，六个月后回来被留在机关，暂时到审干办公室工作，两年后到工业办。工业办的办公室就是草房子，二十多个人挤在一个办公室，管电器、交通、粮食、工业。三年后工业办撤销，成立工业科、交通科、粮食科和电力通信科，张顺良分到电力通信科。

这时候已经是六十年代了，农场电力、通讯仍然远远落后于垦荒和生产的形势。只有一部二十门的交换机，一根线到老场部，四分场场部、畜牧队在一根线上，一分场场部、一分场六队和七队在一根线上。和其他分场联系就得靠骑马或通信员跑，场部只有两辆自行车，谁去得早谁用自行车。从总场去七分场送个信得徒步走，一天一夜，还得起早。

那时候，场长是黄振荣，主管副场长是黄根堂，找张顺良谈话，问他多长时间能让全场通上电话。张顺良算了一下，说三年左右。领导说这时间太长了。张顺良就跟场长们保证，两年分场一级的通上话，途经的连队能挂上的都挂上。结果，真的是两年多一点儿时间，所有分场都通了电话，连队也有百分之六十通上电话，这些连队都是在总场和各分场之间的，顺路连接上了。

通信线路弄得差不多了，开始着手搞电力。电力是"强电"，要安全第一。领导给了最后期限，五年时间让全场连级单位都通上电。

总场没有发电设备。张顺良知道，战争结束后部队换装，把原来五瓦、六瓦、十二瓦、四十八千瓦的发电机都淘汰了。张顺良就回老部队去要，给什么要什么，不管是线还是发电设备，连放电影的1瓦半的发电机都不放过，一次拿回来四十八台（套）。小的分到分场，大的留在总场集中使用。给修配厂装了个两千瓦的，是原来空六军军部淘汰下来的；空二师给的是一个四千瓦的，装到了木材厂，这两个工厂就开起来了。又用树换电，跟东方红列车电站要电，要了两百至三百千瓦，这样加工厂也可以开车了。

但是，农场仍然缺电，而且缺口很大。学校上课没有电，生活用水没有电，修配厂也动不动就没有电。一旦有电，各家都抢，一超负荷就被拉闸。

一分场三队有个产妇生孩子，需要剖腹产，没有电就动不了手术。通过调度，鸡西和列车两家电站给了四十分钟六十个千瓦，足可以完成手术把孩子生下来。说得挺好，结果，产妇肚子拉开了，却停电了。张顺良正在家吃饭，一个男同志来了，进门就跪下，哭着说我老婆肚子都拉开了，没电了。张顺良放下饭碗就跑出门去协调。鸡西电站的调度说，给你六十千瓦你用到将近三百千瓦，你说我怎么办？张顺良好歹商量着，又要了三十分钟的电。结果，孩子生出来了，那个产妇还是因大流血死了。

"很不好很不好，死人了，一切努力都白费。"

今天的张顺良说起这事，还是感慨不已，语气里是一片痛惜。

正是这件事，促使他跑农垦部汇报，要钱，从1970年开始跑到1973年，从鸡西搞了一条六万六的线路过来，才解决了农场用电紧缺的问题。

张顺良是电力科科长兼变电所所长，还兼施工指挥部指挥。那时候，指挥员很少坐在办公室里。搞配电项目施工，张顺良一

电力工程竣工典礼

直带着施工人员在工地。那些电工都是小伙子，能吃，吃包子时，把包子从一只手腕一直摆到肩头，另一只手再拿一个，一口气都能吃完。赶上"三年困难"时期，下去干活时各分场都在生活上给予方便。那时候大麦不在粮食口粮指标之内，在一分场三队干活，大麦做的不是稀饭也不是干饭，但是能管饱。一人一个馒头，是苞米棒磨碎了和着苞米面做的馒头。

在七虎林河一带施工，100号拖拉机拉着设备在冰面上走，冰面碎了，拖拉机掉到水里。"三月份，十二个人争先恐后轮流下水，上来就不会动弹了，得抬到帐篷里。冷啊，衣服冻得嘎嘎响。捞了三天挂了四个勾，把车吊出来了，把拖拉机捞上来了。"

搞六万六线路时已经是七十年代。七虎林河一个河段有五百五十米长，马上要入冬了，白天化冻晚上上冻，施工很困难。如果马上干能提前一年通电，不干就得晚通电一年。请示主管副场长岳米贵，岳副场长说干。张顺良就跟岳副场长讲条件，为施工人员争取待遇：一天二毛钱的生活补助费太低，再给二毛钱；一个月发一副手套改成五副手套；一年给一套工作服改成二套工作服；每人发一双高帮水鞋。岳副场长同意了。结果三十七天就完成了任务，提前一年送电。

张顺良说："这些人是出了大力，也遭到了不少的罪，对农场是有功的。"

张顺良则差一点儿丢了性命。上工地时，拖拉机拉着爬犁在荒草地上走，爬犁上坐着一个二十七吨重的主变压器，张顺良和八个电工也坐在上面。驾驶员都知道，遇到塔头甸子千万不能急加油，要慢慢通过，结果，驾驶员一个没注意，咣地一撞，拖拉机撞到一个塔头，车和爬犁一顿，张顺良从爬犁上弹起，落到拖拉机前面，被压到冰水里。张顺良在医院急救室里住了七天。

"熊副院长告诉我老伴，说我死了，什么氧气呀都撤了。我老伴说我没有死，老伴又哭又叫，四个孩子也哭也叫。四个多小时后我自己醒了，就觉得睡了一觉一样，看老伴哭的呀，问她咋了，她说以为你死了。"

张顺良离休时的岗位是总场工业科副科长。他很自豪地说，农场的电力和通信都是他一手搞起来的。几十年间，他曾经有几次机会离开北大荒，有一次烟台二电厂的调令已经到了，他还是没有走。

张顺良说我没什么遗憾的

张顺良说："组织上需要我，我没什么遗憾。我很小父亲就去世了，我四岁母亲也去世了，姑母把我养到八岁半，我就独立生活了。是国家把我养大的，我应该报答国家，不应该和国家讲条件。"

4 文启信：让我建商店，还不给钱

文启信在部队时是连司务长，以前还做过给养员工作。也许，这正是黄振荣让他建总场商店的理由。

"黄振荣给我打电话，让我建商店，还不给钱。我说我不行，我没有文化，我写的字像虫子爬的，写的阿拉伯数字也不像，我是在部队扫盲学了点文化。"

但是黄振荣认准了他，非得他干。文启信没办法，只好答应下来。

这是1956年，文启信刚随他的连队从虎林来到宝清。那是一个警卫连，八十多人，都是从抗美援朝战场上下来的，1954年回国，直接拉到了虎林，站岗，看粮食。开发建设北大荒，也需要警卫部队，他们就从虎林走到宝清，又到了八五二农场，然后就分散开了：五分场一个班，良种站一个班，二分场一个班，工程队一个班，养鸡队一个班……文启信还是连司务长，经常到各个班去，保证各班的日常供应。那时候什么都没有，没有粮油，也没有盐，更别说日用品了。所有的生活和生产物资，都要从宝清调运，集体分配、供应，自然也就没有商店。

随着大批军转官兵及其家属的到来，人员骤增，生活及生产所需物资增多，日用品的需求量也增大，办个商店，保证农场职工日常生活所需，弥补连队生产资料短缺，也就成了迫在眉睫的事。

文启信被逼着上马。黄振荣让他把商店搞起来，要保证供应，却不给他钱。没钱怎么办商店？怎么保证供应？

"我当兵的时候，如果人家不逼我，我怎么能出来？"

没想到文启信把话题转到这儿。也许，这是老人一生中经历的两次重大转折，都是被逼出来的，因而刻骨铭心。虽说这两次"被逼"性质不同，不能同日而语，但对于个人来说，改变命运的"被逼"，尽管结局或者状态不同，分量却都是一样的。老人很自然地讲起他的身世，由此我们知道了，一个人的一生，该有着多少身不由己的拐点。

文启信是湖南省醴陵县（今为醴陵市）人，小时候家里很穷，有时候要饭吃，十一岁就给人干活。他学过篾匠，学过编织，给醴陵县瓷业公司打过杂。1948年年底，国民党部队抽壮丁，父亲来找他，说要用二十八担谷子买人。他一年才挣一担谷子，上哪整二十八担谷子去？

"我说了，要谷子没有要命一条。就这么的，我就逃出来了。"

文启信跑到了长沙，他有个堂哥也是被抓壮丁出来的，在湖南省国民党政府站岗。文启信跑来找堂哥，堂哥就把他留下了。就这样，文启信当了国民党的兵，在程潜的警卫队。程潜是国民党湖南省政府主席兼长沙"绥署"主任。那时候文启信也不知道国民党、共产党什么的,他就给程潜站岗。1949年5月,解放军逼近湖南,8月,程潜率部队起义,《毛泽东选集》第四卷里都有提到。文启信是随部队起义后参加解放军的,后来在五十二军二〇四师六十一团一营一连当副班长。在广西剿匪时,他是分队长,分队就是一个班,有一挺机枪。有一股土匪号称"救国军",被打散了,有一天,正下着雨,文启信带着三个战士和他们遭遇了。他嗓门大,一声喊,把这伙人吓得滚沟里去了。没想到这些人里有"救国军"的副司令,带了两个家属和一个女儿。副司令跑掉了,文启信抓住了他的两个家属和女儿、他的两个警卫员,缴获了一支卡宾枪、一百多发子弹、两支加拿大手枪和一个指北针,还有几个大包,也不知道里面是什么东西。文启信跟他们讲解放军优待俘虏,别害怕,然后就把他们押到了队部。后来这个副司令还是死在了文启信的枪下。文启信有时喜欢单独行动,也是该着,他又撞见了这个副司令。副司令在前面跑他在后面追,边追边开枪。文启信本来是想打他的腿,不料一枪把他打死了。文启信立了一个大功。当时没有一等功之说,大功就相当于一等功,三个小功顶一个大功。他还参加了江西军区的英模庆功大会,他记得很清楚,当时是陶铸讲的话。

退守台湾的蒋介石要反攻大陆的时候,文启信所在的部队被调去驻防海南岛,八百多里路走了半个多月,走到雷州湾乘船到海南岛。在海南岛除了军事训练外,还学习文化,扫盲。文启信能认识几个字,都是在海南岛时学的。抗美援朝时,文启信也过了江,站岗,修铁路,1954年回国时,直接被拉到了虎林。

"我在广西剿匪立大功，组织上一直对我很信任。"

这也是黄振荣坚持让他建商店的理由之一吧？缘于一份信任。

话题又转回到了办商店的事。

"我是这么想的，党交给我的工作，我要保证去完成。我是党员，我得服从组织分配嘛，我就干呗。"

文启信就开始着手建商店。房子就是马架子，货架和柜台自己做，都是简易的。没有钱进货，他东挪西借，弄了一万多块钱（当时的市值），到宝清买了东西。商店开起来了，文启信当会计，还兼统计，还有采购、保管，都是他一个人。

最困难的，仍然是没有钱进货。刚开始的时候总务股给他内部流通券，可是不能拿流通券去外面买东西，再说也不够用。那时候，劳改七大队还在这里，有的劳改家里会汇来钱。文启信就与劳改大队的队长商量，"先借用，我先给他们流通券，我拿钱去买货。"这一招儿，能暂时缓解他手头进货款短缺的问题。

文启信都是亲自去宝清进货。早上三点钟天不亮就出去，晚上七八点钟才能回来。采购的东西少，就背着走回来。大份的东西就靠马车运输。"什么狼啊、野鸡啊、猱头啊、野猪啊、狍子啊、黑瞎子啊都遇到过。"回来接着打夜班、下账、入库，还要提货。困了就洗把脸或睡一会儿。有时候正吃着饭呢，就睡着了。

"就这样，商店慢慢地做大了。等农场有批发站了，进货的渠道就多了，我还去虎林采购呢。"

"我虽然很辛苦,很累,但党也给了我很多荣誉,我年年都是先进生产者和优秀党员。"

文启信很知足。他没表扬自己,但讲了两件事。

"我们商店有个老同志叫宴玉东,是个女同志,我的钱都交给她。我到现在都怀念她。为什么怀念她呢,她一分钱都不差,她要是揣了腰包了,我跳进黄河也洗不清。"

还有一件事。他的老伴曾经在商店工作,后来他觉得自己管商店,家属在这工作影响不好,就让领导给调到食堂去了。老伴还在马号干过呢。

文启信离休时是四分场统计。他来到八五二农场后,就没动地方。

文启信说:"我也是经过两个朝代的人。苦日子也过过了,我不能忘记过去……我们一天天老了,希望就靠年轻人了。希望他们发扬我们艰苦奋斗的优良传统。其他的我就没有什么好讲的了。"

是的,文启信是经过两个朝代的人。

5 付国喜:修配厂就一个厂房,其他的活儿都在露天地里干

几乎与大规模垦荒的同时,八五二农场修配厂也成立起来。

那时候的拖拉机都是从国外进口的,苏联的、德国的、匈牙利的、捷克的、英国的。虽是进口货,但也不是最先进的,加之使用过度,故障率很高。而送到修配厂来的拖拉机几乎都是大修车,都要大拆大卸。

修理任务繁重，技术人员极度缺乏，急需培养一批技工。1956年9月，总场抽调一批人员送到北京学习。付国喜就是其中之一。

　　付国喜是黑龙江省双城人。双城就是清朝时吉林将军富俊奏请移驻京旗闲散旗人垦荒并逐渐发展起来的一座城市。

　　付国喜是1933年12月生人，那时候双城还是一个县。所以，付国喜对于寒冷、对于荒芜、对于飞禽走兽等等北大荒的标志性符号，并没有特殊的感觉。因为这是他出生和成长的地方，习以为常。

　　1951年3月，付国喜走出了北大荒，参军，随铁道兵部队参加抗美援朝，到朝鲜修铁路、修桥；然后回国，去陕西、四川、福建修公路、铁路。转了好大一圈，他又回到了北大荒。

维修拖拉机

多才多艺的付国喜

从北京学成归来，付国喜被分配到八五二农场修配厂。修配厂就一个厂房，修拖拉机发动机的在屋里，其他的活儿都在露天地里干，不论是零上三十度还是零下三十度。有时候任务紧，各分场田间作业急需拖拉机，就得加班加点，干到凌晨一两点钟，累了困了，休息两三个小时再接着干。这都是常事。

1957年年底，从北京双桥修配厂抽调的大批人员及设备都过来了，成为八五二农场修配厂的主力，原有的四个修理组，被抽出二个组，一个组到五九七农场，一个组到新建的八五二农场六分场，付国喜被分到六分场修配所。

分场修配所承担的修理任务同样繁重，而且更加艰难。由于修的大部分都是进口车，哪国产的都有，零配件供应就是问题。农场大,农机多,所需配件量也大,数量就那么多,谁用着了就用了,没有了就得等;修理工具也不配套,车型不一样,能修一种,另一种就修不了。"就得自己想办法,想笨办法,怎么样打边铲怎么打撬杠啊,用什么方法怎么别呀。"

付国喜没念过书,是在部队的扫盲班学习识字的。那是在朝鲜,在一个大防空洞里。扫盲班分快班和慢班,进快班的都是在家里念过点书的,付国喜在慢班,从前线撤下来时学习了一个月,没有数学,只学文化。"也考试,出一个题目,你叫什么名啊、家在什么地方?这个饭店叫什么饭店?写出一半及格,写不下来就不及格。"

就是这样的文化水平,加上去北京学习了几个月的维修技术,却要承担一个分场的农机修配任务,也是让付国喜大费了脑筋。

1960年的时候,中苏交恶,苏联卡住了对中国的油料和农机配件进口。油没有了,零件也没有了,很多时候,修理一件农机,都要绞尽脑汁。"你可别说了,遭那个罪。"柴油车修好了,没有油启动不了,就想个办法,先给一点儿柴油,启动着了,就把油掐一部分,加水往里喷。车是出厂了,"可是没有劲,走路都难走,还说翻地呢。那能翻吗?那也得这么对付。"

汽缸垫都是铜片和石棉纸压的。没有汽缸垫怎么办?用旧钢垫子,"把钢口拆下来,用旧报纸一圈圈糊上,镶上边,再拧上一紧,还行,但持久不了,翻地时干不了几个班次就不行了。做好了有的就能干两三个班次,有的刚发动就不行了。领导说干一会就是咱们的胜利，我还受过不少表扬呢。"

"我脑袋不笨，亏就亏在没念过书。"

付国喜真的是很聪明。他还搞了好几个发明，比如洗过滤器的设备，把用过的过滤器洗洗接着用，直到不能洗了才扔掉，增加了配件的使用率；他还做过铣床，自己画图，通过翻砂、车床、刨床、铣床各道工序加工，把各种参数计算好了就装起来；他又和张继忠、岳祖光一起研究镗缸的大铣床，也成功了。

想尽办法克服困难，夜以继日保证工期，付国喜和战友们只有一个信念："不能因为咱们影响翻地、播种。"

付国喜在六分场修配所一直干到退休。今年八十五岁的他仍然身体硬朗，每天散步锻炼。他还忘不了他的老本行，有的时候给人家修修车什么的。

他说："我觉得我这一生过得有意义。"

第三章

抉择与命运

小人物演绎的时代运势

采访札记：

每一个采访对象，我们都忍不住会问一句：后悔吗？

没有一个人说后悔。是发自内心地说。

但他们会哭，说到未能在母亲面前尽孝，说到战场上牺牲的战友，说到遭遇的不公平待遇，他们会不由自主地声音哽咽。看着八十多岁的老人流泪，会让你心酸心疼。他们还会自嘲，会发牢骚，会感慨叹息，会咒骂愤怒，就是不后悔。

这是怎样的一群人呢？我们想走进他们的生活，更想走进他们的心。

告诉他们，我们是做什么的，采访的目的是什么，但他们似乎并不在意，只要一听说是要了解当年垦荒的事，就非常配合，愿意讲述。在支起的摄像机或者照相机前，他们会像孩子一样紧张；讲到一半，他们会小心地问是不是我们想听的；讲完了，他们说谢谢你们还想着我们这些老兵。

有一位叫孙香的老兵,已经卧床。我们怕影响老人休养,也怕老人的身体状况无法讲述,便决定放弃采访。但范科长反馈回来的消息说,老人很愿意接受采访,已经做好准备。我们真怕冷了老人的心,刻不容缓地赶到他的家。

老人躺在床上,身体已极度消瘦,脸色苍白,颧骨突出,咳喘气短,看着我们的那一双眼睛却显得很大。他执意要家人扶他下床,要坐在摄像机前,更让我们意外的,老人一定要穿上一件崭新的新式军装,竟然是那种礼服,肩章上戴着黄穗的,很华丽。家人说,这是老人的孙子特意为他"淘弄"来的。老人支撑着端坐起身子,看身形年轻时应该是高个子,如今已羸弱不堪。那一刻,忽然就有一种极其庄严的气氛,令我们感动、感慨。

孙香是河北卢龙人。从小家里穷,一天学也没上过,给别人家放牛。1947年参加解放军,在炮兵二师,参加过打锦州、打沈阳的辽沈战役,还有平津战役。解放战争的三大战役,他参加了两个。打河北隆化县城的时候,冲锋号已经吹响了,步兵冲锋的时候才发现桥头有个碉堡,步兵受阻,解放军的炮火却够不着。孙香说,他远远地看见有个人站在了桥下,举着炸药包把碉堡炸掉了。后来才知道,那个举炸药包的人叫董存瑞,当场牺牲了。抗美援朝时,孙香入朝参战,是汽车兵,往前线运给养、弹药、被服等,是美军飞机轰炸的重要目标。有一次在防空洞口洗漱,一颗炸弹落下,他被气浪推进洞里昏死过去,抢救了一天一夜;还有一次在防空洞躲飞机,听着外面飞机在扫射,直觉上不好,就换了个洞眼，不一会儿他刚离开的地方就被炸了。在朝鲜的日子，死神徘徊在身边，生也是那么的不容易。有过一段时间，三十五天才吃了五斤炒面，每天就一小勺。孙香刚去朝鲜的时候体重是一百六十斤，回国时瘦了一半。

老人的诉说，不断被他的咳喘阻断，激动时老人竟然泣不成声，几个话头，都是坐在他旁边的妻子冯素芹补充讲完的，可知这些刻骨铭心的经历，平日里他没少对家人讲述。怕他激动伤身，也实在不忍心再劳累他，在几次劝老人回床上休息未果后，我们坚决中断了采访。其实，这时老人讲什么能讲出多少已经不重要，我们只要知道、只要记住有这样一位老兵就够了。

孙香，1930年11月生人，1958年来到北大荒，离休前是八五二农场三分场安全助理员（在写作这篇文章时，闻听老人已经过世）。

一个普通的战士，一个普通的垦荒老兵。

还有一位老兵，叫张世泽，托人带话给我们：为什么不采访他？

我们每天马不停蹄地奔走在总场分场甚至各生产队之间，有时还得视情况临时变更采访计划和时间，对张世泽老人的采访暂时还没有排上日程。老人家住总场，听说了我们采访老兵的事，他身边的很多人都被采访过了，他一直在等，终于等不及了。我们不敢怠慢，临时排个时间搬着设备，来到老人的家中。

老人看着身体健康，精神状态也好。我们的到来，让他很开心，一副准备就绪的架势。这应该是一个很轻松很顺畅的采访，但当老人开始正式讲述的时候，竟声音发颤，语言磕磕绊绊。我们以为老人紧张，后来发现，老人的思路是乱的，跳跃性很大。我们要紧急调动大脑，才能将他讲述的东西前后连贯起来。我们判断，老人的思维是有障碍的，说白了，是有些糊涂了。尽管如此，我们仍然让老人讲，听不明白的地方，就细问一下。

张世泽，1932年10月10日生人。辽宁昌图人。1950年入伍，在炮兵三十一师，1953年5月入朝，在团部当报话员。上甘岭战役的时候，他所属部队在东线，打白马山，代号叫394.8高地，部队伤亡一半。"往后撤的时候，炮弹在头上飞，子弹突突地响，我的腿受伤了，是肌肉伤。挂花有待遇，下战场后发了十四元钱。十四元是轻伤，重伤给的肯定多，给多少我就不知道了。"回国后，他就想回家，他的家太困难了。哥哥在南方当兵，父亲领着两个弟弟过日子，那被子、炕席都变成黑的了。他要求复员，团参谋长没同意，1955年授中士衔。1958年来到北大荒。几乎同时，在南方当兵的哥哥也转业了，也到了北大荒，分在了嫩江农场。兄弟俩后来把父亲和两个弟弟都接来了。张世泽在农场做了多年通讯工作，报务员、电报员，哪儿需要就被派到哪里，示范林场、跃进钢厂、八五二农场六分场、横林子水库，退休时他在六分场当会计和统计。

整理采访张世泽的记录时，却发现，老人的记忆没有一点儿问题，几十年前的事，生辰日期家乡何处何时参军部队番号战役代号来北大荒的时间地点等等，他都记得清清楚楚，他只是无法顺畅表达了。

垦荒者们已经老了，曾经的青春曾经的意气风发都镌刻进岁月的年轮，湮没在时代的大潮中。他们丰富而坎坷的生命历程，却不足以在历史的长篇中留下雪泥鸿爪，而对于个体的生命而言，曾经有过，便是人生的价值和意义。

每一个采访到的老兵，我们都提出想看看他年轻时的照片。我们想透过眼前衰老的容颜和正在退化的生命质量，去追寻垦荒者们的命运轨迹；更想将眼前依然鲜活生动的形象，与历史叠加，实现精神的穿越，去印证一段被忽视被淡漠被曲解甚至被忘记的生命过程。

老兵们拿出来的，大都是复员证或退伍证上的标准小照，还有好多人连这样的照片也没有了。经历过贫穷、战争、动荡，或者突发的火灾、居无定所的搬迁，能够有这样一张小照留下来已实属不易。他们珍藏着，复员证或者退伍证的封面已经发暗，里面的字迹变得模糊，黑白小照的纸板有了皱褶，但这是他们青春的印记，是他们生命的留痕——一幅幅穿着军装的留影，表情都是那么严肃，甚至拘谨，大盖帽下的面庞精神、帅气。无论是士兵还是军官，他们都有一个共同的容貌：年轻。

像孙香和张世泽一样的垦荒者们，当他们走进这片土地的时候，也就意味着，他们的未来，属于北大荒。正是青春年少，意气风发的年龄，拂去战场的硝烟，抖落征战的尘土，还未来得及尽情享受和平时代的安逸，他们便以各种姿态，从四面八方奔向了北大荒。

抉择其实是被命运绑架的"质物"。自觉也好被动也罢，当命运以强势之态呈胁迫之势,抉择的意义,就在于每一个人的姿态——认命,不服输。

第一节 北大荒"谎言"

采访札记:

"楼上楼下电灯电话",这是所有当年的垦荒老兵都憧憬过的北大荒。

还有,一望无际的麦田,拖拉机在丰收的原野上奔驰,集体农庄的社员们一边唱着歌一边收割,姑娘清脆的笑声,惊飞了草丛中的禽鸟,浩渺的天空透着迷人的碧蓝⋯⋯

诗意的场景,优越的条件,青春的激情,足以鼓荡起满腔

在北大荒的土地上成长的眭家三兄弟

热血，于是，无论自愿选择，还是服从命令，抑或是被动指派，他们都心存憧憬，尽管前途未卜，他们仍然义无反顾地奔向北大荒。

但是，当他们踏上北大荒的土地时，面对眼前的一片荒凉，才恍然醒悟，"楼上楼下电灯电话"，只是一个美好的愿景，在眼下，却是人为编造的神话。那些诗意的场景和美好的画面，确实有，但是在画报里，那是早期建成的农场场景；在电影里，而且是苏联电影，那是苏联拍摄的集体农庄的故事。

他们的心，凉了；集体感觉，受骗了。

老眭的父亲眭振华，江苏丹阳人，抗日战争时便参加了新四军，随军参战辗转各地，中华人民共和国成立后被选送到中央军委后勤第一期财务学校尉官班学习，1956年的时候，他在铁道兵八五〇二师做财务工作，正在福建修建鹰厦铁路，老眭的出生地就是福建邵武县（今为邵武市）拿口镇。铁道兵大批复员转业，并将这些复转人员集中起来组建复转大队，动员、学习。转业的去向可以有多种选择，但上级显然希望他们都去北大荒，并让他们看有关北大荒的图片，看苏联有关集体农庄生活的电影，还有专门从北大荒来的人做报告，描述北大荒"楼上楼下电灯电话"的美好生活场景。作为专业人才，眭振华的名字并未在转业名单中；作为军人，能够留在部队继续服役，也很随心。但妻子却有些失意，看着邻居们整理家什处理闲置购置物品，兴高采烈地准备起程奔赴北大荒，她羡慕不已。这些年，一直追随着四处转战的丈夫过着居无定所的生活，而"楼上楼下电灯电话"的生活场景，足以让一个渴望安稳日子的女人生出憧憬。她不明白为什么转业名单里没有丈夫，也不理解丈夫服从命令的姿态，在试图说服丈夫未果的情况下，她一生气，携儿带女地回了老家丹阳。谁知刚刚到家，丈夫的电报就跟到了，告诉她，上级批准他转业去北大荒了。

睢振华并没有自己申请转业。他的老战友、铁道兵八五〇二师参谋长穆振江受命将带领复转官兵们奔赴北大荒，他跟上级提出的条件之一，是把睢振华派给他。

就这样，老睢的父母来到了北大荒。无法想象他们初来乍到时的心情，眼前的荒凉与满腔的热血如何平衡？老睢很难推测出细节，那时候的他刚刚三个月大，被母亲抱在怀里。记事后听母亲讲过，最初是去往八五二农场一分场，到处是一片荒原和树林子，干走也走不到地方，可算到地方了，仍然是一片荒原。领队的插了一根树枝，告诉大家：这就是场部。老睢知道的是，父亲后来在八五二农场六分场任财务副场长，后调到总场当计财科长，直到离休。

父亲和绝大多数垦荒老兵一样，无论怎么个来法，无论是抱着什么样的心态来的，来了，就没有走。

1 说好的楼上楼下电灯电话，谁不想到好地方啊

时间是最有效的催化剂，不知不觉中，可以消融、化解多年郁积心中的块垒；曾经沧海的阅历，是最博学的老师，在润物无声的教化中，让人变得包容，胸襟开阔。

如今再说起当时的情境，老兵们的心态已经平和了。或许是时过境迁，大半辈子的人生，即将走到末端的时候，所有的恩恩怨怨，便都释然了。

赵成礼：看了苏联的电影《拖拉机手》还有《幸福生活》，里面有拖拉机、康拜因、大平原，太动人了。我们四川都是小块田、梯田，和苏联的集体农庄比差得太远了。那时候组织学习，号召上山下乡，自愿报名。我在班里是副班长，就带头报名上北大荒。

王言贵：领导和我们说，你们都是坦克部队的老兵，国家照顾你们这批老兵，被子、衣服都给换新的。上级不让你们回家，要给你们找工作，不一定找到家门口。如果让你们回家，复员金拿了三百元钱，这点儿钱回家过好了还行，花完了呢？你们到那儿看看，不好再回来，另外再给你们分配工作。结果就拉到这儿了，这是一批人才，让我们教开拖拉机，说啥也不放我们走了。

彭荣刚：我们坐火车到了密山，心凉了半截，原来动员我们时说是楼上楼下电灯电话啊！大家就闹，都不愿意下车，干部思想也不稳定。那时候的思想如果不坚定，就跑了，也真跑了不少。我没想过跑，我这个人比较固执。

王树泉：没想到是这样，动员的时候说得很美。那时候在福建休整呢，说这个地方相当好，把图片给我们看了，其实那不是八五二农场的，是友谊农场，友谊农场建的早啊，房子、街道、养鸡，都挺漂亮的。

吴明玉：那时候说这好那好，实际是指友谊农场说的。不知道哪个领导做报告说的，同志们，北大荒如何如何好，一锹挖出金子，一脚踩出油，最少的工资都五十几块，还说楼上楼下电灯电话。我们来一看，都是草窝窝、马架子，呵呵。电灯在天上，蚊子、"小咬"是电话。电话可多了，天天有电话，哈哈哈。

李书亭：1958年4月，我们从朝鲜回来直接就被拉到密山，志愿军司令部送过来的。志愿军接兵的说这个地方可好了，楼上楼下电灯电话，谁不想到好地方啊？结果一到密山就不是这回事了。

赵定祥：我们是中国人民解放军天津第一汽车拖拉机修理学校。动员的人告诉我们，这里是楼上楼下电灯电话，出门有汽车。我们都是自愿报名的，那些给我们做动员的都没有来。我们在城市待惯了，到这一看，不是说的那样，有些人就想不通了，就跑了。

高尚志：那时候思想不通在哪儿呢？大家感觉被骗了，还有我们的复员费也不给我们，都存在宝清银行里。

龙汉斌：我们的副政委到北大荒来考察，副政委当过解放军文工团的团长，是个很活泼的人。副政委回去公开和我们湖南兵说，东北的气候你们受不了。当时济南军区计划来一千人，实际来了一百九十四人。为什么呢？当时副政委这么一讲啊，很多湖南兵都不来了，我们的副政委还受了个处分，因为他没有完成任务。

国保华：现在看来，领导不那么讲也不行，你要是讲艰苦什么的，给士兵压力，谁还来呀？那时候王震是铁道兵司令员，全师动员来北大荒，开始要求百分之百地都到北大荒去，要求党团员带头。来北大荒的时候，复员费不给本人，也不给你办什么手续。有的兵想回家，但想到在部队七八年了，也不给任何手续，感觉很亏，所以几乎都来了。

张书发：这些转业干部来二分场六队，有的是护士，大部分是男的，少部分是女的，牢骚满腹。四月份接收完他们这批，五月份铁道兵农垦局派来一个沈团长，还带着一个人，哪个地方问题大，他们就去哪儿。他们到二分场后，当时就吵起来了。他们说远景规划没有错，是理解的不对，把明天当成了今天，错位了。经过解释，慢慢就缓和下来了。

王吉贵：军人以服从命令为天职，再说叫你来，你敢不来吗？来的人思想情况挺复杂的，一看北大荒这个条件，都不想在这待着，那怎么办？做工作呗，用部队的那一套，做思想工作，说服教育呗。和他们说，建好点儿，开荒种地，慢慢就好了。

这些复转官兵怀着满腔热情，抱着对美好生活的憧憬，扶老携幼、千里迢迢地奔着这片能承载他们幸福的土地，却被兜头浇了一身凉水。他们毫无心理准备，更怀揣着困惑，他们站在车上不愿意下来，他们成群结队找领导申诉，他们心里郁积着怨气，纠结着，是走是留？

苗登：我没想着走，家里还不如这边好呢。

陈金重：家也没有人，干啥去？还是种地。在这儿也种地，那不是一样吗？

李书亭：跑的那些人跟我商量要跑，我说我不跑，我既然来了我就不走。这个地方起码有地，回家没有地，在哪儿都一样干活。他们跑的也没有路，往宝清跑，一天就一趟车，一趟车还不一定能坐到地方。

吴明玉：我不想回去，这个地方饿不着，只要勤快一点儿就有饭吃。

这是最基本的考虑，平庸，平凡，但现实。对比了回家还是留下的利弊后，他们选择后者。他们大都是苦出身，当兵前家里生活困窘，靠要饭、给人放牛、扛活糊口。重庆乐山人黄开元，老家是山区，当兵前靠挑煤炭维持生活，就是给人家送煤炭，送一斤能得微乎其微那点儿钱。1951年他参军了。"就想有个不挑煤炭能吃饱饭、能穿暖和的地方就行，我就满足了。"面对北大荒的艰苦，他说："我不愿意回家，我没觉得怎么苦，也许是不知道苦。"山东人张书发的祖祖辈辈都是农民，他还在母亲肚子里时，父亲就过世了，母亲独自带着五个孩子，大的才十二岁。他六七岁的时候，春天闹积荒，家里一粒粮也没有，借也没处借，要也要不到。这时共产党来了，人民政府发了救济粮，母亲领回来一大面袋子，有三十斤。母亲把它磨成面，抓上地瓜面撒上搅和搅和，就成了一家人的救命粮。后来，政府让适龄儿童都去读书，他就上学了，"发了两张大白纸，还有一支水笔。"张书发明白是谁救了他的家，读书也让他受到教育，逐步懂得一些革命道理。淮海战役后，人民政府动员参军，"打到南京去活捉蒋介石"。那是1949年1月，十六岁的张书发参军了，在八路军华东军区一〇一师，驻防烟台、威海一线，后来参加了抗美援朝。1956年的时候他在铁道兵七师，3月，他随着七师的六七百名复转官兵，一起来到北大荒。"这边的生活与山东比，还是这里好，农场生产粮食，山东吃地瓜。这里除了冷，吃得挺满足。"张书发没有想走，除了觉得这里的生存条件比山东好，还因为"自幼不幸，但也是幸运的，不能忘恩，没有共产党，我是不是活着都不好说了。""听毛主席的话跟共产党走。"这是他发自内心的话。八十三岁的吴凤祥说得很平淡："一起来的战友有跑回去的，怕苦怕累，老铁道兵也有跑的，经不起考验，战争年代都过来了，再累也会过去。我没想过要跑。我不后悔到北大荒来。"

顾隆开，贵州黔西人（1928年5月生人）。十七八岁的时候给地主家干一天活，给半斤苞米。他说："干一天还不够吃一天，你说那过得是啥生活？"抗美援朝时他参了军，随铁道兵部队入朝,抢修铁路和桥梁,铺钢轨,扛枕木,抬土方,也经历了战场的生死。来到北大荒,他有一个信念:"共产党把我救出来了,不好好干也对不起党。该给党出力了,再苦再累也得来。"虽然心里有了准备,但北大荒的荒凉和艰苦,还是超出他的想象。"心里想,干几年不行了就走。过了一个冬天吧,还是问题不大,过了二三年就习惯了,就没事了。"

当兵,改变了这些苦出身的乡下人的生活境遇。经历了战争,艰难困苦已不在话下。卸甲归田,意味着他们的人生轨迹只是画了个圈,那么,此时的选择,都应该是一个新的开始,至少,不该又回归原点。

顺其自然,是另一些人的选择,也是一种无奈。

高尚志:一看这里就不咋地,不咋地又能怎么办?家属也领来了,不咋地也得待着了。

冯绍昌:一个师都来了,也只能这样了。

李清:说老实话,这也是祖国的需要,当时不是一个两个,是十万转业官兵开发北大荒。

吴凤祥:战争年代都过来了,再累也会过去。

一种集体的行为,让犹豫的心安定下来。何况多年的军人生活,他们已经习惯了听从指挥服从分配,战场上一声令下,生死都可以置之度外,眼下面临的艰苦,其实根本不算什么。踏踏实实地站在这片黑土地上,他们看到了黑土地蕴藏的希望,这种希望悄无声息地化解了心存的芥蒂，一个很具象的愿景足可以消弭眼前的困惑，而且这个愿景就在不远的将来，只要肯付出肯努力，"楼上楼下电灯电话"都是可以实现的。他们认了。

2 谁要逃跑，就开除你们党籍，开除你们公职

总还是有不肯认的，或许是家里的生活条件比这里要好一些，也或许就是受不了这里的艰苦，很多人趁乱"开小差了"。

上级是绝不允许这种现象蔓延开来的，场长黄振荣在大会上发话："谁要逃跑，就开除谁的党籍，开除谁的公职。"革命多年，枪林弹雨都闯过来了，最后如果落个开除党籍开除公职的下场，这是大多数人无法承受的。黄振荣这种强硬态度，着实会提醒那些心思游移的人。另一方面，北大荒地广人稀，没有交通工具，一天是走不出去的，中途要休息吃饭，到哪个连队要有人证明才能给你饭吃，而且，那时候坐火车也要证明，若"开小差儿"，又上哪儿能弄来"证明"？！

即使这样，似乎也没有吓唬住人，想跑的还是要跑。有的偷偷跑回老家了，有的借口探亲就不回来了。有的人跑回原部队去了，原部队不可能再接收，就说服动员，是党员的党内开会，是群众的群众开会，也有被劝回来的。

在强力阻止无果的情况下，农场采取了缓和政策，公开表态：愿意走就正大光明地走，农场发路费。

结果，有回到老家的，感觉老家不好，又跑回来了。再回来待遇就不一样了，工龄从回来的时候算起，不承认以前的军龄。

有一位1942年参军的老兵,跑回了原籍,可是没有档案,能够证明曾经从军的材料都没有,又没有介绍信,就找不到单位接收。他又回来了,要档案。王言贵讲述着:"农场的领导说档案是不能给你啊,你愿意干就给你三十二块钱(他那时候拿六十多块,干部待遇),你愿意留下就留下,不愿意就回家,他就回去了。他回家啥也不是。他在这是老干部呀,啥待遇没有啊?他要是留在这干一段时间,是可以给他恢复原工资的。"这位跑回家的老兵不知会如何度过他的一生,或许一辈子都窝在了乡村,后悔与否唯有自知,他该怨自己的短视还是怪那位不通人情、坚持原则的农场领导?只在一念之间,他的人生就被彻底改写了。

而留在北大荒的人中,也有很多都是在一念之间,或者偶然的际遇,自觉或不自觉地随了大流,甚至是阴差阳错。

吕长庆在铁道部材料干校专门学过后勤和材料供应什么的,正是北大荒急需的人才,他和一个姓朱的战友被从北京借调过来。因为是借调,想回去什么时候都可以。但农场总是需要他,他先是在八五〇宝清垦荒指挥所做财务工作,后来又到经济科,管理材料又管财务。姓朱的战友回北京了,他又接替战友的工作。这期间,留在部队的那些战友,职级都比他高了三级,他却一动未动,便想着调回去。他给部队写过信,却没人给他回信。再后来,就找不到部队了,吕长庆留在了北大荒,转业费却一分钱也没拿到,因为是借调,此前一直是现役军人的身份,通行证上写着"中国人民解放军某某部"什么的,坐火车都是半票。他初来北大荒时职级是二十三级,直到离休时才晋为十九级。"有点儿遗憾。"吕长庆说。

王玉和到北大荒的时间要更早一些，那是1954年，他和十几位同事一起从石家庄炮兵学校（后来改为农业机械化学校），被派到友谊农场，跟随苏联专家学习，两年后回北京。他们是通过北京人事司调来的，享受北京的工资标准，月月发工资都从河北转过来。到该回去的那一年，他被派到密山农垦总局搞培训，他惦记着年底就该回北京了，不太想去。友谊农场的总工程师王银波找他谈话，说让你去密山农垦总局去做指导，搞技术，不是挺光荣、挺伟大吗，你怎么就不去呢？王玉和当然知道这是个挺光荣的事，他无法反驳，只提出年底回北京的事。王银波向他保证，到年底一定让他回来。王玉和就去了虎林南面的一个农场搞培训，讲机械、讲五铧犁等。到年底了，从河北一起来的同事都回去了，王玉和请假回总场，找王银波谈回北京的事，总工程师却打起了哈哈，甚至躲起来不见他。王玉和就找总场的书记，书记说你先回下边去，咱们一步一步地办吧，办好了你再回来。王玉和就回去了，继续在密山农垦总局讲课。再后来，密山农垦总局就把他分到了八五二农场，先是在机务科，后调到五分场修理所当所长，又到五分场一队当机务队长，然后是四分场，再到七分场的四队、七队、六队，又调到工程营搞建筑工程。这一转，王玉和就转了大半辈子，终究没有离开农场。他在这里安家，生儿育女，两儿两女，"他们都挺好的。我的孙子5月22号就要结婚了，楼房都买好了。"王玉和的语气满是幸福知足；说到王银波，那个当年的总工程师，"他是个骗子，我现在还叫他骗子呢。"口气里带着谐谑，有点儿怨气，却没有恨。有一次，俩人在农场医院里相遇了，王银波转身躲开了。

其实，这时的王玉和对过往的一切已经释然了。

3 大部分"劳改犯"被迁走了，我们留了下来

1956年时的八五二农场，主要由两部分人组成，一是铁道兵，再一部分就是"劳改犯"。现在的一分场、二分场、六分场，当时大部分人都是铁道兵过来的。老人们有时候聊天，"经常问对方，你是干什么的？我是当兵的；你现在拿多少工资啊，我拿三千来块钱（现阶段已略有提高），这就属于老铁兵。"付孟海说，"八五二农场，对内叫'黑龙江省公安厅第三劳改支队'，四分场过去是七大队，后来改为八五二农场四分场；工程营叫工程大队，后来改称八五二工程营，都是'劳改犯'。良种站过去也是'劳改犯'住的地方。"

这批"劳改犯"，有近三千人，是从江苏押送到这里的。付孟海所在的警备队就负责接收这批"劳改犯"。先是到宝清县，在宝清待了三天，步行去杨大房，在杨大房吃了中午饭，然后继续走，傍晚到达目的地良种站。

付孟海记得很清楚，这批"劳改犯"到北大荒的时间是1956年4月10日，比大批铁道兵进驻荒原的时间要早。这些人的成分很复杂，有"政治犯"，有"刑事犯"。有过失杀人的，有偷人家牛的，有偷人家苞米的；有原国民党的官兵，也有触犯法律的解放军战士等。他们伐木、割草、盖马架子、草棚子、修路、修桥，为铁道兵进驻荒原打了前站。八五二到八五三的路，八五二到宝清的路，还有那些架在河沟溪流上的桥，都是他们修筑的。虽说数量不足挂齿，虽然只是简单的马架子草棚子、土石路木头桥，待大批铁道兵进来的时候，这些荒原上简陋的基础建设，至少能让人有稍许的安慰。付孟海说："咱们不能说他们在做贡献，因为他们是'劳改犯'，是国家的罪人，是应该好好认罪，好好干活，他们的工作就是干活。"童尚义说："我们来的时候，'劳改犯'很多，到处都是'劳改犯'，盖房子、修路、架桥，都是他们干的，也不用人看着，他们就是想跑也跑不了，没有路，荒无人烟的地方，大草原，大沼泽，一不小心就掉进去淹死，刮大烟炮一会儿就冻死了，还有群狼。想想都不敢跑。"在三年困难时期，"劳改犯"死了不少，有的是年龄大、身体有病；有的是饿死的，吃不饱饭、劳动强度大；还有的是意外事故死亡的。

这是一个特殊的人群，在北大荒的垦荒史上，应该是记录在另册的。

而作为警备人员和管教人员，与"劳改犯"一同来到八五二农场的复转官兵，则因此改变了人生轨迹。比如付孟海、张熠中、王玉山、孙宝泉等。

付孟海是山东沾化人，1951年入伍，因为身体好、家庭历史清白，被选送到北京的警备部队，先后在中央人民广播电台、最高人民法院、国家司法部等单位站岗，还为粟裕家、黄克诚家、叶剑英家、冯玉祥家做警卫。1956年2月他复员了，一开始有三个

第三章 抉择与命运　　167

去向：一是回原籍，一是当警察，再一个是到一个基建单位当保管。后来才又有一个去向，就是北大荒。部队做统一动员，说北大荒是楼上楼下电灯电话，可以安家，生活挺好，没有成家的还可以结婚。付孟海选择了北大荒。二月份，他和一同复员的战友从北京乘闷罐车到了密山，再乘汽车到虎林。在虎林学习《劳改条例》，学习结束后，又返回密山，接收从江苏押运过来的"劳改犯"。劳改队有队长、副队长、小队长，还有一个警卫班，是配备武器的。付孟海是小队长。后来，付孟海就留下来做了管教干部，领着"劳改犯"劳动，冬天用马拉石滚子压大豆脱粒、上山伐木；春天播种，把拖拉机翻过来的地，用小铲子扎个眼，放几粒黄豆；秋天收割麦子、脱谷子。"我们管教不带枪，象征性地拿个小棍。有专门的警卫拿枪，晚上警卫几个小时一换岗。'劳改犯'在外出劳动的时候，不老实的几个人一个组，其余的在一起。有一个'劳改犯'惹事，可能会上三五个'劳改犯'来收拾他，他们都想立功减刑啊。有一次，有一个'劳改犯'和队长顶嘴了，上来两个'劳改犯'就把他捆起来，吊了他一晚上，一个小伙子被吊一晚上，也够他受得了。"1958年大批复转军官兵来农场以后，大部分"劳改犯"被迁走了，付孟海留了下来，一直在良种站工作到退休。

张熠中来北大荒时是出差，执行秘密任务。他在铁道兵部队当卫生员，正在佳木斯汤原县修铁路。自1955年从朝鲜回国后他就经常出差，第一次去四川接新兵，接了一千多；第二次送复员老兵；第三次，1955年8月，他又接到出差任务，领导还不告诉去哪儿，去干什么，挺秘密的。他领命出发了。没想到，这次却出了个长长的差，再也没有回去。等到了地方，他才知道是八五〇农场，农场有四百个"劳改犯"，被分成两个大队，他的任务是配合管理。转过年，从江苏押运来三千多名"劳改犯"，张熠中被安排去接收，然后，他就被留在了警备队。他在警备队当卫生员，倒是不用干活，是看着'劳改犯'干。"劳改犯"们盖房子很快，不到两个小时，就盖了警备队部、食堂、宿舍。"劳改犯"迁走后，张熠中被分到三分场场部卫生所当护士，退休时是四分场卫生院医生。

王玉山从部队复员到北大荒时，就知道是来管"劳改犯"的。他对这批"劳改犯"在农场时的经历清清楚楚。

那时候大批的铁道兵还没有进场，连一个草棚子都没有。"大部分时间都是在外面作业，像建点、搭马架子、盖草房子、排水、上山伐木、修水库。""这些'劳改犯'盖了很多房子，就是盖马架子和草棚子，为铁道兵进场创造了一定的条件。"而另一部分"劳改犯"就开荒，天一亮就吃饭，吃完饭就干活，一天十几个小时的劳动。"我们在种畜站的南面，就是种畜站的那片地，都是人工开荒，十二个人拉一张犁，开出来的地种菜、种大豆。"

"劳改犯"们干活没有固定的地方，在这干两天，在那干两天，管教们不和"劳改犯"在一起吃饭，但吃的东西都是一样的，高粱米、黄豆、大楂子。"我们的口粮标准不一样，我们最低的时候是十八斤，他们最低的时候是三十二斤。那个时候'劳改犯'也有饿死的。"

管理"劳改犯"并不是件轻松的事。这些人中大部分是刑事犯，有的不接受改造，有的开小差儿，有的不爱干活。尤其那些小偷，不觉得自己有多大毛病，也没有文化，素质比较低，经常打架斗殴。对犯错的人，"一般都是批评教育，和他谈话、记录，他们怕记录，怕再犯错时加罪。"而那些政治犯则比较老实，特别刑期比较长的，"很多政治犯都是在肃反、镇压反革命的时候抓起来的，过去国民党的保长、乡长啊。我们队有一个'劳改犯'是国民党的少校，是国民党炮兵团的团长，他被判了十二年，他就很老实。在劳改队里也分组，有小组和大组，他当大组的大组长，领着干活什么的。""有个国民党的中将，过去他是在两个办公室之间都要坐车的人，现在连马车都会赶，什么活都会干了。"

从1956年到1961年，王玉山基本都是在劳改队里。1961年，"劳改犯"被迁到北安，他被留了下来，在工程营当保卫干事，后来当指导员。退休时他是建筑安装公司的技术员。

孙宝泉是从江苏押运三千名"劳改犯"时来到北大荒的。他是医务人员，接到的任务是挑选三个懂医的人，随押送队伍到北大荒，等铁道兵接收后就返回去。在四分场，双方交接完毕，王震来了，却不让他们走了，是当着他们的面说的，没有人敢提出异议。"劳改犯"都分在工程营，孙宝泉他们就留在工程营了。后来，与他一起来的四个人，有两个开小差儿走了。还有一个没有走，叫蒋翰伟（音译），是学生；孙宝泉也没有走，留在工程营当医生。

"我是党员,在战场上枪林弹雨都没有开小差儿,到这困难了就开小差儿?不可能。"孙宝泉说到这儿,哭了,"我这一辈子,什么奖金啊升官啊发财啊我都不想。"

孙宝泉是山东沂蒙沂南县人,那里是革命老区,他曾是乡儿童团长,十六岁时参军,在华东军区公安团八连三排八班,个头还没有枪高,几次被劝退,他都坚持了下来。一开始他就知道,参军为了谁是怎么回事,当通讯员、当司号员、当卫生员,淮海战役时打苗庄,过长江解放上海,都得冒着枪林弹雨,他没有退缩,脑袋别在裤腰带上闯过来了。北大荒的艰苦,显然也不会让他为难,他很坚定地留了下来。有机会走,有机会改行,他都没动,就在工程营当医生,当了一辈子医生。一辈子,没有犹豫过,此时说起来,他哭了,老人解释说,他不是委屈。

那么,比委屈更让老人难以释怀的,该是什么?

在一个大的时代背景下,个人的人生选择往往带着很大的偶然,或者说,身不由己。服从大局是选择的出发点,这些曾经的军人,虽然离开了战场,脱下了戎装,但那种浸入骨血里的牺牲精神,在国家意志面前,服从就是无条件的。在这里,看似偶然的选择,其实都是必然的归途。

第二节　每个人的历史都带着颜色

采访札记：

无论是自愿还是被动，数万名复转官兵选择北大荒，有国家的意志，也有热血报国的情怀；有对美好生活的憧憬，也有人生价值的考量。毋庸讳言，在这种选择面前，许多人是背着沉重的政治包袱的，比如家庭出身、比如历史不清、比如得罪领导、比如无意间犯的错误等。这些，都是他们被处理复员转业、被动员到北大荒的理由，但是不公开的，只由组织上掌握。因而，他们有的被蒙在鼓里，有的心存疑惑，也有的人心知肚明。

出身清白、又有文化和工作水平的沈仁连，只因为年少得志，说话有些失当，政委亲自谈话，告诉他结论：留党察看一年，转业处理。李意诚参军时就知道自己的家庭出身问题是个短处，在听了一次报告后，他知道在部队待不下去了，因而被处理转业他一点儿也不意外，只是上缴枪支时感觉不好，那把五一式手枪跟了他四五年。

几十年之后，当他们经历了种种人世艰辛、步入人生晚年时，他们敢说了，他们其实是被发配到北大荒的。

发配，很沉重的一个词，从这些最早的垦荒者嘴里说出来，却没有感情色彩，很平和，淡淡的，还带着笑容，一种曾经沧海的豁达。他们用一生的付出，在政治的祭坛上，完成了一种仪式。

还不得不说到黄振荣。检索这位老战士的革命生涯，始知他一生的传奇经历，足以串成中国革命史的一章，并在每一个节点上熠熠生辉。1928年，黄振荣曾是国民革命军第二集团军总司令冯玉祥的勤务兵；1931年，参加江西宁都暴动后加入红军，任红六军团五十一团参谋，后担任红六军团电台队队长，走过了雪山草地，也就是举世闻名的两万五千里长征；延安时期，他是王震所部三五九旅的一名营长，参与了著名的陕甘宁边区大生产运动；1948年起他任铁道兵三师代师长，抗美援朝时率部跨过鸭绿江入朝，保障钢铁运输线；1956年，正在北京铁道兵干部学校学习的黄振荣受铁道兵司令员王震之命，奔赴北大荒。

采访中，听着很多人讲述他的事，笔者曾经有一个疑惑，以黄振荣的革命资历和对开发北大荒做出的贡献，与他的官阶和政治待遇好像总是差着一个层级——率铁道兵八五〇三师入朝时，他是代师长；他创建并扩建了八五〇、八五二、八五三和八五五农场，但他初任八五〇农场场长时只是副职，调任八五二农场时也是副场长。这其中必是有些说道的。在查阅资料及后人的回忆文章中，我们得以知道，这位战功赫赫的老革命，在来北大荒之前，也就是在铁道兵干部学校学习期间，正因在抗战时被日军俘虏一事接受组织的重新审查。

"被俘"，是在1942年。在日军的一次扫荡中，留在地方养伤的黄振荣被日军抓获。他急中生智，将一枚在阎锡山的军队当营长时的少校胸章戴在胸前，最终没有暴露真实身份，后来寻机逃脱找回了革命队伍。由此我们也明白了，为何组织上对黄振荣的任用一直有所保留。因为黄振荣的早逝，带走了许多亲历的垦荒往事，更让后人无法揣测他当年的心路历程。我们知道的是，这沉重的政治包袱，并没有削减他的意志，更没有影响他对组织的忠诚，否则，我们就无法理解和解释，这样的一个人，靠什么坚守在北大荒。

北大荒的荒凉，绝域之地的苦寒，没有冷却一颗饱含激情的心。在心灵的禁锢和情感的压抑中，他们可以委曲求全，可以随遇而安，可以顺其自然，可以自我修为，却都不曾绝望过。今天的我们很难清楚描述或者无法理解这一代人的心胸，只能说，这是一群有着强健心智的人，一批有着超常意志的人，对于他们，生存并不是目的，他们心中自始至终都有着一种执念，可以被称为"信仰"。

1 金文鼎：我很清楚自己是被部队淘汰的

第二次去七分场采访金文鼎时，陪同我们的是张培诚。提到金文鼎，他说没见过面，但有印象，当年他在总场组织部工作时，亲自办理过金文鼎的离休待遇问题。

八十四岁的金文鼎仍然

年轻时的金文鼎

住在二十世纪六七十年代农场统建的平房里，进门是灶间，几平方米，再进是里屋，十几平方米的样子，搭着一个小火炕，摆着不配套的桌子和椅子，一台小电视机委屈地躲在墙角，一只老旧的沙发靠炕边放着，金文鼎的老伴坐在沙发上缝补着什么。去年我们来时，她刚得过脑血栓，正在恢复期，行动不便，气色也不好，今天再见，明显好多了，脸上绽开了笑容，她热情地招呼我们坐下。屋地狭小，进去几个人，便有些转不过身来。

金文鼎说："农场对我老金头不薄，我对农场还是有感情的，我老了也没有离开农场，还在农场待着，尽管住的条件差点。"

金文鼎说："我很清楚自己是被部队淘汰的。"

1958年3月，他正在空军第六航空学校学习。学校外调，说他的父亲是被镇压的。组织结论出来了，当飞行员就不合格了，他被处理转业。

组织上的调查结论不容置疑。金文鼎揣着满腹疑惑和不甘，离开了部队。近十年的从军经历，他当过步兵、炮兵、空军飞行学员，从一个普通战士，晋升为正排级干部，授少尉军衔。从军，改变了他的生活，也为他的人生打开了一扇光明的窗。

金文鼎是江苏南通人。小的时候家里比较穷，他念过私塾、小学，前前后后却不到三年。1947年，十三岁的他被送去学做生意，跟着棉花行从苏北的南通到了江南的无锡。1949年5月江南解放，解放军一渡江江就开了（可以通航了），店老板把他们解散，他回到了江北。1949年解放上海的时候，一些伤病员被转到南通治疗、休养,他记得这是六月份的事。这时候他报名参军了,在华东军区警备九旅,部队驻扎苏北海门。1950年3月,部队改编为三〇二师,每人发了一张军人登记表,让填写入伍年月日。金文鼎读过几年书认识点儿字,全班十二个人的登记表就都由他填写,他就以到三〇二师的时间为准,无论是1942年当兵的,还是1943年入伍的,一律都填1950年3月。转业的时候,他的转业费按八年军龄计算,他才发现不对劲儿,提出异议。学校到二十四军七十一师二〇二团调查,确认他是1949年当的兵,这时他已经到北大荒了。学校补发了转业费,军龄多一年转业费多三十六块六,那时候少尉工资每年是七十二块六元,这等于半个月的工资。

  航校一起来到北大荒的有一百一十多人,都是战友,金文鼎感觉还挺好。他是学开飞机的,开个拖拉机自然不在话下,一开始便开荒、种地,1959年调到粮油加工厂任副厂长,磨面磨苞米楂子;后来农场有载重汽车了,他从加工厂调到机关,管车,叫车管助理。

  离开部队的时候,航校政治部党支部给了金文鼎一个入党手续,让他到农场来入党。1958年底,七分场二队党支部开会吸收新党员,一起要求入党的好几个人,都批准了,只有他没被批准。组织上找他谈话,教育他要脱胎换骨地改造,他明白了,还是因为父亲的原因。金文鼎不服,争辩无果。他知道,这个黑锅背上了,无论怎么干,入党是没戏了。他本来性格开朗活泼、爱说爱笑,经过这一番折腾,他提醒自己,以后说话处事得小心了。

对父亲的死，他一直存有疑惑。父亲是在1947年被地方干部误杀的，那时候全国还未解放，国共双方也是处于拉锯状态。他知道，父亲只是一个普通的生意人，家里没有房子没有地，吃粮靠新四军发的公粮券，公粮券就是一张纸，每月一张，到地方上领回来粮食，他也没有当过国民党，怎么会被镇压呢？

1971年，金文鼎终于提笔给舅舅写了一封信，询问父亲的事。舅舅是一位老革命、党的高级干部，当年金文鼎参军就是受舅舅的影响。舅舅回信了，让他给江苏省委办公厅主任吴木初写信。金文鼎记起来了，小的时候见过这个人。那时他经常看见一些人到家里来，他都认识，其中就有这位吴木初。他就写了封信，给吴木初，讲了父亲的事。吴木初回了信，清楚地说明，他父亲是我党搞据点工作的，也就是地下工作者，父亲的直接上线和领导正是这位吴木初。金文鼎读着信，百感交集，五味杂陈。后来，他把这封信拿到了总场组织部，组织部就把他档案里的那些调查材料都撤出来了。压在他心上的那块大石头彻底搬开了，只是已时过境迁，一切都无法挽回。

在七分场交通助理任上，金文鼎干到了退休。办理手续的时候，按档案记载，他只能是退休，并不是离休。这时他想起当年填写军人登记表时的事，谁能预见到，那一念之间、一笔之差，几十年之后，竟然以这样的结果将他戏谑一番？这好像不只是退休和离休的待遇不同，他的从军生涯、他的革命经历，难道都要被定格在这一张登记表上吗？金文鼎向组织部门提出了异议。

还好，组织部门很重视，先后派了两拨人前去调查，最后认定了他实际参加革命工作的时间，享受离休干部待遇。亲自办理这件事的，正是张培诚。

二十多年后，金文鼎看着张培诚说："谢谢你了。当时知道有人替我跑这事，也不知道是谁。"

张培诚说，"老干部一辈子真不容易，受了许多苦，应该享受更好的待遇。"

前天，金文鼎与已经迁居上海的老战友徐伟通了视频。徐伟是大连外语学院俄语专业毕业的，在部队时当翻译，因为家庭出身的问题离开部队到了北大荒。徐伟说人老了，总想过去的事。金文鼎还劝他别想了，都是过去的事了。现在的生活不是挺好的吗？徐伟说是，现在生活是挺好的。

金文鼎说："我们这一代人经历了不少政治运动，有欢乐的时候，也有吃苦的时候，直到改革开放才安定下来。我对邓小平还是感情很深的，对毛主席是敬，崇敬。"

2 万明远：我除了在国民党的军队里当了两年多兵，没有任何不好的地方

见到万明远的第一眼，就很让人惊讶。九十一岁的老人，腰板挺得笔直，身材高大壮实，穿着背带裤，显得利落干练；满头白发，却面色红润健康，说话中气十足，听力没有障碍。老人的身上，竟然毫无衰老之气。

来之前就听说万明远是个有故事的人。他最早参加的是国

民党军队，傅作义的部队，十八九岁就当了排长。傅作义率部起义，北平和平解放，他所在部队被改编为人民解放军。他填写的参加革命时间是1949年1月，正是他参加解放军的时间。他现在享受的是离休待遇。

老人自己的家正在装修，暂住在女儿家里。老伴很早就去世了，他有四个女儿，我们见到了三位，都是听说有人采访老父亲特意赶过来的。采访中，三个女儿不时插话，提醒父亲或者解释些什么，还和老父亲开玩笑。看得出，老人是个开明的父亲，父女关系非常和谐，而且平等，慈父、爱女，给人感觉很温馨。老人说话的用语和表述方式，加上他的着装和风度，也都说明他是个有文化的人。

比如说到初来北大荒，老人说："我跟别人的感觉不一样，别人回忆时都说怎么怎么荒凉、艰苦，我不愿意谈艰苦。我的第一感觉，哟，一望无际的亘古荒原。荒凉是暂时的，不久就会变成稻菽万顷、花果满山。"

年轻时的万明远

这是老人的原话,用了很诗意的语言。真的和别人不一样。自然,他的家庭出身、成长背景、从军经历以及来北大荒之后的际遇,也肯定有着异于旁人的地方,这恰是我们最想听的。

万明远说:"我除了在国民党的军队里当了两年多兵,没有任何不好的地方。"

正是这两年多当"国民党兵"的经历,成为万明远的人生拐点,荣辱兴衰,宿命般地,让他无法摆脱。

1926年3月,万明远出生于北京延庆县。他的家庭稍有资财,所以能供他念书。1941年,十五岁的万明远小学毕业,考入北平农业专科学校。为了逃避包办婚姻,他寒暑假也不回家,就住在学校。那是日本人办的学校,校长是日本人,副校长是中国人,教师一半是中国人,一半是日本人。日本战败投降,学校就散摊子了。万明远住到县城一个两姨姐姐家。国民党接收了县城,他参加了国民党的部队,后到张家口高级炮校学习,学三民主义,学战术,学武器,都出类拔萃,结业不久,就当了排长。那时他才十八九岁。

九十四岁的万明远

1949年初，人民解放军包围了北平，围了一个多月，双方也是天天打，但都是小打，万明远他们这些下级军官也知道上边在谈判。后来谈判成功了，都很高兴。接着换了胸章，上面是：中国国民党人民解放军。出城的时候，是整建制的队列，老百姓备茶水送行，很热闹。

万明远参加了解放军，保留了原来的待遇，在共产党的部队还是排级。共产党在对起义部队的改造上是有一套办法的，时不时调出军政主管去学习，学习结束后，就安排去别的部队任职，也不断派人来接替他们的位置。时间一长，就把原国民党起义部队改造成共产党的部队了。在干部任用上要求也很严格，尤其是军官，必须是贫下中农出身，贫农是核心，中农是团结的对象，万明远的出身和经历既可以是团结的对象也可以是打击的对象，但他很幸运，一过来直接就当参谋，因为他是军事专业人才。1950年时他在长沙司令部当参谋，后来又调到湖南军区司令部。1955年授衔时是中尉军衔，薪金八十八元，那时的猪肉是一毛八一斤，他的工资算比较高的。他还在部队演过戏，是表现部队生活的小话剧。那一时期，他感觉很好，觉得受到重用。可惜，到了1958年，有着万明远这样出身和经历的人，想留在部队就不可能了。

1958年4月，万明远转业，随湖南军区的复转官兵一起，来到北大荒。

万明远没把北大荒的苦当回事。他当了十年的兵，吃的苦比北大荒要多得多。1949年部队南下到湖南，那时候发的军装，上面是衣服，下面就发一短裤。秋天该换装了，正赶上陈明仁的部队在长沙起义，本来该换装的棉军装就发给了他们，万明远他们就穿着单衣和短裤过了一冬。所以说，北大荒虽然环境艰苦，但要吃的有吃的，要穿的有穿的，这个苦真是不算什么。

万明远不觉得苦，他只是努力地干工作，用他的话说："我有挑一百斤的能力，我不会挑九十斤。"（女儿插话说："他从来不管我们不管家，家就是他的饭店、宾馆。"）他曾被派去北京农垦部干校学习，半年后回到四分场的生产队当供应副队长；到佳木斯农垦总局学习，接着当了基建队长，搞基建，盖房子；又作为基建副场长到哈尔滨学习，回来后在跃进山建了钢铁厂。他的最后一个岗位是蛤蟆通水库主任，直至离休。

1978年后，万明远担任了蛤蟆通水库主任。他亲自设计了水库用房、鱼种场、实验室等，花了一百万元。"我当时就想，花费了这么多钱，如果建错了，不能达到预期的效益，我就跳蛤蟆通水库。"好在，上级有关技术部门来验收时给予了很高评价，万明远总算放了心。

蛤蟆通水库的鲫鱼很有名。蛤蟆通河流域曾经有一种高背鲫鱼，这种野生鲫鱼能长到很大，有七八斤重，很早以前是贡品，但后来渐渐消失了。日本侵华时，在宝清修了龙头水库，想研究这种鲫鱼。日本战败撤回国，研究自然也就中断了。万明远在蛤蟆通任水库主任，就想在科研上搞繁殖复壮。为此他还跟着年轻鱼工一起去佳木斯学习。鲫鱼是底层鱼，杂食类，就是什么都吃，比较好养。万明远就研究这种鱼的提纯复壮，改良它的品种，想最终将这种鲫鱼改良成高背鲫鱼。蛤蟆通水库的鲫鱼引起很多部门的关注，还有日本人来过蛤蟆通水库，偷偷从水库里灌了一瓶水拿走了。鲫鱼的提纯复壮是个很漫长的过程，1985年，万明远离休了，后来就没有人提"高背鲫鱼"的事了。

说到这儿，万明远才表现出一些失意。这算是他未竟的一件事吧。

但是，万明远说："我不后悔来北大荒，我也不觉得遗憾。人生何处是金山，哪里青山都埋人。到哪儿哪儿就是家乡，我没有想过回故乡。北大荒是我的第二故乡。"

老人的豁达和乐观，以及永远上进的劲头，应该是他最好的养生之道。"年老不减当年志，勤学苦读健其身。"老人念了一句诗，这是他现在的生活信条。九十一岁的万明远感觉依然很好，他的女儿们，一个是高级政工师，一个是高级教师，一个是高级会计师，还有一个是自由职业者。

他说，革命一辈子，就剩下四个女儿了。

3 程举兴：杀了八十三个俘虏，犯错误了，连长还撤职了呢

程举兴在八五二农场是个很有名气的人，但其实他只是一位普通的垦荒老兵。

资料显示：程举兴，1926年10月出生，河南濮阳人。1939年8月14日参军。1956年来农场。1985年退休，退休前岗位是总场武装部弹药库警卫。

资料就是一个表格，注明自然情况，但就这表格中简单的

几个年份，足可以让人产生无限的联想。程举兴说他参加的是红军，笔者查阅相关资料，1938年以前共产党领导的军队，叫红军。程举兴参军时间是1939年，也就是国共第一次合作期间，部分红军部队改编为八路军，也有还没被改编的，那么程举兴参加的或许就是这一支红军部队；或者，已经被改编了，但人们还习惯地叫红军。我们姑且采用他的习惯用语来陈述。不管怎么说，以他的年龄和参加革命的时间，应该是一位老革命了，他的职位不该只是一名普通的农场职工，这中间肯定是有故事的。

很多人听过他的故事，告诉我们：程举兴在部队是受过处分的，因为他杀了八十三个俘虏。

我们更想听他亲口讲述他的故事。听说已经九十一岁的老人身体不太好，刚出院，而且不想接受采访，他不愿意讲了，讲得烦了。

我们不敢勉强，有些遗憾，只好安排其他采访。在老干部活动室采访的间隙，突然传来话：程举兴来了，同意接受采访。这让我们喜出望外，急忙把老人迎进临时布置的采访间。

老人坐着轮椅，手里拿着一支手杖，由女儿推着进来了。我们想让老人就坐在轮椅上采访，便要挪动背景，重新调试机器，但老人却执意站起来，挪动着不太灵便的双腿，双手扶着手杖，支撑着身体，坐在了摄像机前。这一刻，忽然就觉出了他的坚强，他的执着，让人心生敬意。

我们没有问老人为何突然改变态度接受采访，老人自然有他的心思，回忆过去，其实是件很伤神的事，尤其这回忆充满

了战场的硝烟、血腥和杀气，一次次与死神过招的凶险，还有，他为此背负的精神压力，那让他的人生突然转向的推力。他女儿说，父亲年轻时经常给人讲述他的战斗故事，绘声绘色地讲，现在老了，却不愿意说了。程举兴说："讲来讲去，讲的心里也不好受，也不舒服。别人问我过去的事，我说算了吧，都过去了，我都不愿意讲，讲他有啥用吧？咱们说的话都是废话。"

九十一岁的程举兴

我们知道他讲的不会是废话，但是不敢引导，也不想引导，只想任着老人凭着自己的思绪，随意讲些什么。

没想到，老人开口讲述的，就是他杀俘虏的那一场战斗，甚至都没用什么铺垫——

我过去的这些事，好事也有坏事也有，坏事怎么说有呢？我当了八年连长，最后杀人杀的多了，还犯错误了，连长还撤职了呢。有一次打仗，一开始我的连在那个地方，被国民党部队包围了，把我的人打死了一百二十名，我三天两晌没吃饭，就是睡觉，心疼啊。后来在平汉战役，打沙河镇马庄的时候，叫我把他们包围了。双方的距离很近，大声说话都能互相听见，开始我喊他们投降的时候啊，他们一个连都在那里。我喊："蒋军弟兄们，你们缴枪吧，你们缴枪共产党是优待俘虏的。"他们不但不接受我的喊话，还骂我："你想要枪，拿你的狗脑袋来换！"要我的脑袋换他们的枪啊？我说好样的，我要给你留一个活的，我改名换姓。我们有三挺重机枪，六挺轻机枪，我就命令战士用机枪打。那一仗打了四个多小时，打到了天黑，敌人的阵地里有一百五十多人，让我打死了八十多人。打得他们真没有办法了，出不来了，他们喊话："弟兄们不要打了，我们缴枪。"缴枪？我不缴枪，我的脑袋不换你的枪，我要命，要脑袋。我又打起来了，打到最后没有一个活的了，一百五十几个人全撂倒了。结果，回来以后，团长说我：人家喊缴枪你为什么不要啊？你怎么不停止火力呀？我说我的战友让他们打死一百二十个，你怎么不说这句话呀？我们的战友没有父母、没有哥们儿吗？不心疼战士的干部能是好干部吗？我和团长就干仗。干完仗团长说你违反俘虏政策，要撤我的职。我说撤撤撤，反正我是大老粗，一个字也不认识，我也当不了大干部，赶快撤。你撤完了定我什么罪，该死不该死，该死你选个地方，我姓程的腰都不弯，我自己去。团长也不和我犟，就把我关起来了，后来就把我连长拿下来了。哈哈，就这回事。我那时候脾气不好，也可以检讨自己，是个性太强。

程举兴操着他的河南口音，一口气讲完了这件事的始末。中间没有停顿，都不用细想，可见这件事对他来说已是刻骨铭心。但他讲起来，却像是在讲别人的故事，许是年代太久远了，记忆已磨成了厚茧，清晰，粗粝，只是没有了温度。

九十一岁的人，本可以忘掉许多事，也应该忘掉。女儿说，他记不住什么时候结婚的，也忘了老伴是哪年去世的，说不清大女儿到底是七十几岁了，甚至，来北大荒后的许多事都模糊了，但是，他却忘不掉那些战争岁月的经历，哪一年，在什么地方，哪一场战斗，经历了什么。

程举兴说："要是讲这几十年的事，我是记不住了，就是讲打仗这些事我还行。好多事啊，我打仗打的可多了。"

程举兴还很小的时候，他的父亲和两个哥哥都离家当了红军，多年没了音讯。作为红军家属，随时都面临着被抓被杀的危险，他和母亲只好逃离家乡，一路要饭走到了黔南。稍大些了，他给人家放牛，放五十头牛，母亲还得出去讨饭。十四岁的时候，母亲在要饭的路上贪黑回家时被狼咬死了，剩下他一个人，留着自己的命也不知道干啥了，就跑去当兵，当红军。人家嫌他小，没有枪高呢，说行军打仗你能跑得动吗？程举兴说，我是要饭的出身，净跑道了，我不怕。人家还是不想要他，劝他回老家。他就哭着跟人家讲自己的身世，讲得对方也感动流泪，才答应收留他。因为太小，就让他当马夫，喂了两年马，就到连队当战士，六个月后就当了班长。当兵后他得知父亲和两个哥哥的音讯，父亲是司令部游击大队的大队长，大哥是老七团的团政委，二哥在一五一团当团长，都先后牺牲在战场上。

第三章 抉择与命运

打日本鬼子的时候,程举兴是八路军的侦查员。部队打游击,鬼子出了据点就打,鬼子不出来,就没法打,武器不行,确实打不过。后来缴获的武器多了,日本鬼子就怕八路军了。日本人怕武器被偷,一个排一个连住在一个大房子里,把大小枪都捆在一起,两个人都抬不起来,就放心了。四周都不站岗,就在门口站岗。程举兴他们摸进去,把他们的武器全弄走了,然后拿着枪,对着睡了一溜的鬼子,一枪一个,一个排、一个连的都消灭了。后来在山东济宁一带打了一仗,很激烈,在城门上拼刺刀,程举兴一个人拼六个,拼死三个,刺伤刺跑了三个,他的胳膊也被刺伤了。那些年,所有的战士,打一仗回来,就是不负伤,衣服也都被挑得破破烂烂的。连长、排长、班长都冲在最前面,连长冲上去了,后面的战士就不用说了,只有共产党的军队能这样。程举兴曾经一个人在敌人窝里夺出来七挺机关枪,立了一个大功。在一次战斗中,程举兴正抱着机枪扫射,敌人一颗炮弹飞来,爆炸的气浪将他掀翻,炸起的泥土将他活埋了,战友们用手将他刨了出来,缓了半个小时才活过来。也就是这一次战斗,他的一只耳朵被震坏了,流水流脓,两个多月才停止,可也彻底失聪了。

抗日战争结束,解放战争又起。程举兴参战的脚步就没有停下过,从西北打到内蒙古、从内蒙古打到北京北部,又打到东北,又从东北开始,一路打过去,河南、河北、山东青州,渡江后转战川北、贵州、云南,直到西康,差不多把全国打了一遍。自从被撤了连长的职,他就一直当战士,他的老首长曾经让他复职当连长，他却一口拒绝，说绝对不当官，认可干回老行当，当侦查员。他骑着一辆自行车，哪儿都敢闯，连敌人的窝里也敢去。

南征北战近二十年，程举兴负伤七次，两个胳膊就挨了两枪。身上打了好几个窟窿，脚和胳膊都不听使唤了，一只耳朵也失聪了。和平年代了，他的身体也不行了，就动了回家的念头。司令员杨勇、政委苏振华，还有老旅长匡斌，都是他的老首长，在一起很多年，把他当弟弟一样看待。他真的舍不得这些老首长，记得在东北打完仗，就为了找回老部队，他曾经一路追踪他们征战的足迹直到西康。但现在，他不得不离开老首长、离开老部队了。老首长们最初还想着挽留，但看看他的身体状况，是真的不行了，走路都走不动了，就同意放他回家。

程举兴终于能够歇口气，不用在生死场上拼命了，可以回家了。家里有妻子，那个也是讨饭出身的贤惠的女人，他当兵打仗这么多年，一直在家里等着他。夫妻团圆、男耕女织的日子，该是多么令人渴望！而且，他身上还带着一笔不小的转业费，因为他多次立功，别人的复员费只有一二百万元，他却拿到了一千万元（按当时的币值）。这笔巨款，会让他过上一段丰衣足食的生活。未曾想，他揣着这笔巨款回到区里，就被动员将八百万元存进区里的一个小银行，后来又给他提出了二百万元的现金，剩下的钱就变成了存折。结果，他跟银行的人吃了一顿饭喝了点儿酒，存折也被拿走了。程举兴知道这笔巨款是被区银行黑下了，他去讨要，人家却不承认，他就报告到县里，县里说帮他追回，结果也没追回来，后来也就不了了之了。

程举兴回到家里，还没等安顿下来，一声令下，又惊醒了他想过安逸生活的美梦。

程举兴说："王震司令员下命令了，嗷嗷地喊：同志们，共产党员们，革命的老战士们，还有负伤的新战士们……这四千人一个都不准回家！……哎呀，这四千人都不让回家了，一个也不准回家。大家就问，你不让回家，司令你让我们回哪儿去？建设祖国、开发边疆北大荒！这四个团的复员兵，就一下子都来了。"

程举兴的这段话，有些表述不清，他坐上了什么车，是否到了家？在哪儿接到的命令？四个团的复员兵又是如何接到了来北大荒的命令，都无法求证。他的女儿在一旁不时地替他更正。显然，老人曾经给女儿讲述过这一段经历，只是此刻的记忆有些乱了。但我们相信，老人曾经近乡情怯，曾经多么盼望夫妻团圆过安稳日子，一道军令干扰了他的心绪，改变了他的生活轨迹，现实、臆想、猜测以及思绪就都纠缠起来，随着年代久远，这些纠缠的线索就有些理不清了。

无论当时的过程如何，反正程举兴没有留在家乡，而且把妻子也一同带到了北大荒。那是1956年。一开始他分在饶河县八五九农场，紧靠着乌苏里江，对岸就是苏联。六年后调到迎春，领着一排人，修建迎春到小佳河的几条路，还有饶河县、大佳河、小西南沟的路，都是那几年他参与修建的。刚到农场时，领导安排他当连长，他说没有文化，连个通知文件都看不懂，咋能领导农场的事？农场的事不像打仗，打仗靠的是勇、猛，种地就不能靠勇和猛了。他坚持不当官，就当兵，结果他真就当了一辈子兵，都是在最基层劳动。到后来，他身体实在不行了，两条腿走路都困难，左胳膊受枪伤后也伸不直，就被调到了八五二农场，在弹药库当警卫，就是站岗。这一站又站了八年。最后，站岗也站不住了，身体的哪个部位都不管事了，领导就让他回家了。

程举兴讲述着一生的经历，眼神里充满了伤感，拄着手杖垂头感叹，这一辈子过得不舒心啊！父母和哥哥都死在战争年代；老伴跟着他在农场吃了一辈子苦，刚六十八岁就过世了；二女儿因为得了白喉病七岁时夭折，在他心里积下了一个结。如今，老人还有五个儿女，已是五世同堂的大家庭。

程举兴说："养到现在，就是一个老头子了。哈哈，我是很满足的，我也不劳动，有女儿伺候着，九十多岁的人还有人伺候着，你还不满足？还拿那么多退休工资（老人退休工资五千多元）。够我吃饭够我穿衣了，要多少是多呀？我对共产党一点儿意见都没有。和我一起当兵的死了多少人呀，真是没有数啊，打哪个战役都要死万八千的，我应该说是很幸运的。"

这一段话，老人说得非常清楚，毫不含糊。

4 黄鼎威：黄埔军校在大陆毕业的最后一期学员，跟马打了一辈子交道

黄鼎威毕业于黄埔军校第二十二期，也是黄埔军校在大陆毕业的最后一期学员。那时候叫中央分校。

黄鼎威的档案里有一条记载：此人是旧军队过来的，不可

重用。

他离休时是八五二农场种畜站副站长。

黄鼎威的儿子说:"他在黄埔军校的同学,在台湾的,都是中将或上将。"

九十岁的黄鼎威只是笑笑。老人家耄耋之年,耳不聋眼不花,体形适称,动作灵便,面色健康,头脑清醒,口齿利落清楚,记忆力惊人,实在是令人钦佩、敬慕。这或许应该归于他健康的心态吧。

黄鼎威跟马打了一辈子交道。

黄鼎威是1926年1月生人,湖北黄梅人。

黄鼎威念过几年私塾,十五岁时抗日战争爆发,1938年日本人从上海进到湖北黄梅。黄梅离九江很近,黄鼎威的家就在

作者邱苏滨(左)、眭建平(右)与黄鼎威(中)

桥头，大桥的那一边就是江西。黄鼎威在家待不下去了，跑出来当了流亡学生。他在江西兴国、景德镇、赣县等好几个学校读过书，因为是从敌占区来的，读书免费，还管吃住。那时候也不知道有共产党、还有什么红军，只知道国民党坐天下，国民党需要抗日青年。光复的第二年，他又回到九江中学读书。高中毕业后，他到了南京，报考黄埔军校而且考上了，从成都入校。军校的学员成分挺复杂，有国民党将领的孩子，有普通家庭考上的，有后门进去的，也有招考进去的。黄鼎威学的是骑兵，还有其他一些知识，军事的，政治的，还要学外语，在日、英、德、俄语中任选一门。骑兵要练习骑马，一拍马脖子人就能跳上去，那都是中国马，矮，一米二三左右。没有技术是毕不了业的。本来是五年制，后来因为战争紧张，就改为三年，提前毕业了。

黄鼎威分到了西北骑兵学校，在酒泉。黄鼎威在位于天水的西北分校当了三个月的教官。那时候国共两党的战事很激烈，共产党已经进到了甘肃，学校想整体迁到苏联去，走到酒泉，新疆的国民党军队起义，往外跑的大门关上了。校长跑了，教官也跑了，黄鼎威们只能原地待命。解放军派了两个干部，把学校的名字改为第一野战军骑兵学校。学校也没有解散，派了党代表，组织在校人员学习，征求意见，可以选择当兵，也可以选择回家。黄鼎威自愿选择了参加解放军。这是1949年9月。

黄鼎威被分到第一野战军骑兵第二旅第六团第二骑兵队，属于军部直属部队。他做了一年政治教员，后来当作战参谋。作战参谋是连级，那时候的干部都是从战士、班长、排长、连长一级一级提起来的,有的都参加过淮海战役还没干上副连级。黄鼎威毕业时是排级,此时还被升了一级,副连级,可见当时对这些从学校参军的人还是很照顾的。

黄鼎威参加解放军时,中华人民共和国还没成立,他所在的骑兵第二旅就在西北剿匪。土匪中有过去的老师,还有同学。学校和平解放后,这些人没有回家,却占山为王当了土匪。剿这股土匪,是同学打同学,学生打老师。政治见解不同了,分属了两个敌对的阵营,成了你死我活的关系。还有一些土匪是马步芳部队的残余,被打散后当了土匪。解放军先头派步兵去剿,但土匪有马,跑得很快,步兵跑不过土匪,就把黄鼎威他们调去了。部队白天找个地方住下休息,把马喂好,派出便衣摸清情况,晚上出动,天亮之前就开打,很多时候土匪连衣服都没穿上。这股土匪两年多就被彻底剿灭了。

中华人民共和国成立后,解放军总后勤部成立了马政局,相当于总后的一个部,比部小一点儿,专门管骑兵炮兵的马政。需要调配干部,便向下面要人。黄鼎威的参谋长是第一人选,一审核,参谋长打仗还行,文化水平太低。黄鼎威只是一个参谋,而且政治条件不合格,本不在备选之列。此时组织上一查档案,知道他在学校学的就是骑兵,专业正合适,便将他从骑兵团调到了北京。在北京待了五年。

1955年,朝鲜战争结束后,骑兵尤其是骡马炮兵已经不太适合现代化的战争,马政局撤销,黄鼎威和许多马政局的战友一起转业了。那时候东北和西北都有军马场,黄鼎威被组织安排到牡丹江军马场，属于组织调动，没有什么个人选择，在牡丹江军马场办的转业手续，人虽然转业了，但马场还归部队管。事实上，黄鼎威是转业了两次。

1953年的时候，从苏联接过来一百多匹优种马，是斯大林送给毛主席的，都是大马，奥洛夫、苏拉车什么的。开始是想把民马改良一下，后来形势发展，现代化战争用不上骑兵了，就把这批马放在军马场饲养。黄鼎威转业的时候，将这批马一起带到了牡丹江军马场。

1959年9月30日，王震到牡丹江军马场视察。领导汇报工作，提到了这批马，娇贵，没用处，花费还多。王震一听，说，农场正需要啊，给农场吧。

"王震说，马要去，人也得跟着去。谁是队长？当时我站起来了，指导员也站起来了。"

就这样，黄鼎威和他的那一批马，一起被弄到了北大荒。

黄鼎威记得很清楚，王震是9月30日上午视察讲话，10月1日他就坐上了火车，带着他的那批马，还有他亲自招来的十二名职工，到了八五四农场。

八五四农场什么条件都没有，人住的房子和马住的房子都没有。要盖房子，还要喂马，十二个人忙不过来，又招收了十几个"盲流"一起干。房子还没盖好，上冻了，睡觉时被子都冻在了墙上。八五四农场的条件实在养不了这批马，1961年，黄鼎威连同他的这批马被调到八五二农场。以这批马为主，成立了种畜站。位置在老场部，老场部有个很大的木头房子，原来是仓库，

与黄鼎威一起养马的职工

把这批马放到那里，那个地方就叫种畜站了。

黄鼎威走到哪儿都带着这批马，还有他亲自招来的十二名职工，别人没法养。这匹马很珍贵，马如果死了，人就得枪毙。为了这批马，可以说他殚精竭虑。这批马因为是王震搞来的，非常受重视。"我可以直接找农垦局长王景坤要马料，因为这是王震亲自要来的马。"1960年，人吃不饱饭，马料都没断过。马有户口，有口粮。马有豆饼吃，人没有饭吃，有的职工饿得实在不行了，偷吃喂马的豆饼，黄鼎威也睁只眼闭只眼。"我知道，他们要是饿死了，就没有人养马了。那些职工也有心，烤一块豆饼放到我枕头底下，我回去睡觉时偷偷吃了。"好多人饿得都跑了，黄鼎威坚持下来了。"我没想过跑，我的责任很重。马交给你了，马的来历不简单，本来是组织对我的信任，我就得想办法让马活着。"

事实是，这批马到了农场后，在垦荒和生产上没起到重要作用。马比较娇贵，翻地不行，也没敢用。就是搞个运输，起个辅助作用。到20世纪80年代末，这批马才自然淘汰了。

黄鼎威在种畜站曾经搞过畜牧业，养牛、养猪，还办过奶粉厂，但都没有发展壮大起来。所以，他在农场的工作，一辈子，主要是围绕这批马。

1984年，黄鼎威在种畜站副站长岗位上离休了。

黄鼎威说："我这一代人是经过历史考验的，我们是通过实际看见的，知道什么是对的什么是错的。我比较庆幸的是，路走对了。我的晚年很幸福。"

5 沈仁连：出身好，工作也很好，说话是右派言论，划个中右

沈仁连是地道的上海人。抗美援朝时，他从上海最大的炼油厂报名参军，新兵训练结束分在华东装甲兵后勤会计训练队，学习军队财务会计，半年后分到装甲兵二师四团技术处汽车股当见习会计，是材料会计，管仓库和材料。1952年6月1日，随部队过鸭绿江，在朝鲜的宜春郡金城。

沈仁连负责后勤材料管理，要带车出外领材料，路上经常遇到空袭。那时候都是晚上行动，都有行动预案，怎么防空、灯光怎么使用、怎么引路等等。他曾被一颗炸弹掀到十几米远，被倒塌的房子压在下面。轰炸结束，他才被救出来。

1954年4月，回国不久，他就被晋升为正排级；1955年被授予少尉军衔，同时调到装甲兵二师技术部计划股当助理员。在师后

勤，科级的助理员应该是正连级，中尉，而沈仁连是少尉，

1958年部队整编，沈仁连到了北大荒的八五二农场。

与沈仁连同一个部队的，来了三十七个干部，从副排级到正连级的都有。

第一站是在四分场砖瓦厂，在良种站附近。住的是大马架子，一边一个大通铺，中间一个大铁桶烧柴取暖，一个帐子一户，也可以用行李箱隔一隔，能住二十多户。他们是4月12日到的，13日就开始上班，每人一把镰刀，割羊草盖房子。

年轻时的沈仁连

这里原来都是清一色的"劳改犯"，沈仁连他们去了，就和"劳改犯"混着一起干活，脱砖坯、烧砖制瓦。劳动有定额，一天要脱五百块坯。沈仁连年轻，加上心里有一股气，干起活来很拼命，从五月份一直脱坯到九月份，一开始完不成定额，后来就可以每天脱八百块了。

一年后，八五二农场成立红专大学，单位推荐他去考试。沈仁连有点儿不敢相信。领导明确告知，就是他，这让沈仁连有些受宠若惊。沈仁连考上了。一上学就挖草炭，挖了一个星期后到三不管（地名）去伐木。伐木时沈仁连被砸成重伤住院，"我又不该死，最后又活了过来。"学校原定他当副指导员，由于这次

受伤，再无法干重体力劳动，改成教学，后来任学校的党支部书记。1963年4月调到八分场学校当校长。1969年10月，沈仁连被调到一分场学校。

沈仁连在一分场学校校长职位上退休。晚年他经常回忆自己从小学到初中、从当兵到抗美援朝、从北大荒到退休，想想这一路是怎么走过来的。

沈仁连和妻子是青梅竹马，感情一直都很好，从来没有红过脸。

沈仁连至今保存着一张照片，那是他独自住在小棚子里时照的。虽然时过境迁，"但是，这是历史啊！"

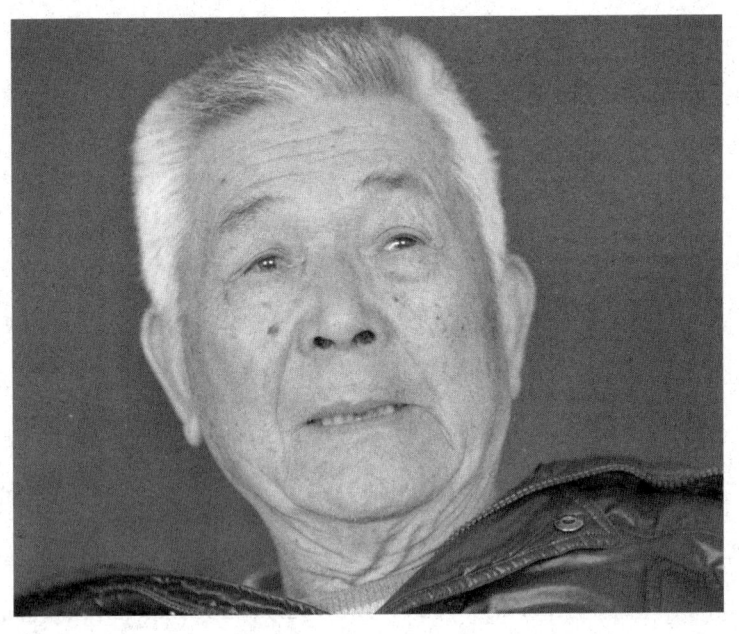

八十六岁的沈仁连

6 徐庆琨：我是个二十三年没有过组织生活的老党员，就是因为出身问题

徐庆琨

徐庆琨说："我的历史是灰色历史。"

"我是个二十三年没有过组织生活的老党员，就是因为我的出身问题。要不是因为出身问题，也不会把我整到北大荒来。"

徐庆琨一开始讲述，几乎毫无铺垫，就提起了这个话头，可见这件事在他的心目中所占的分量，用铭心刻骨一点儿也不为过。"当时我就很不服气，我就写了申诉书，可已经晚了，我就是这么来北大荒的。到了八五二，我又写申诉书，但石沉大海。1958年9月我从连队调到总场，我还写申诉书，还是杳无音讯。二十三年，我就在八五二夹着尾巴做了二十三年人。"

徐庆琨说的"二十三年"，是从1958年起至1981年；2017年

再说起这事，就得往上追溯五十九年了。

1958年，徐庆琨在湖南省军区服役，是"反右"办公室的工作人员，尉官。1956年时他就是预备党员，本该1957年转正，只是因为"反右"运动期间停止转正等事宜，这事就延到了1958年。在有二十名党员参加的支部大会上，除了有二票建议延长预备期外，其余的都同意他按期转正。

几天后，政委找他谈话，直截了当地说他的家庭出身有问题。徐庆琨不解，解释说没有问题，我的家庭出身是中农。政委就把一张履历表似的东西给徐庆琨看，却把那张表折起来，只给他看结论的部分。结论是："该同志长期隐瞒地主成分"。

徐庆琨出生于"九一八"事变前，那时家庭还很兴旺，有二三十间房，种了三四垧地。事变后兵荒马乱，在乡下住不下去了，家就搬到黑龙江的延寿县。那时候家里有十多口子人，开销大不说，继母还患上了痨病，也就是肺结核，为治病花了很多钱，到解放初土改时，家里资财所剩无几，在城里也生活不下去了，就又搬回农村。父亲在城里做事时，定成分时是自由职业者，村里的干部不明白自由职业者是什么成分，便想当然地套为"中农"，所以徐庆琨参军时填的成分就是"中农"。当时村里有两大家族，一个孙家一个徐家，从祖父那代两大姓就争斗，互不相让，彼此仇视。徐庆琨在部队要入党时组织上外调，被孙姓村人告了一状，就有了"隐瞒地主成分"的外调结论。

再过几天，第二次支部大会上，除了有二票建议延长徐庆琨的预备期外，其余的都不同意他转正。

徐庆琨不得不离开部队了。

1958年4月22日，徐庆琨来到八五二农场，分在四分场四队。那时候不管在部队时是多大的官，来到农场都当农工。原来的四队是劳改队，队长姓陈，是看管"劳改犯"的，说话的方式都是教育"劳改犯"的那一套，"开会的时候训话，要我们规规矩矩老老实实的。我们这帮人能听他这样和我们说话吗？第二天就跑分场去了，问分场场长，我们是劳改呀？他这么和我们说话，还看着我们呀？让我们规规矩矩、老老实实的。"

没过几天，分场把陈队长调走了，调来一个叫王兆堂的当队长。与徐庆琨一见面，原来是战友，在湖南军区后勤部时，徐庆琨当会计他当管理员，都是副连级。

九月份，徐庆琨调到了总场商店当会计，1963年提拔为商店副主任。"说实在的，我要是党员，就是主任了。"徐庆琨在副主任的位置上干了十九年。1980年，时任商业科长退休，继任者有两个人选，童尚义和徐庆琨，结果童尚义当了科长。

只因为徐庆琨没有党员的身份，组织上在对他的任用上就有许多的保留；又因为"长期隐瞒地主成分"这一政治疑点，甚至也影响了子女的前程。

徐庆琨从来没有停止过向组织申诉，却都如石沉大海。

黄友良副书记找他谈话。"说你这个事是部队处理的，不好办。要不你再写个申请重新入党吧。我说不行，我不写，非得给我恢复党籍不行。"

其实，徐庆琨要的，不只是恢复党员身份，他要的是名誉，是政治上的平反。他知道组织上对他还是很关照的，"你想想，那时候我是个非党员干部，能当一级组织的领导，很不容易。那时候农场就两个非党员干部，一个是水库的副主任王汉奎，再一个就是我。"

徐庆琨说："虽然我不是党员，但我一直用党员的标准来要求自己。我在农场的经历很简单，一直在商业系统，虽不能说是立下汗马功劳，但农场商业打基础和发展，我是一直参与的。"

徐庆琨调到总场商店的时候，商店在大沟东边的南侧，有两栋草房，一栋是托儿所，一栋是商店，商店是丁字形的，规模非常小。随着农场陆陆续续进来很多人，像山东支边青年、河北支边青年、上海支边青年等，再加上转业官兵，手里都有钱，购买力很强，这个规模的商店已经满足不了需求。陆续地，各分场都成立了商店，连队也都有了代销店，总场就成立了批发站。这个批发站没有经过上级有关部门批准，徐庆琨叫它"不三不四批发站"。批发站从三级站进货，和三级站差价百分之十五，往分场批的时候，给分场百分之十，批发站留百分之五。差不多一年的时间，徐庆琨都在各连队跑，帮着建代销店。"那时候总场的销售量是相当大的。比如说，我那时的工资就八九十元，我老伴的工资五六十元，我们一家有一百多块钱的收入，那是不得了的，我们自行车、缝纫机都买得起。"

这时候的徐庆琨已经当上了商店的副主任。他开始琢磨办一个正式的三级批发站，报告是他亲自起草的，主管副场长黄根堂做了批复。随着农场的发展，商业也日益兴旺，相继成立了百货站、纺织站、医药站、五金站、糖烟酒站、生产资料站、土产站、果品站等，形成了一个规模初具、体系健全的商业小社会。

"总场场部有三个商店。一百、二百、三百，还有很多站，这些站都直接和牡丹江二级站发生经济来往。每个分场也都有商店，各个连队也有代销店。农场的商业从无到有，从小到大，是曾经辉煌的一段时间。"

徐庆琨在农场的商业系统业绩卓著，干得风生水起、任劳任怨，但他始终放不开心里的那个"结"，仍然不停地申诉。

中国共产党十一届三中全会后，许多历史遗留的冤假错案陆续平反。徐庆琨又开始写申诉书，这次写得更详细，一共写了十六页。几十年的坚持，一而再再而三的申诉，终于引起了有关部门的重视，总场把徐庆琨的申诉书寄往了湖南省军区。湖南省军区调回了他的档案，随后给总场组织部来了一封信，那是一份说明材料，说正在调查，还没有明确的结论。

1980年，徐庆琨要去北京开会，临走，他让总场组织部开了一封介绍信，给湖南省军区后勤部。会后他直接去了长沙，找他的原部队政治部。政治部的办公室很大，徐庆琨一进办公室，一位中校迎面站起来迎接他，问他还认识他吗？徐庆琨毫不迟疑地说出中校的名字。徐庆琨在部队的时候，这位中校还只是个少尉，书记员。两个人一起叙叙旧，然后中校将部队的调查结论和决定拿给徐庆琨看。部队出具的材料很明确：恢复徐庆琨的党籍，党龄从预备期算起。

徐庆琨回来了，带着这份证明材料，也带着如释重负的身心。第二天，党总支就召开会议，增补他为总支委员。第二年，徐庆琨调到工商科，任科长，直到1991年离休。

"就这么一张纸……"

徐庆琨说着，透着苦笑和无奈。渡过劫波，八十多岁的老人已经想得很开了，"我觉得有的东西不是你想怎么地就怎么地，一切要顺其自然，只有这样，人的心才开阔，才能健康。"

第四章 生活与故事

男人和女人创造的绝域生机

采访札记：

北大荒当年的荒凉其实是人的感觉，荒无人烟，所以荒凉。但亘古荒原从来都是生趣盎然，所以繁衍了万物生灵，万物遵循着物竞天择的法则，维系在一条生物链上，你中有我我中有你，相生相克，此消彼长，保持着自然的生态均衡，进而生机无限。人类是最后进入这个生态链的灵性动物，也是最高等的动物。人类将不利于自身生存之地都视为荒凉，所以征服、改造、利用。对于北大荒的征服，凸显了人类的智慧和意志，人最终成为这片土地的主人，北大荒按着人的意志，变成为"北大仓"。

这片荒凉的土地从此充满了人气、烟火气。

"北大荒，真荒凉，又有兔子又有狼，就是缺少大姑娘。"这是当年北大荒的一句流行语，所有的垦荒者都知道，采访中，不止一个人跟我们念叨过这句话。然后他们就笑，那笑中就有了故事，令我们忍不住想去探究。

大批复转官兵挺进北大荒，凭着信念、凭着意志、凭着军人服从命令的纪律，在这片土地上留下来，站住了脚，但他们需要家的温馨，女人的慰藉，还有生儿育女的责任。有了家，四处漂泊的心才会安定下来；有了女人，生死场上练硬的情感才会融化；有了儿女，就如同这荒原上开垦出的肥沃良田，充满希望和盼头。

国家的政策通过上级部署组织决定，落实并惠顾于每一位垦荒官兵，一、已婚的将留在老家的家属接来，往返车票免费；二、未婚的可以回老家找对象结婚，往返车票免费；三、从山东、河北等地，招募大批青年支援北大荒建设，特别是女青年，改变男女比例严重失调的现状，为未婚垦荒官兵提供选择对象的机会。

于同超还记得一个有趣的情景。有一天上面下通知，让统计一下多少人没有对象。大家就明白了，这是组织上要帮助解决婚姻大事了。统计结果，于同超所在的班里还有四人没对象。不久，就听说来了一批大姑娘，可分到队里的只有两个名额，是上海人，分到了卫生所，这两个姑娘白天不出草棚子，晚上还加派上双岗。第二天，两个姑娘嫌这里条件不好，搭车去了总场，连个招呼都没打，而于同超连看都没看着。

1958年，王震到八五二农场视察，叶剑青带着拖拉机去迎接。他是统计，记忆力也好，农场有多少人、有多少地，开荒、播种情况等等都记得清清楚楚，他一一向部长做了汇报。汇报完了，王震忽然问他有对象没有。叶剑青说还没有。王震说不着急，大姑娘有的是，中央同意了，主席也同意了，准备从山东给你们调一批来，你再好好找一个。

果然，1959年就从山东来了一批支边青年。通过别人介绍，叶剑青认识了现在的老伴儿，1960年两个人结婚了。1990年9月3日，王震回八五二农场，特意到叶剑青家做客，还开玩笑地问起他找对象的事，问满意不满意。叶剑青至今认为，王震是他的大媒人。此前他曾经谈过一个对象，是在勃力县训练大队学习时认识的四川姑娘，但那位姑娘却因北大荒的艰苦而选择离开，还动员叶剑青跟她一起走。叶剑青不肯，两个人就分手了。王震问他有没有对象的时候，他与这位姑娘的关系刚刚结束，心理也正处于低落时期。王震的关怀，无疑让叶剑青看到了希望。

不能不说这是一项绝妙的举措。来北大荒的垦荒官兵，大多是二三十岁的年轻人，早已到了婚嫁年龄，但由于军旅生涯、由于部队纪律、由于工作不稳定、由于各种社会或自身原因，大部分都未婚，此时，组织出面帮助解决婚姻问题，而且提供方便条件，这对稳定军心来说，完全可以与政治思想工作相提并论，甚至效果更佳。

于是，留在老家的妻子来了，有的拖儿带女，有的领着老人，还有的带着兄弟姐妹远房亲戚。

于是，回家找对象、回家结婚，顺理成章地成为请假探亲的理由，千里辗转，舟车劳顿，回到阔别已久的故乡，在亲人的操持下，有对象的结婚，没对象的相亲，大都速战速决，然后，领着新婚的妻子踏上回程……

北大荒的颜色变得五彩缤纷起来，北大荒的日子变得有滋有味了。

第一节　北大荒的爱情

采访札记：

请耄耋老人讲他们的婚恋故事，总是有一种探秘的意味，其实是透着一种隔膜，时代、年龄、方式，还有观念等。我们总是试图证明什么是真正的爱情，什么是般配的对象，什么是幸福的婚姻，什么是和谐的生活。我们或许不认为老兵们相守一生的婚姻是真正的爱情，而是亲情；我们或许怀疑匆匆忙忙找了个对象然后比现代人的"闪婚"还迅速的婚姻谈不上感情，就是配对；我们或许质疑有着很高文化修养的军官配了一个没有文化的支边女青年不会和谐，只是将就……

但是，以我们的标准或者说观念解释想象印证，结果都是想当然。生活，不是逻辑推理。

马玉田曾经有过逃婚的经历："我没有当兵就成亲了，包办婚姻，让我成亲，我就跑了，当兵去了。1954年我回家，一看她还没找对象，我就没招了，待了五天就走了，回福建了。我兄弟马勇光领着她给我送来了。"马玉田将妻子带到了北大荒，同甘共苦地过到现在，几十年了。

马永怀：老伴儿是贵州的，1956年12月领她来的。事先我告诉她这个地方艰苦，但艰苦到什么程度我没告诉她。苦她也愿意来。她跟着我一直没有后悔过。

王建吾在部队时就是文化教员，还在报纸上发表过诗歌，文化水平自然是高的。来到北大荒，三十六岁时才找了对象结婚，显然他心里对恋爱对象是有着自己的标准。"她是山东支边青年，没有文化，比我小十二岁。"这样的结合，在今天的人看来，显然有些不般配，一个有着很高精神追求的文化人，与一个没有文化的妻子，这样的搭配不免要让人疑虑，但是，他说："老伴儿挺好，人际关系好，对孩子对我都很好，对我帮助也很大。"

现代人的婚恋观和幸福观，无法诠释历史的情感。

老兵们都老了，很多人都说不准自己的结婚年代，甚至有的已经记不得老伴儿是哪年去世的，他们讲述的爱情故事都很简单，有的一句话带过，有的三言两语，有的避重就轻，但是，只要他们说出来的，就能让人感觉到一种浓浓的亲情，有怜爱，还有心疼。在他们的口中，这些跟随他们来到北大荒的女人、这些或自愿或被动嫁到北大荒的女人，可是遭了罪啦。

童尚义：我在猪号结的婚，猪号是"劳改犯"盖的，一排一排的马架子，我们就在值班室结的婚。住了一段时间就搬到一个一家住两户的人家去了，一铺炕住两家人。

贺友：我家属的爸爸是地下党，被日本鬼子杀害了。她六岁的时候，妈妈没有了，后来被我家收留了，当童养媳。我当兵走了，她一直在家等着我。后来家里老人一直催，一连三封信，还有加急电报，我1954年回家探亲就和她结婚了。她到农场来也吃了不少苦，三十六岁就去世了，没有享到北大荒的福。我有三个孩子，一个儿子两个姑娘，他们间隔差五岁。为了他们我一直没有再婚，每天中午、晚上我都赶回来给他们做饭，小女儿一开始跟我出车，大点儿了就送托儿所。

雷有财：我们俩都在机务排，由于工作关系，就认识了。有时候写个纸条，有时候出去溜一圈，处了三四年就结婚了。那时候结婚很简单，先登记，买点儿糖块，泡几杯茶，就结婚了。家里也没有什么，锅碗瓢盆也买不着。结婚以后我开汽车天天忙，她在康拜因收割机上，也经常倒班，她下班回来做饭，我下班回来吃饭……她腿长，走了。"

黄开元：她是山东支边青年，我们在一个队。人家给介绍的，经常在一起，处了一年多。结婚时要啥没啥，做个新衣服，要布票，有钱没有布票也买不到东西，一个人三尺布票，给她做了条裤子，我都没做新衣服，就穿着旧衣服。给了一间房子，是草房。

陈永富：什么叫结婚呀，哪来的结婚呀，就是两个人凑着一块就那么的了。我们就是你看中我，我看中你，就那么的了呗。三十元钱就成个家。买啥了？买个锅买两盆，再找块板一搭（床）就结婚了。

谢克沛直至今日，仍然记得他的师傅，三八车组的组长，他叫她小大姐。他记得夜里开荒，两个人一同对付黑瞎子的经历；记得雨夜里，两个人扯着小雨衣躲在拖拉机下避雨的细节；记得参加总场表彰大会时，两个人一同看电影、畅谈今后生活时的兴奋；当然也记得，小师傅不辞而别回河北老家后，他的失意和心痛……这显然是他失去的初恋，那年他二十五岁。

普普通通的婚恋故事，有执着守候、有生死相随、有同甘共苦，不惊天动地，也不曲折缠绵，但是，从这些垦荒老兵的口中讲出来，却让人感动、心动。

1 老家，有一门守候的娃娃亲

李进晓是山东平邑人，当兵前家里就给他订了娃娃亲，1947年参军后，他随部队转战南北，打淮海战役解放天津、打济南府、打孟良崮、打太原、过鸭绿江参加抗美援朝……他亲眼看到太多的战友倒在战场上，每一场仗都是一次生死离别。"解放天津，慰问我们，每人分了一盒恒大烟，那时候还没有纸包的糖块，都是光腚的糖块，每人给了二两。我们指导员说，咱死不了啊，洋烟、洋糖、洋袜子都吃上都穿上了。可打太原，枪一响他牺牲了，可怜啊！"在平壤，炸弹像下雨一样落下，李进晓的耳朵被炮弹震伤了。"1950年过年的时候,我们连就剩十八个人,其他的都死了,可怜呐。那时候杨连弟(志愿军一级战斗英雄,铁道兵一师一团一连副连长)还没有死,他还说,这次死不了,什么时候都死不了了。可1952年时他就死在清川江大桥了。都是父母所生,哪有不害怕的?打起仗来人的脸都焦黄。咱们一把炒面一把雪,人家美国鬼子净吃罐头啊,我们在战场都捡着吃。"留在老家的未婚妻找人代笔给李进晓写了封信,寄到了朝鲜,信上说,岁数大了,要他回家结婚。李进晓写了封回信,"和她说,你走吧,在朝鲜天天死人,我非死在朝鲜不行,你赶紧走吧,别等我了啊。哎,好歹我没死。"1953年李进晓回国了,上级批准他回家结了婚,"可是不容易。"1956年,妻子跟随李进晓来到了北大荒。

叶健民的妻子方淑霞应该算是童养媳。叶健民1949年5月参军离家,方淑霞成了村里的第一个军属,但那时候他们还没结婚。1951年叶健民的母亲去世,方淑霞就成了家里的老大,带着八个弟弟妹妹,最小的弟弟刚刚四岁。土改的时候,村里要给叶家评成高成分,把童养媳算作长工,方淑霞不干,说哪有给长工娶媳妇的?在她的力争下,最终叶家的成分被评为中农。1954年的五四青年节,他们俩光着脚过河到区里登记,领了结婚证。婚后叶健民回了部队,先在福建彰州警备团当指导员,东山岛战斗后调到厦门公安十三师边防办公室;后来又调到南京军区,再后来调到北京后勤学院物保部任指导员。方淑霞想他了,就跟公公商量,再卖一点儿稻子、花生换点儿钱吧,然后她一个人去部队找他。她去过福建东山岛,他的通讯员领着她看过掩体工事;她还领着老大去北京后勤学院探亲,在那里生下了老二。1958年2月叶健民去了北大荒;1959年9月,她领着老大、背着老二,追到了八五二农场。她在五分场二队找到了丈夫。叶健民正在烧炭,一脸惊讶地看着突然站在眼前的妻子和孩子。

年轻时的叶健民夫妇

方淑霞说:"我告诉儿子,那是你爸。儿子说不是。"

方淑霞也觉得不像,她一直想念惦记的丈夫,"穿着军装带着军衔时可帅了",可此时,站在眼前的丈夫脸黑黑的,"像个要饭的"。

2 回家,找个对象一起来开荒

赵希太初到北大荒是1954年,那年他才二十一岁,两年后被保送到黑龙江省农业厅的一个学校,学习拖拉机、康拜因。1957年1月他毕业了,想回家找对象,学校就给买了往返票,单程三十多块钱,往返的还是三十来块钱。他所在的班级山东籍的兵就有三十来人,14日,他们乘上同一趟车,全是学校统一买的往返票,到了济南就分开了,各坐各的车往不同方向走。17日上午十点来钟赵希太到了家,下午就有人来介绍对象。介绍人是村里的党支部书记,土改的时候,赵希太是儿童团团长,他是农协会长。有一次赵希太被还乡团抓住，从悬崖上推下去，是乡亲们把他救回家；农协会长也被还乡团抓住，在下河的沙滩上打昏了，还乡团以为打死了就走了，过一会儿他又活过来了。两个人可以说都是从鬼门关前活过来的，关系挺好。党支部书记把自己的亲表妹介绍给了赵希太，并约好晚上见面。"那时候没有电灯，点的是洋油灯。咱当兵的老实也不会甜言蜜语，就问她愿意不愿意。我记得很清楚，1月20日登的记，和腊月二十是同一天，不是同一个月，22日就结婚了。"

赵希太家没有房子，弟弟住在公社的一个马号。结婚的新房就安在了马号，赵希太把财神爷的像拿掉了，挂上了毛主席像。新郎新娘也不磕头，赵希太给毛主席敬了个礼，新娘子给毛主席鞠个躬，然后放了一挂鞭，就算结婚了。赵希太在家待了半个月，2月16日领着新娘子从胶东上了车。车上的人太多了，他们一直站到天津才有了座位，然后到了密山。

赵希太要去宝清农垦总局报到，一大早，天还没亮，就领着新婚的妻子坐上汽车。雪太大了，车走一段就得人下车推，也不知道推了多少次。走到宝清时天黑了。宝清竟连个砖瓦房都没有，就是草编的房子。他们被安排住在了一家旅社，一个大通铺上不知住了多少人多少家，吃的是苞米楂子。妻子说，怎么吃囫囵粮食啊？牲口才吃囫囵粮食呀！还没有地瓜好吃呢！

八五二农场在宝清有个转运站，等了三天，才遇到去八五二农场的车，又是天不亮就上了车。公路两旁的雪堆得像房子那么高，一路也是走走停停，天黑前总算到了老场部。在这儿，遇到曾经一块回家的战友，也分到八五二来了，也带着新婚妻子。赵希太的妻子手冻得不好使了，上厕所时还是战友的妻子帮着给解开的腰带；房间里生着炉子，炉筒子是铁的，赵希太的妻子就是冷，把手贴在炉筒子上烤，结果，一下子就把手烫了。

那些和赵希太一起回家找对象的，都回来了，而且都领着媳妇。走的时候是一个人，回来时成双，再后来回来的还有变成仨的。还有的，不仅带着自己的媳妇，还顺便把同乡战友的对象带来了。

3 相亲，千里飞来的姻缘

那些没有回家的，或者回家没有找到合适对象的单身汉们，则把选择的目光投在了从山东、河北、四川等地招来的支边女青年。这些姑娘年轻、活泼、能干，有从农村来的，也有来自城市的，许多姑娘还都有文化。她们的到来，不但改变了荒原上的性别比例，也为单调枯燥的荒原生活增添了无数的情趣，还让单身的垦荒官兵充满期待。

这些支边女青年同样面临着适应荒原生活的问题。来之前，她们其实并不清楚在北大荒等待她们的是怎样一种生活，姑娘们怀着一腔热情来了，来到了有着许多传说的荒原。但是，残酷的现实，实在是远远超出了以她们的智力和见识所能想象出的情境，她们一时蒙了。

有的站在车上不肯下来，有的只知道哭，有的偷偷跑了，在荒地里转了一圈又转了回来……当然，也有坚定分子，因为一开始她们就是奔着艰苦而来的。

姑娘们最终都留了下来，留在了北大荒，这里，除了艰苦的环境，还有崭新的日子、沸腾的生活，以及充满关注怜爱的异性目光和战天斗地的雄性力量。

从此，她们和垦荒官兵的荒原恋情，为这片黑土地平添了温馨和浪漫。

万明远的妻子就是一位支边青年。

万明远在婚姻问题上是很有主见的。十五岁为逃避包办婚姻，他毅然离家；参军后部队有纪律，即所谓的"28团"，就是二十八岁以上和团职干部才可以谈恋爱、结婚。1955年实行军衔制时，万明远是中尉，这时候也允许谈恋爱结婚了。万明远条件很出众，要长相有长相要身材有身材，而且有文化有身份，薪金涨到八十八元，那时的猪肉是一毛八一斤，他的钱是很充裕的。像他这样的军官，在大机关工作又是城市兵，找对象的标准就不一样了，"又要会跳的又要会笑的又要会闹的"。与他在同一机关的战友，一共三十二个单身汉，两年才有一个找到了对象。这种情境下，剩下的这三十一个军官找对象就得谨慎选择了。后来，这三十一人包括万明远全部转业，有的去了海南岛，有的到了北大荒。万明远到北大荒时已经二十八九岁，是名副其实的大龄青年了。连队指导员给他介绍了一位姑娘，是1959年从山东来的支边青年，有文化，十九岁就在山东入党了，两个人年龄相差十二岁。这条件也是没谁能比了。 不幸的是，她四十四岁就去世了，走得太早了点儿，不过她为他生了四个女儿，这是万明远最宝贝的财富，难怪他说，革命一辈子，就剩下四个女儿了。

龙汉斌的妻子也是1959年的山东支边青年，是连队指导员的妻子给介绍的。"她说了两句话，我就同意了：一句是我家里很穷，一句是我没有文化。这两句话我就听懂了。我说我家也不富，我文化也不高。"就是这样普普通通的两句对话，成就了一桩婚姻。"我就喜欢她的诚实。"这是最朴实的选择，却是最真诚的情感。龙汉斌很为自己的选择庆幸。妻子很会过日子，针线活儿好，品质也好，从不占别人的便宜，心目中只有丈夫和孩子，唯独没有自己。"她是个贤妻良母。我老伴很坚强，她工作也很出色，是五分场女红旗班班长，在整个八五二都很有名的。"龙汉斌说这话时很是自豪。

周钊来找对象很主动，他不用别人介绍，他从一群山东姑娘中相中了她，"她长得漂亮。我主动追她，先给她写信，后来就直接找她。"虽然周钊来比姑娘大六岁，但他非常自信，"我那时也是英俊小伙，看照片就知道了。"

张深远同样是靠自己的魅力赢得了姑娘的芳心。张深远的妻子叫赵万林，是1958年的四川支边青年。那一批来了十几个人，都是初中毕业生。她们给王震部长写信要求到北大荒，然后又一起去北京农垦部，拿着王震部长的介绍信到了八五二农场。1959年赵万林在八一农垦大学学习机务，张深远是她们班的指导员。

农垦大学在老场部，王震从上海招来一百二十名学生，加上当地选送的学员，一共一百五十多人，设三个班，叫八一农大附设中专。赵万林是从三分场来的，住校，在食堂吃饭。那天的稀饭有点稀,她一边用勺子搅一边发牢骚。张深远正在旁边,听她发牢骚,觉得她有点儿娇气,那个时候能有一碗稀饭吃就不错了。他就瞪眼看着她,她发现了,不吭声了。这是他们第一次正面相见。她后来打听了,他是她们的指导员,而且还是老乡。张深远住的宿舍和她们的宿舍挨着,他在部队时就喜欢吹拉弹唱打球照相,转业时从部队带来了小提琴、二胡,没事儿的时候就拉。星期天休息,医院、修配所经常举行舞会,他就拉手风琴伴奏。这样的一个小伙子肯定被众人瞩目,赵万林动心了,经常帮他洗衣服,两人开始交往。三个月的学习很快结束了,赵万林回了分场,距离或许更容易产生思念。分场排节目,到总场演出,她路过学校都会去看他。终于到了谈婚论嫁的时候,两人约了时间到总场民政部门登了记。

1960年的春节,两个人结婚了。一同结婚的,还有教务处的一个农业教员。两对新人,就买了点儿糖和瓜子,在教务处就把婚礼办了。"教务主任在部队时是大尉,是烈士子女,他送了每对夫妻一对瓷缸子,那是最重的礼啊。"

赵万林后来改行当了老师,是小学的高级教师,2003年得肺癌去世了。

说到这儿,张深远的目光里透着无限的感伤。

4 婚姻,一场纯粹的感情

北大荒的爱情很平实,但北大荒的感情是最真挚的。没有金钱作梗,没有地位和门第一说,品质和性情是首选,两情相悦是根本。简单,却真实可靠;平淡,却日久天长。

李同义和李爱意相伴相携,已经共同走过了五十四年的岁月。夫妻俩坐在一起,明显让人感觉年龄差距比较大。李同义耳背,说话不是太清楚,行动也有些迟缓,李爱意却是气色很好,看着干净利落,开口就笑,快人快语,"他今年八十四岁,我七十六岁,我们俩相差八岁。他聋得厉害,前段时间得了双侧脑梗。"

李同义夫妇

年轻时的李同义夫妇

俩人相差的不只是年龄,还有外貌。李爱意虽已过古稀之年,眉眼仍然清爽,脸上几乎没有皱纹,身高中上,看得出年轻时就是一个漂亮姑娘。李同义个子小,还瘦,老态十足了。这样的两个人走到一起,相濡以沫几十年,其情其意,真是很耐人寻味。

李同义是河南南阳人,初中毕业后报名参军,先是在陆军一个师通信科当报务员,随后调到空军,改行当会计,又调到空军后勤部修建部五分部当领工员,领着民工在西安附近修建机场,以后又修建了拉萨机场、天津静海机场。1958年部队就地转业，李同义来到八五二农场，留在总场机关，分别在文教科、宣传科、党校等几个科室工作过。后来下放到煤矿，从排长做起，做到队长，还当过文教干事、到学校当副校长，当过商店主任，最后从煤矿劳资科退休。至于为什么会从总场机关下放到煤矿，李同义至今说不清楚原因。

李爱意的姨父是1958年那一批复转官兵之一，姨和姨父没有孩子，把妹妹的孩子当成自己的孩子，带到了北大荒。

李爱意在总场机关做话务员，李同义在总场文教科。两个年轻人相识了，两个人的名字，一个"同义"，一个"爱意"，让人禁不住心动，似乎寓意着什么，同事们也总拿他们俩的名字开玩笑，俩人就有些心照不宣，但还隔着一层窗户纸。后来这层纸是组织干事刘云龙给捅破的，李同义和李爱意正式确认了恋爱关系。

"我姨不同意，很多人也觉得我们不般配，都说他长得不好看，又矮又黑，我说我这是打着灯笼找的，上帝赐给我的，就算是迷了心窍找的。"

尽管那么多的人反对，都没有拆散这一对相爱的人。1962年，他们结婚了。姨和姨父后来调走了，而李爱意和李同义结婚了，就留在了北大荒。

"我俩一辈子没有打过，骂过。结婚五十四年了，我们一直爱意浓浓。"

李爱意用了个文绉绉的词，却是那么自然、贴切。李同义因为耳背，说得不多，在李爱意说话时，他就一直那么看着她，含着笑。

金文鼎的婚姻故事开始时有些苦涩，但过程和结果是甜蜜的。

金文鼎的妻子叫田述苓，金文鼎称呼她大田。两人共同养育了一儿一女，他们还有一个大女儿，是田述苓与前夫的孩子，叫景琴。

"景琴知道我不是她亲爸爸，但我们感情很好。"金文鼎说。

金文鼎不避讳讲他的婚姻，而且是当着老伴儿和孩子们的面。看得出，这是一个非常和睦的家庭，亲情浓厚，温馨如意。

1958年冬天的时候，金文鼎开着拖拉机拉木头回来，就听说山上伐木的出事了，砸死了人。死者叫薛清民，是从浙江来的。金文鼎不认识他，他们属于两个部队，但同为垦荒军人，这消息还是让他有些难受。尤其听说薛清民撇下了年轻的媳妇和刚刚几个月大的女儿，更是让人唏嘘。这年轻的媳妇就是田述苓。金文鼎没见过她，他在七分场垦荒队，开拖拉机垦荒或进山拉木头，她在二队的农工班，但对她的不幸遭遇，却充满了同情。他那年二十五岁。指导员介绍田述苓，希望他能替组织上承担照顾她的责任时，金文鼎心动了。他远远地相看她，看她抱着孩子从小商店里出来，一副无助的样子；他喜欢孩子，四个月大的孩子让他的心融化了。他认真了，也动心了。他怕家里反对，先写封信征求意见；母亲和舅舅回信说婚姻的事你自己定，你看着合适就行。而田述苓本来打算抱孩子回老家乡下投奔姐姐弟弟，见了金文鼎，便打消了回老家的念头。就这样，金文鼎和田述苓确定了恋爱关系，金文鼎说过的情话，就是我们一起来养这个孩子。1959年他们去万金山乡登了记，就算结婚了，连个仪式也没有。

  结婚后他们与另两家住一个屋子里，大炕上住两家，小炕住一家，连个遮挡的帘子都没有。另一家要生孩子，他们就把小炕让出来。各家也没什么生活用品，只有洗脸盆牙具；因为吃食堂，也没有锅碗瓢盆。田述苓先是在农工班种菜，后来在托儿所上班，随着工作需要也是几进几出，最后还是在托儿所退了休。金文鼎和田述苓又生了一个女儿一个儿子，儿子长大后参军了，却因病早逝；金文鼎与大女儿之间一点没有隔阂，如亲生父女般。至今，金文鼎与田述苓已经携手走过五十九年。

作者邱苏滨（右一）和金文鼎一家合影

金文鼎说："我们的故事很简单,若按现在人的观点,不会有这事儿。我们没那么多想法。"

田述苓笑着,那是一种发自内心的笑:"我嫁了个好男人,他脾气好,我们很幸福!"

老眭要给金文鼎和田述苓照张相,金文鼎帮着老伴梳理着头发,禁不住地感慨:"老了,都老喽!"

第二节　北大荒的女人

采访札记:

垦荒老兵的妻子们大多有腰腿疼的毛病,这是常年劳作而且是在恶劣的环境下透支体力做下的病。她们追随丈夫来到北大荒,她们嫁到了北大荒就从没有想过离开,她们的男人在这儿,她们的家就在这里。

垦荒官兵们在北大荒吃过的苦,这些女人一样没少吃,甚至,比男人更苦更难。男人忙于外面的工作,根本顾不了家。在他们的心中,工作永远比家务事重要,而那个为他们生儿育女、给了他们温馨和安定的女人,似乎永远都在默默地理解他们,因为她们明事理、宽容、吃苦耐劳。她们不会埋怨、不会叫苦,更不会影响他们的工作。所以,有的时候他们肆无忌惮地消耗着这一份纯厚、亲情和爱。"她生这个孩子的时候,接生婆说,快回家看看吧,你老婆马上就生了。我正在猪号,母猪也要下崽了。我和接生婆说,我没有时间,你看着吧。那天七个母猪下崽子,每个都下十来个小崽子。我那时候是畜牧副队长，虽然有饲养员、班长、排长，但是很晚了，不想让不值班的人都来，他们明天还要工作。再说这样的事做得多了，也不是什么难事了。"当年的赵凤宣这样做的时候，一点儿也没觉得有什么不妥，甚至没觉着是什么难事，他是料定了妻子不会跟他闹跟他翻脸，甚至都不会给他个脸色。不过，如今的赵凤宣说这番话时，还是有着内疚的："我顾公家顾大家，顾不了小家。她带着两个孩子，挺辛苦的。"正在哺乳期的女职工也享受不到特殊关照，仍然要参加劳动。有的地号离住地十多里地，中间休息，要跑回家给孩子喂奶，喂完奶再跑回地里干活。

持家相夫、养儿育女，这是女人的天职；而这些家属们参加工作，往往干的又是最底层的劳作，工资却是最低的，不过这也使这些女人欣喜不已。农工的身份，让她们被社会认同，也有了除贤妻良母之外的价值。殊不知，她们的付出与被认可的价值是不等同的，她们得到的工作，带有赐予的意味，随时都有可能被剥夺被削弱，还不能有微词，还得欣然接受。二十世纪六十年代初，即所谓的三年困难时期，农场削减开支，精简裁员，首当其冲的，就是把参加工作的家属们都劝退回了家。说服动员工作由她们的男人来做，干部、党员带头；甚至不用这样麻烦，一声令下，不管有多少不解委屈不甘，女人们都得乖乖地回到家里，成为名副其实的家庭妇女，还得照样把日子过得有滋有味，因为她们是家属，男人的附属。张宪文的老伴张秀英说："他不当指导员嘛，我不下会有人攀的，我就得带头下。退职还让我们干临时工，还得干活，不干不卖给你粮。就是说，农场是缺劳动力的。他从来不管家，他一来当副连长，天不亮就要去割草、挑草去，家根本就管不了。当指导员更忙了，都得跑地号，就我自己管家呗，管家还得上班，四个孩子都养大了。"

勤劳朴实、淳厚善良、贤妻良母，都可以用在她们身上。她们是最传统的中国妇女，没有非分之想，不贪图荣华富贵，丈夫是她们的天，嫁了，就随了，同甘共苦，荣辱与共。她们没有多少文化，但她们有最纯朴的道德基因；她们没见过什么世面，但却有着最宽厚的心胸；她们也没有多么高的觉悟，但却懂得不贪便宜、不靠丈夫的地位获利、不给自家男人惹麻烦，甚至，替丈夫分担一份责任，或者，干出自己的一番事业来。

北大荒的女人，跟她们的男人一道，创造了另一番垦荒风景。

1 侯桂花：拿着六十块钱从山东老家找到八五二农场

付孟海的妻子侯桂花当年是拿着六十块钱找到八五二农场的。她从山东老家坐车到长春，又从长春到密山，从密山到宝清。到宝清遇到一辆汽车，问人家，你知道有八五二吗？人家说知道，却不肯带她去。她就在那里转悠，趁着司机下车去办事，偷偷爬上了车。"到了种畜站，南面有一间草房子，她向人打听：你这是不是五队呀？人家就和她开玩笑，说不是五队是六队。她干脆坐那儿不走了。"

付孟海至今认为他媳妇挺能的。她比他大一岁，来北大荒的时候她二十五岁，他们的女儿七八岁。她没有多少文化，却比他能，脑子好用，人缘好，会说话会办事。"哪像我，当个窝囊干部，就知道干活。"付孟海当时在劳改队当管教，领着"劳改犯"伐木、割草、盖马架子、修桥、修路。侯桂花参加工作后，当过菜组班长、妇女委员。她把这份工作做得风生水起的。她能给死人穿衣服。老人有讲究，要穿着新衣服走，人没气再穿新衣服就不好了，她会掌握时间，知道那人什么时候断气。这是死人的事。"活人呢，两口子干架，她给人劝架，别离婚，别干架。她三句话就把那小伙子说得没话。她能抓住理，她真能把死人说活了。她尽干这事。""我说不过她。人家说我，你不行，你尽瞎说，你看你老伴说话，尽是道道。"

"我当副连长，涨工资没有我的事，连队涨工资可困难了。党小组三十多个党员，一致同意给她涨工资。有人提意见，老付啊，你老伴提工资了，怪好的。连长说，别怨老付，是全体党员一致同意的，她干活好，团结同志好，人缘好。"

付孟海从心里佩服他的老伴。

"我属鸡她属猴，谁说鸡猴不到头？我们都八十多岁了。"

2 张秀冶：第一个孩子就是干活累掉的，抬大麻袋呀

孙锡恩的妻子张秀冶是领着两个弟弟背着行李跟随丈夫来的。她是奔着享福来的，说是这里有楼上楼下电灯电话，还有大米饭吃。可是一下车，却发现，这里连个正儿八经的房子都没有，一个马架子住两家，哪有楼上楼下电灯电话呀？

孙锡恩夫妇

更可气的是，"小咬"、蚊子扑面而来，挥之不去，气得她自己打自己的脸，禁不住感叹：这是什么地方啊？

但是，张秀冶没想着离开。她的两个哥哥都是当兵的，她的家也是革命家庭，她不能给他们丢人。她嫁给他了就跟着他，再苦再累也要在这待着、咬着牙挺着。

张秀冶在老家时是人民代表，还是妇女队长，到了农场就是普通农工，工资二十五块钱。丈夫在队里当个干部，却从来不照顾她，她干什么也不管，能干就行。

张秀冶身体好，肯干，哪有需要出力的活就找着她，种地、抬麻袋、做豆腐推磨、刨厕所的粪，甚至挖坟坑、埋死尸。那时候的家属们都这样，所有的杂活都归了她们，但大地里的活也不少做。她们单独成立了一个班，叫十二班，割大豆时那些男农工都干不过她们。"一听见喊十二班加油,我们这些老娘儿们虎了吧唧的,就使劲儿干。""那时候就知道干活,不问有多钱。在农场还挣过工分呢,我是最高的,以我为标准。涨工资我是最多的。"

"我第一个孩子就是干活累掉的,抬大麻袋呀。"

孙锡恩却顾不上她,他正领着人开荒,给开荒的人送饭;他还开拖拉机、扶犁、检查开荒质量。什么时候天黑了才知道回家,可回来吃口饭就又去办公室了。

家里的活丈夫一点儿也帮不上,割草、打柴火都是张秀冶自己干。孩子小的时候,要出去时,她就把孩子绑在炕上。

"那时候的日子不能提了。"

"你看见了吧,我现在腰也弯了,腿也瘸了,也遭罪呀,都是在地里干活累的。现在享福了,我也有病了,瘸啦瘸啦地走不了了。腿疼、膝盖疼。"

3 刘凤琴:男人在外面开荒种地,家里全靠我一个人管

赵景财的妻子刘凤琴是被公公护送到北大荒的。那时候,她和赵景财结婚刚一年多。他们虽是一个村的,但刘凤琴家是后搬来的,赵景财当兵出去了,所以他们不认识。他从部队回家探亲时,经别人介绍,他们见面了。"他大我十岁,他那时穿便衣显得年轻。他愿意打篮球。我们认识不到一年,1957年,我就到部队和他结婚了。1958年一月份他送我回老家,四月份他就来北大荒了。"

先来一年的赵景财经常去虎林接人，接来自各地的复转官兵，然后安排他们转去八五二农场。那天，没想到，他接到的是自己的父亲和妻子，还有九个月大的儿子。惊讶过后，赵景财把他们送到了迎春，自己返回去继续接人。

从迎春下车以后就没有车了，刘凤琴背着行李，老公公背着孩子，一路走到了八五二农场。

到处都是烂泥，没有路，刘凤琴去食堂吃饭，小心翼翼地走，还是摔了一跤。洗脸时要拿脸盆到外面装点雪，化成水再用。先是住马架子，后来的住处也是临时的，四家一个屋，对面炕，一个炕住两家，炕像土堆似的，是凉的，还不能烧火。有一次还安排住进来一个大姑娘，用箱子隔着，就等于一个屋住了五家。"后来又住旅店，一头住旅客，我带孩子住一边，老公

赵景财夫妇

年轻时的赵景财

公挨着旅客住。没住多久,又搬到一个人家住,一个炕,又住了好几家。就这样住到十月份,招待所的房子盖好了,分了一间,好歹是一家一个屋,别提有多高兴了。"那房子在当时可是最好的,瓦房,筒子楼,没有自来水,得下楼去挑水。赵景财天天在外面忙,这楼上楼下挑水、扛柴火的事都是刘凤琴自己干。

1960年,总场组织机关家属成立了大集体被服组,洗衣服、做衣服,有个小木板房当车间。刘凤琴兴奋不已,孩子小还得抱着呢,那也要上班。丈夫把自己的表卖了,换了一台缝纫机,她就开始给人做衣服。1966年时,这些家属填了张表,才算正式上班了。

赵景财一天到晚地在外面忙工作,家里的事根本顾不上。刘凤琴一个人撑持着这个家。生老二时,还在月子里,下雪天,她抱着大儿子去粮店买粮。生老三那天早上,赵景财说要上分场去,刘凤琴告诉他肚子疼,赵景财让她等着,他下午回来,然后就走了。刘凤琴一看,这又指望不上了。两个孩子一个六岁,一个四岁,还什么都不懂呢。她把两个孩子的衣服都洗了,到自家地里摘回一个面瓜,煮了吃点,她怕到医院就吃不上饭了;还去排队买了一块肉回来,也煮熟了。眼看着天黑了,赵景财还没回来，她就给孩子弄点吃的，把上医院用的被子包好。"我要走时，他回来了，问我，你干啥去？我说玩去。我都要哭了，不知道他想没想着我，他就光想着工作了。"

当天晚上刘凤琴生下了老三，邻居老李的妻子在医院陪着她。农场的男人都忙，农场的男人都不知道照顾女人，家属们只得自己找帮手。"我们三个女的一起怀孕，男人都不照顾，都是互相照顾，到医院陪着。"

"生完了，就请人用担架把我抬回来了，家里还有两孩子呢。我在家待了两天，自己洗衣服洗尿布。他就知道上班。"

"我这一生啊，真是不容易。男人在外面开荒种地，家里全靠我一个人管，也不觉得累。我可愿意干活了。"

4 孙淑梅：我也挺傻的，那么小就嫁给他，到北大荒来遭罪了

王龙祥的妻子孙淑梅是辽宁丹东人。抗美援朝时，王龙祥没有过江，在丹东空二军招待所办公，负责给去朝鲜的军人"签证盖章"，他们戏称是"过江护照"，就是办理通行证。部队驻防四道沟时，孙淑梅小学六年级毕业，八月份他们就结婚了。孙淑梅十八岁，小他十岁，什么也不懂，连婚姻都是继母给包办的。

1958年王龙祥转业时有二个去向，一个是回原籍浙江金华，一个是去北大荒。孙淑梅不愿意去南方，俩人就选择到北大荒来了，也是奔着"楼上楼下电灯电话"来的。到了密山，赶上下雨，脚被烂泥黏住，拔不动腿，都是二十几岁的年纪，就抱在一起哭。哭完了，也没别的选择，还得跟着男人走。从宝清坐上了大板车，走了一天，晚上到了四分场四队。住的是"劳改犯"住过的房子，在屋子里拢了一堆火，没有灯，也没有蜡烛。大家睡在一个屋里，一家挨着一家，对面大炕，一步就能迈到对面炕上去。炕都塌了，也不能烧火，不知道"劳改犯"是怎么住的。房子有门框没有门，有窗户没有玻璃，四处透风，睡觉都得戴着狗皮帽子。就这样住了半年。

孙淑梅没想长期待在这里。那时候全国各地都来农场调人，最近的是调去齐齐哈尔富拉尔基。念到谁家男人的名字，谁家的女人就高兴。孙淑梅很期盼能听到自己丈夫的名字，但每次都念不到他的名字。他老实，干活踏实，农场愿意留这样的人。由于人员外流的厉害，1960年以后就不往外调人了。孙淑梅也就断了走的念头。

王龙祥夫妇

家属们算农工,一个月挣二十五元,和男人们一起出工。男人到草地割草,女人往外背草,在草筏子上,动不动就陷进去了;男人刨坑,女人点籽,孙淑梅还感觉挺好玩的。第一次割大豆,孙淑梅穿了一双挺漂亮的水靴,第一刀没有割掉大豆,把水靴割了个大口子,她心疼死了。

王龙祥一直当干部,在工作上对自己的妻子却一点也不关照。"我一直在外面干活,有两个锄草的人就有我一个,有割地的人也有我。冬天刨粪,上猪号、牛圈、马号去积粪,往地里送粪。我没有怨言,什么活都得有人干。

"下班回来就要做饭吃,还要忙活孩子,吃完饭就要开会,你不去开会今天的工不给你记。就得把孩子锁在家里。他有事没事晚上都去办公室,天天如此,年年如此。

"人是有福能享,有罪能遭。大家都那样生活,你不也得那样生活嘛,一挺就挺过来了。我的思想挺单纯,没有想这想那的,怎么能把家里的日子过好,怎么把他照顾好,把孩子管好就可以了。

"我没有什么文化,我也挺傻的,那么小就嫁给他,到北大荒来遭罪了,呵呵。"

5 谢新兰:把孩子扔在家里就上车了,农场培养你就得干活

孙略的妻子谢新兰是北大荒第一代女拖拉机手。

他和她是同乡,两家隔十里地,是别人介绍认识的。1958年的时候,他们在部队结婚,孩子刚满月,他就接到紧急任务,这个任务还不许带家属，他便把她和孩子送回了老家。返回部队不久，部队大裁员，他转业了。他和湖南省军区的复转官兵一起，坐上湖南省军区的一趟专列，那是一辆闷罐车。闷罐车直达密山，然后这支部队一起被分到了八五二农场。那是1958年的3月。

1959年3月，谢新兰在老家收到一封信，信里有一张照片，孙略站在东方红54上面，很是威风。她看过报纸上登载的中国第一代女拖拉机手的事迹。此前，她只是羡慕，没觉得跟自己有关，她都没摸过拖拉机。此时，看到丈夫站在拖拉机上的照片，她忽然意识到，这事儿跟她有关系了。

谢新兰来到八五二农场二分场五队，投奔她的丈夫。丈夫没在家，上山伐木去了。她看到的家，就是马架子。

尽管有许多的不适应，但她留下了，丈夫在这儿，她就不能走。她成了一名普通的农工。五队是刚建的点，丈夫在机务，天天开着拖拉机开荒，农工排上山割草、伐木，盖房子，搭马架子。

总场招考拖拉机手，谢新兰闻讯很兴奋，毫不犹豫就报了名，她正怀着身孕，此时刚两个月。她是高小文化，考一般理论对她来说不难，她考上了，是八一农大附属中专，在四分场。1959年11月到总场报到，学习一年。

说是学一年，其实是边学边干，掌握了基本要领，就上车了。八五二农场一共有七八个女拖拉机手，她们成立了一个包车组，叫三八包车组。女拖拉机手跟男的一样干活，开荒，种地，也打夜班。

"1960年5月30日播种，我站在播种机上，一下子滑到地上。我都怀孕八个多月了。"幸好，孩子没事，谢新兰挺着肚子还接着干。6月21日，谢新兰生了，是个儿子。11月，全分场统一秋翻地，拖拉机是主力。"我把孩子扔在家里了，给他喂点东西就上车了。

就得去啊，农场培养你就得干活。"

第一代女拖拉机手谢新兰

谢新兰后来调到分场修配所工作，是个技术工人，五级钳工。

孙略说："她在机务上是一把好手，在家里是贤内助。"

谢新兰说："我开拖拉机没开够。"

6 贡彩南：嫁给了垦荒军人，与北大荒结了一辈子的缘

采访贡彩南是在苏州，这是她丈夫叶亦祖的老家，她的老家是江苏丹阳。叶亦祖在十多年前过世，她与女儿、女婿在一起生活。她性格很开朗，爱笑，还健谈，头脑十分清楚。她说的是普通话，带着江南口音，却很好分辨，这是北大荒生活留下的痕迹。已经八十岁的老人仍然精神头十足，腿脚利落。平日里做饭、上街买菜、去医院看病、参加老友聚会，甚至去美国探亲，

年轻时的贡彩南

都是自己去。老人说,我不想给女儿添麻烦,只要能走能动,自己的事情就自己做。每天早上起来给孩子们做做饭,也是一种动力,心里有事,就不犯懒,还能锻炼身体。"前两年还每天坐公交车去游泳馆游泳呢!"她曾担心在北大荒艰苦的生活和劳动条件会让她做下关节病,幸好,腿没落下什么大毛病,或许是因为她只在北大荒待了八年,比那些在北大荒待了一辈子的女人要幸运;但不期然就发作的哮喘病,还有腰肌劳损,却是北大荒的极寒天气和高强度劳动留给她的病根,每每让她痛苦不堪。但是,问她是否后悔去了北大荒,老人毫不犹豫地说,"不后悔,一点儿也不后悔。"就这八年的时间,已是她一生的财富。老人说,"如果没有那八年,我不会有现在这么好的生活;没有那八年的锻炼,离开北大荒后的事业就不会干得那么有成就。"贡彩南退休时是苏州市汽车配件厂党委书记,还曾经当选苏州市沧浪区三八红旗手。

　　至今,贡彩南还与北大荒有着多方联系,那些曾经的同事、邻居、同学,分散在天南海北,每每有人来苏州,她都热情接待。平日里通通电话,说说往事,互相安慰。她说北大荒的人好,当年在北大荒时结下的情谊,很特殊。离开北大荒多年后的第一次同学聚会是在无锡,来自全国各地、包括北大荒来的,大家见了面,都抱头哭。"都是在最艰苦的时候走过来的,感情不一样。"

贡彩南在北大荒的时间,从1957年至1964年,正是北大荒最艰苦最难过的八年。

1957年,贡彩南十九岁,刚刚中学毕业。

贡彩南是从一位堂叔口中知道北大荒的。堂叔是铁道兵,1956年去了北大荒,这次回丹阳探亲,说起北大荒。堂叔也只是说说,但贡彩南有心了。

贡彩南自小父母双亡,寄居在叔叔家。叔叔家还有奶奶,有婶婶。奶奶和叔叔对她很好,可婶婶的白眼让她饱尝了寄人篱下的滋味。从四五岁开始,她就给人家放牛,稍大点就挑水、割草、割麦子。她很能干,也希望用自己的劳动换来住在这个家里的资格,但却事与愿违,每天端起饭碗,仍然得听着婶婶的唠叨,话里话外都是嫌她白吃饭,她溜边坐着,心里充满了忐忑。她爱读书,喜欢上学,但婶婶说女孩子书读多了没用,只让她读业余学校,后来是业余学校的老师见她爱学习成绩好,亲自去家访说服了婶婶,她才得以进入正规学校。待她渐渐长大,婶婶就开始托人说媒,总想把她推出去。

堂叔口中的北大荒让她心动,不仅是能摆脱寄人篱下的生活,更让她神往。

就这样,带着简单的行囊,贡彩南跟着堂叔走了,奔向了未知的北大荒。

北大荒的天气真冷，她只带了一件小棉袄，穿在身上感觉如同纸片，让她饱尝了极地之寒。那雪下得真大，一夜狂风暴雪，门和窗便被封住了。因为刮的是西北风，住最西头的那家门前雪稍薄，人从里面用力还能推开，他出来了，便去挖隔壁邻居家的门前雪，把邻居放出来，然后，两人再一起去帮着挖第三家、第四家。每一次暴雪，都是这样，从西边开始，一家一家地挖，才能让住这一趟房的人们走出家门。

原以为来了就能安排工作，不料却要等待半年之久，贡彩南不想吃闲饭，急着要找事情做。有老乡给介绍了一个差事，去四分场的场长家看孩子。这是保姆干的活儿，说好只是短期的，贡彩南同意了。场长是南通人，江苏老乡，家里有一个小孩。贡彩南是个闲不住的人，除了看孩子，还帮着烧饭洗衣。她干得太多了，以致主人家竟离不开她，说啥也不肯放她走，攀老乡的关系，还托人说情，说家里很需要她，说场长工作很忙，把场长家里照顾好了也是革命工作，硬是把她留住了。

转眼又到了冬天。在贡彩南的坚持下，场长终于放她走了。

贡彩南一早上就离开了场长家，步行回五分场找堂叔。出门时天气还是晴的，虽然冷，可有太阳照着，加之心情好，走起路来都是兴冲冲的。路况不太好，路面铺着冰，两边堆着高高的积雪，有一段还有"劳改"在修路。贡彩南急着赶路，几十里呢，得在天黑前赶到。不料，走到一半时，起风了，下雪了，风夹着雪吹在人脸上，像刀割，眼睛也被霜雪冻住睁不开，眯着眼睛看，四周白茫茫一片。身上御寒的衣物都是虚设，寒风从四面八方往里吹,像刺进了骨头里。她遭遇了人们常说的"大烟炮儿"!

路上的积雪越来越厚,每走一步都很艰难,不知道前面还有多远的路;天黑了下来,旷野里没有人迹,还担心遇到野兽;她又累又饿,机械地向前挪着腿,心里不住想,这回肯定要死了……幸好,她遇到了两个人,也是赶路的,在这茫茫黑夜里,彼此都感觉亲得不得了。大家一起做伴壮胆,走在路上,也踏实了许多。

天亮了,贡彩南终于回到了堂叔家。几十里路,走了一天一夜,她的两条腿都肿了。堂叔很是后怕,去找场长,请求给贡彩南安排个工作。堂叔说我把她带出来的,真出了事可担不起责任。场长答应了。

贡彩南参加工作了,在五分场三队当农工,工资二十四元。她每月都往老家寄十块回家,奶奶老了,婶婶有风湿病,她能挣钱了,得报答她们。遗憾是,半年后奶奶就去世了。她知道了信,可她没有钱回家,就自己闷在屋里,痛哭了一场。

春天了,开始播种了。刚垦出的黑土地,拿根棍捅一个眼儿,点上一粒豆种,用脚培上土,踩实了……十八岁的贡彩南憧憬起秋天的景象,想象着那一片丰收在望的田野,抑制不住地就想笑,"开心,天天开心得不得了!"

几个月后,贡彩南被选送去农业技校。一辆马车将她送到了老场部,学校设在那里。她开始学的是农业机械,后来改为畜牧兽医。不久,学校更名为八五二红专大学,招了许多部队的转业官兵。

　　后来，学校又从上海招来一批学生，大城市的人，娇生惯养出来的，岁数还小，啥也不会干，连袜子都不会洗。贡彩南这一批老同学就承担起了照顾新生的责任，帮着烧炕、洗衣服，还要帮着砍柴。

　　1959年冬天，最冷的时节，零下四十度，全校出动，到大孤山修水库，仍然是老同学照顾新同学。住的是马架子，几面就苫了一层草，透风露雪，晚上睡觉根本不脱衣服，还得戴着狗皮帽子。住处离工地很远，每天早上去晚上回来。白天的劳动强度很大，干得汗流浃背，棉帽上眼睫毛上都结上了霜；风很硬，一停下来浑身就冰凉的。晚上回来，棉胶鞋被雪水和汗水浸湿了，冻住了，要别人帮着才能脱下来。上海学生先睡下了，贡彩南等几个老同学还要帮他们烤鞋，一晚上都烤不干，自己的鞋都来不及烤。没有水，一个多月的时间，不洗脸不刷牙也不洗手，每个人的脸上都是黑黑的一层；喝的是雪水，把雪化了烧开了喝；吃玉米粒，也不洗，放进大锅里煮，一粒一粒的，很难消化。生活委员半夜发病，紧急套了辆马车往医院送，半路上就死了，胃穿孔。领导不让声张，保密，怕影响大家情绪，只几个党员知道，直到从水库撤回来才开了追悼会。他叫李佳期（音），四川人，从部队来的，刚二十四岁。

　　"三年困难时期"贡彩南得了浮肿病。粮食不够吃，每天吃不饱饭，饿得走不动路，从宿舍到教室都得一步一步挪。学校食堂把柞树叶子和苞米芯加工了给大家充饥，一天三顿，吃得人都拉不出屎来。有的同学饿急了,跑到地里拣玉米,回来烘一烘就吃,还受了严重警告处分,开大会宣布的。冬天了,就吃冻萝卜,也没有油水,吃了一个冬天。麦收时,午饭才每个人发一个馒头,"吃得那个香啊,甜甜的。"

从学校出来后,贡彩南做过八五二农场八分场的户籍员,管着一大片的户籍。要一家一家地调查、登记、填表、建户,确认哪些是农民、哪些是正式职工。农场的复转官兵好管理,身份都比较清楚,谁从老家带来的人,户口就落在谁家;但像杨大房这样的村屯就复杂,有职工还有农民,农民不归农场管,以前就放任了,现在得管起来,要掌握动态。她还做过粮食加工厂的统计员,当过出纳、卫生员,还养过猪。

贡彩南生第一个孩子的时候是在家里,遇到难产,丈夫急

八十岁的贡彩南

得束手无措，邻居们帮着叫来一辆"热特"，要往总场医院送。正是冬天，外面风吹得呜呜响，她能想象出坐着这"热特"行驶在坑坑洼洼的路上是个什么滋味。她坚决不去，说要死也死在家里。她让丈夫给她的一个同学打电话。同学在五分场，赶了几十里路到了八分场，帮她接了生。这同学是浙江人，八一农大时一个班的，学的也是畜牧兽医专业。

贡彩南说，"什么苦都吃过了，后来干什么事都没怕过。"

因为去了北大荒，贡彩南的初恋无疾而终。

还是在老家的时候，有一位男生对她很好，少男少女情窦初开，感情也是朦朦胧胧的。后来，男生去北京读建筑学院，贡彩南去了北大荒，两个人一直都保持着通信联系，虽然没有明确表示什么，却也心照不宣。1960年贡彩南回老家探亲，特意去了一趟北京。两个人见了面，说起北大荒，男生说他去北大荒肯定受不了，父母也不会同意。贡彩南听出这话的意思了，一个人回了北大荒，也把这一段感情放进了记忆的深处。

后来就遇到了叶亦祖，他上下铺的同学介绍的，也在八一农大读书，比她大八岁；转业前是空军领航员，在塔台指挥飞机，中尉。平时话不多，记性好，知识面很广，遇到知音打开话匣子就收不住。叶亦祖对她真好，知道她甲状腺肿大，就给她弄海带吃；他性子慢，脾气好，什么都听她的；他还特别能干，也从不拖她的后腿。叶亦祖离开学校后，当过八分场一队副队长，在畜牧站干过，还当过分场副场长。1964年国家从农场调一批干部到南方，叶亦祖被选中。就这样，贡彩南和叶亦祖带着女儿一起回到了苏州。

但是，北大荒仍然是他们魂牵梦萦的地方。他们享受着城市生活，却总是忍不住要与北大荒相比，共同的经历，让他们时时把北大荒当作参照，"我们经常说，忘本了，忘本了。"

贡彩南说，"这就是缘分吧，这一辈子找到他，我心满意足了。"

现在，八十岁的贡彩南经常会回忆起过去的事，想北大荒时的事，

"自己想想，太开心了。"

7 宋廷玉：孩子一出生，就被诊断为脑瘫，是煤气中毒造成的

2016年2月时，我们本来计划好采访白中原，中间临时决定赶去拍摄农场举办的冬季运动会耽搁下来，等回过头来再联系时，却听到白中原已经去世的消息，令人扼腕长叹，心中总是存着份遗憾。采访宋廷玉，就是希望能把这份遗憾补上。尽管白中原不在了，我们无法听他亲口讲述，但相濡以沫的妻子与他同甘共苦几十载，共同经历着那段艰苦的垦荒岁月。

走进宋廷玉家时，宋廷玉和她的大女儿、儿子很热情地迎接着我们。寒暄之间，偶然瞥见里屋炕上有人躺着，我们没敢贸然探问。

宋廷玉，今年八十五岁，一个小巧精致的老太太，不太善讲，爱笑，看得出，年轻时就是个清秀漂亮的姑娘。她是河南南阳市人，退休时是八五二农场南横林子中学会计。她曾经也是军

年轻时的宋廷玉

人，1951年1月入伍，在南阳军分区司令部军务科，只不过她在1952年就转业到地方，在南阳专区粮食局做财务工作。短暂的军人生涯，除了工作，她最大的成绩，就是收获了爱情。未婚夫白中原也在南阳军区司令部军务科工作。他们是自由恋爱，宋廷玉转业，并没有影响两个年轻人恋爱的热度，水到渠成地，两个相爱的人在1958年结婚了。

结婚，本来意味着稳定的生活，相爱的人能长相厮守，但对于军人来说，这却是一种奢望。结婚不久，白中原也转业了，他没有留在南阳、留在妻子身边，而是去了北大荒，那个遥远而且寒冷的最北边。

宋廷玉因为有公职，暂时没有跟去，但她去探过一次亲。从城市走进荒原，无论是观感还是亲身体验，对比度都可想而知，吃住条件根本没法与城市比，但这就是他们未来将要安家的地方。对于宋廷玉来说，如何面对这样的生活，将是一场艰难的抉择。她是地主家庭出身，家里有点资产，从小的生活应该是很优越的，到了上学的时候就上学了，而且一直念到高中。1951年朝鲜战争爆发，部队征兵，还在南阳女中念书的宋廷玉报名参军了，被分到南阳军分区军务科，就在城市，坐办公室，抗美援朝时也没有去朝鲜，她就不应该是吃苦受罪的命。

但是，宋廷玉探亲回去后，就办理了工作调转手续，从南阳调到北大荒。其实她也知道，只要她不肯来，丈夫早晚会调回去，但她根本就没这么想。

宋廷玉说，"因为他在这里，所以就跟他来了。"

到了北大荒，宋廷玉还是做财务工作，坐机关。

白中原因为是军官转业，到北大荒之后，最初是在一分场当农业技术员，当时一分场的许多地号都是他划分的，后来就当干部，在总场工会、干部训练队等等。那时当干部绝不是好差事，且不说吃住与普通职工无二，干的还得比普通职工多，吃苦要在前面，有好事要往后退。他们的家虽然安在了总场，但白中原一

宋廷玉

直都是在下面的分场工作，连总场的干部训练队都是设在四分场的，他根本顾不了家，宋廷玉经常是一个人带着孩子过日子。

　　1964年，宋廷玉怀二女儿的时候，不幸煤气中毒。那天晚上，白中原又没在家，家里只有宋廷玉带着刚刚五六岁的大女儿。宋廷玉被熏得昏迷过去，幸好大女儿还清醒，爬到门口打开了房门，才被邻居发现。宋廷玉被抢救过来了，不久，她生下二女儿，可孩子一出生，就被诊断为脑瘫，是煤气中毒造成的。

　　后来，宋廷玉又生下了儿子。白中原仍然每天在下面忙碌。宋廷玉一个人带着三个孩子，其中一个还是瘫痪在炕的，她还有工作，生活真的很难。无奈之下，夫妻俩把儿子送回老家，寄养在一个远亲家里了。

　　宋廷玉对许多过去的事都说记不清了，说起上面这些事，也都断断续续。我们耐心倾听，细心询问，老太太要么只言片语，要么笑而不答，那笑容，竟透着些羞涩，让我们遥想她年轻时的秀媚和精致。岁月催人老去，北大荒的粗糙，硬是将一个纤柔女子，磨砺成心宽而迟滞的老人。或许她真的记不得曾经的过往，也或许她不愿意回顾遭遇的磨难，更或许早已看淡了世间诸事，那么说与不说，说得多说得少，在她，也就无所谓了。但是，上一代人的生命体验，也在潜移默化中影响着下一代，有一种挥之不去的暗示，或者说，凝成一份成长的基因。

　　宋廷玉的儿子说："把我寄养在别人家，不是自家，是别人家，是十里铺一个亲戚家的亲戚家，寄养在别人家。我是在别人家长大的。父母几乎没回去过，只记得回去过一次。小时候也不知道咋回事，大了也想，也想妈在哪儿？我七七年才回来，回来之后才知道是怎么回事。"

儿子说得不多，只这几句话里，却有好几次重复着说"别人家"，可见从小被寄养的经历，在他的心里留下了多么深的印痕。这样的心理刻痕，别人感觉不到，也许他的父母亲也意识不到，但却会影响他的一生。

宋廷玉的二女儿今年已经五十二岁了，因为脑瘫，不能动不会说，但却什么事都明白，看电视也都能看懂。我们恍然，躺在里间炕上的，就应该是二女儿。我们很想看看她，更想知道她的心理活动，但我们不能，甚至都不敢去打扰她，只是想一想，都觉得心酸心疼。

她什么都明白，但她什么都不能说。

又如白中原，本来应该能说出来的，只是因为突然离世，没有了机会或者没来得及说，就将所有的心里话连同他的一生经历都带走了。

细想想，其实，白中原也好，宋廷玉也好，他们的经历，正是所有来到北大荒的复转官兵们的共同遭际，那是整整一代人的经历，如出一辙，大同小异。"大同"，是一个时代的风气；"小异"，则是个体的生命体验。

而北大荒的女人，作为妻子、作为女人，无疑承载了更多的生命分量。垦荒，是男人的使命，同样是女人的命数。

第三节　北大荒的日子

采访札记：

走在八五二的土地上，随意遇见的每一个苍老的面孔，都不由自主地令人生出想象，想象老人的来历和身份，想象这老人可能经历过的故事。遥想当年，这一处相对封闭的环境，却容纳了来自四面八方的人们和他们带来的经历；这一片突然喧闹起来的土地，无疑也会生出千奇百怪的故事，让垦荒的生活变得起伏跌宕，让本来寻常的日子注入酸甜苦涩各种滋味。

但其实，他们来到北大荒，在一处工作了几十年或者几十年只做一种工作的人比比皆是。他们的命运不由自己掌握，或者说，他们把自己看作是组织上的人，组织上让干什么就干什么，让怎么干就怎么干，从来不讲条件，也不知道什么是吃亏，似乎没有自主意识。

马永怀： 新建三分场，那时候三分场没人来，领导说谁去三分场？我说我去吧。领导就同意了。给我调了台车，一台东方红，东方红刚造出来，还给我配个驾驶员和两个助手。一开始说是在三分场四队，调来的时候又到了五队，还在修配所工作过。指导员派我的车，今天到这队明天到那个队。到哪个队我都是干得不错，都可以抗面红旗回去。最后就留在五队，一直干到退休。

张玉发：看我种菜种得好，又调我去学校种菜。我本来不想去。领导就问我，你听党的话不？我说我听党的话。领导说听党的话你就得去。我就去了学校，一直在学校种菜，直到退休。

马玉田：1959年成立八分场，八分场的书记韩德印非要我去，以命令的方式把我弄去了；八分场和五分场合并后我到煤矿来了，一直工作到离休。

马光荣：分场的张书记找我谈话，说，小马，你要到煤矿去，不去不行，这是组织决定。我说组织决定我服从，我就来了，在煤矿一直干了五十二年，直到退休……我一生大的贡献没有，组织上交给我的任务都完成了，一生无愧。

宋尚茹：我和粮油加工厂的一个副厂长加上司机开车去提货，过佳木斯有个地方是转盘道，周围是树林，在大转弯的地方是个大下坡，路上有冰。汽车失控了，一直向坡下冲去，好在汽车冲出路面撞到路旁的大树上不动了，要是没有这棵大树，我们就是死了都没有人知道。已经是晚上七点多钟了，还处在佳木斯和依兰之间，怎么办？我主动留下看车，让他们俩去依兰。大冬天的，附近又没有村庄，我就穿着棉胶鞋，穿着棉大衣在路上来回走啊，不能停，不动就冷。到第二天早上九点钟他们才开着车来。你想想这一夜，我又冷又饿又困，是怎么熬过来的？那天晚上是没有刮大烟炮，要是刮大烟炮我非冻死不可了。我不是自己说好,我有事业心,一辈子都是兢兢业业的,干了一辈子。

车立志

四川人车立志,十五岁考入中国人民解放军西南军大,从部队转业时是雷达技师,属于有文化的人,分到六分场当农业练习生,还不是农业技术员,后来当四队副队长。从那时开始,他就一直搞农业。从春天到冬天,都没有闲着的时候。春天播种时,天一亮就得起来叫人,叫马车老板套车,叫场院值班的装麻袋装车,叫车长叫驾驶员起来播种。四队所有的地号,哪个边哪个角,都得走到看到,不能在田边站着看,哪个地方不好走有水洼有坑,得跑进去查看,做到心中有数,才能更好安排劳力作业。夏天他负责农田作业,锄草、玉米间苗;麦收时,他负责场院,是场院的总指挥，扬场、装袋、入囤啊，起早贪黑地忙，农工下班了，他也不能下班。到冬天了，还有事，除了要参加农场举办的培训班之类的，还要领着人挖排水沟，拿镐头刨冻土，晚上还要带领炮手去装炮放炮，为第二天人工取土创造条件；场院出口粮食，还要装麻袋、封口，戴手套干活不得劲，就摘了手套，手冻得像猫抓似的。"年复一年的日子，就这么走过来了。"车立志来北大荒那年二十三岁，在四队干了近二十年，后来调至场部做机关工作，直到退休，他都没离开六分场。

这一群人，无论穿着军装还是脱下军装，无论在战场上还是在垦荒的土地上，无论是年轻时还是走到暮年，都自认是组织上的人，服从、听命、干好本职工作、完成任务，哪怕冒险牺牲，都是本能，也是觉悟；是自觉的意识，也是生活的常态。

而对于龙汉斌这个湖南人来说，在北大荒的生活可以用"惊心动魄"来形容。下面讲述的是龙汉斌的个人遭遇，焉知这不是一代人的共同经历？

龙汉斌，湖南涟源人，1938年11月出生，1955年入伍时十六岁，复员来北大荒是1958年，才十九岁。火车一过山海关，雪好大，火车都走不动了，从山海关到哈尔滨火车跑了四五天。到了哈尔滨，零下二十多度，都穿着单军装呢。到了哈尔滨，队伍停了一天。龙汉斌年轻，正是贪玩爱热闹的时候。他喜欢看电影，就连着看了两场电影，结果冻感冒了，咳嗽，还吐了一痰盂的血。从此就坐下了病，咳嗽。每到春秋两季，就咳嗽的厉害，咳嗽得声音嘶哑，不能说话。直到二十多年以后，生活和劳动条件好了，把烟酒也戒了，咳嗽病才慢慢好了。

　　龙汉斌被分到五分场四队。四队在一个高岗上，住的是"劳改犯"们利用"马厩"搭建的马架子，床铺下面都是化冻后存下的水，臭味很大，马粪味呛鼻子。有一天休息，龙汉斌和几个战友去杨大房玩。朝阳三号和二号之间有条河，正好是桃花水下来的时候，没有桥，"我们这些湖南蛮子就把鞋袜脱了，卷起裤腿蹚河过去了。上岸后鞋子就穿不进去了，腿冻得通红，只好拎着鞋子跑进杨大房，地上还都是冰呢。杨大房的老乡都哈哈大笑，说这些傻当兵的真傻，然后指点我们到大车店暖和了一会儿，才把鞋穿上。"

　　1958年4月中旬，解放军总政慰问团来农场慰问演出，在五分场设了二个演出点，场部和八队。龙汉斌在八队看了一遍演出，还不过瘾，赶上第二天休息，又跑到场部去看。走路是无所谓的事，反正到哪都是走，走几十里路是小意思。到了分场，赶上下雨，演出取消了，只好往回走。走到七队和八队之间，他想抄个近路。荒原上什么都没有，就是一片雪地和雪垄子。4月中旬已经开始化冻了，下面是水，可上面还盖着雪。走着走着就陷进去了，水有齐腰深，他异常艰难地向前走着，更确切地说不是走，是爬，不停地倒脚，不停地往四队方向爬。"我当时一点儿感觉都没有，也不后悔，只要爬得动，能到家就行了。"等到了四队的时候，都快天亮了。第二天，老乡们知道这个事后，"说我这小当兵的捡了条命，你要是遇到狼群或者掉进水泡子，不是被狼吃了，就是掉进水泡子里闷死了。"直到这时，龙汉斌才有点儿

龙汉斌

后怕。这一次的历险，让他终生难忘。

　　1960年，四队的人住的房子还是"拉合辫"，北面是走廊，做饭在走廊，南面是一间一间的屋子。那时候的人们也不会搭炕，就知道在屋里点火，把烟囱架在外面，烟能从烟囱里出来就行了。龙汉斌和指导员、还有一个叫吴昌奎的战友住在一起。指导员不到晚上不回来，龙汉斌在机务上，那天只有吴昌奎休息在家。他把火点上后就找对象去了，等龙汉斌回来，一进走廊就闻到有一股子烧布的味，原来火把炕头上放的东西烧着了，龙汉斌的皮箱和衣物被烧得一干二净。

龙汉斌只剩身上穿的衣服，睡觉也没有了被褥，战友们这个捐五毛钱，那个给一尺布票，分场也救济了一些布票。那天，龙汉斌拿上这些钱和布票去宝清买布买棉花，从四队步行去宝清。早上吃的是萝卜缨子谷子面稀饭，那年谷子不成熟，谷子面都是带皮的。

宝清县规模很小，一条大街，一个旅店，龙汉斌先订了旅店。旅店房间的摆设很简单，有个木板钉的小桌子，几个小凳子，桌子上有茶壶和白茶缸，还有油灯，那时候宝清县还没有用上电。龙汉斌走了一上午的路，渴极了，一口气喝了一白茶缸水，然后就上街采买去了。走进服务社，每个营业员看见他都捂鼻子，他以为是自己身上有异味，就有些难为情，什么都没买就回了旅店。在走廊碰见分场的采购员南汝林，说了几句话，就回房间了。累，再加上饿，他想躺下休息一会儿。这一觉睡到第二天上午十二点左右才醒，太阳已经很高了。他从窗户里看见三队的司务长，就喊他，要搭他的马车回去。半路上，他迎头遇见赶着马车的畜牧排长李金路。

李金路看见他吓了一跳，说："你是人还是鬼呀，你不是死在宝清了吗？"

这李金路竟然是四队队长派来"把龙汉斌弄回来"的，队长和李金路都是准备弄回一具尸首的。

原来，那天傍晚，采购员南汝林来房间找龙汉斌，叫了他好几声都没有反应，推推他也不见动静，细听连呼吸都没了，就一边大喊着死人啦死人了，一边跑了出去。他也不顾天快黑了，

第四章 生活与故事 255

让司机开着分场唯一的一台优特兹车到四队报信。杨大房到四队没有路,他是跑着去的,连滚带爬地到了四队,见到队长说龙汉斌死在宝清了,他亲眼看见龙汉斌死在旅店的炕上了。队长就火了,就骂开了,骂龙汉斌没有出息,东西烧光了想不开自杀了,自杀就是背叛革命!骂完,队长就派李金路"去宝清把龙汉斌弄回来"。李金路在半路上遇见龙汉斌,可不就以为遇见鬼了!

龙汉斌是把煤油误当茶水喝了,旅店服务员给每个房间添灯油时,一时大意,把装煤油的茶壶落在桌子上,龙汉斌进了房间,连冻带饿,连想都没想就把煤油当茶水倒满杯子喝了。幸亏南汝林发现了,在旅店一喊,旅店的人就把龙汉斌弄到医院去了。"我是怎么去的,怎么抢救的,怎么回来的,我都不知道。"龙汉斌至今记着南汝林的救命之恩。南汝林是山东威海人,也是1958年的复转官兵,少尉排长,比龙汉斌大六七岁,后来调到铁力县(今为铁力市)去了。

从1958年到1966年,每年冬天都挖渠排水。以队为单位,从索伦河的上游五分场附近,一直排到索伦河的下游七分场附近,一个队一个队的,按一定宽度、深度疏通河道。四队被安排在六队后面不远的河道,上上下下干劲十足,春节前就把任务完成了。歇工的时候,别人打扑克,龙汉斌就穿过七队,到另一个队会战友去了。往回走时已经是晚上,在排水沟里走比在外面好走,他心里一直在嘀咕,没有干完活的连队会不会放排炮呢?排水有个规定,晚上不放炮,这么多年了,还真从来没有晚上放过炮。又走了一会儿,心里还是不踏实,就爬上了排水渠。刚走了二十米左右，排炮就响起来，他没命地往相反方向跑。炮响一次，他就被颠起来一次，再响一次又被颠起来一次，崩起来的土块像下雨似的落下来，脑袋被震得嗡嗡响，耳朵什么也听不见了。一直跑到三分场附近他才停下来，也不敢从原道走了，从五队旁边转到驻地的工棚，已经是半夜了。

若不是提前离开放排炮的地方，他正好就走在排炮的中心处，那炮一响，可能连骨头都找不到了。"是我不该死。宝清那次若是死了，是我背叛革命，但我是单身，没牵挂；后来那次死就不行了，我有三个孩子了，大孩子四岁，老二两岁，老三还不到一岁，我一死不把我老伴害了嘛！"

1976年的冬天，龙汉斌在十一队当后勤副队长，队里有一台铁牛（轮式拖拉机），整个分场就二三台铁牛，那时候铁牛就是个宝。元旦后春节前的一天，队里的铁牛去拉草炭，驾驶员叫王大全。正常的行车路线是十一队——五队——一队，但要是从索伦河上穿过，会近不少路，王大全和另外一个司机决定走索伦河。铁牛拉着拖车在冰面上走了一段，冰就要裂开了，他们马上往回退，三弄两弄就掉河里了。一阵折腾，把冰面都破坏了，实在折腾不出来了，就派人回队里报信。队长不懂机务，机务副队长不在队里，只得把龙汉斌叫起来。已经是半夜了，龙汉斌通知车长韩军带上木板、钢丝绳、牵引杆（钢筋两头带环），坐着拖拉机去了。到现场一看，铁牛和拖车都在河里，周围被弄得乱七八糟，不下水弄是不行了。龙汉斌主动下水了，先把铁牛和拖车分开一段距离，再连接铁牛和拖拉机。牵引杆有六米长，可铁牛和拖拉机的连接环不在一个角度上，要把牵引杆挂在铁牛上，必须潜到水里去，还要使劲扭动牵引杆。牵引杆连接好了，开始往岸上拉铁牛，铁牛的方向横拉杠断了，前轮和后轮不在一条直线上，龙汉斌只好在两个前轮子旁边不停地走来走去，不断地扶正方向，三个来小时才把铁牛弄出来。

龙汉斌从水里出来，"大家让我赶紧坐拖拉机回去，我说我得跑回去，我要是坐车到家就成冰棍了。"

龙汉斌一路跑回十一队，已经是个冰人了，人们拿剪子把他的裤子、衣服绞开，把他从冻得像盔甲似的衣服里扒出来。他在十一队躺了三天没有出门，每天队长都送来姜汤。第四天活动了一下，自我感觉还好，这才回四队的家。他个子小，穿着别人的衣服肥肥大大的，裤腿和衣袖都卷着，妻子感觉奇怪，就问怎么回事。龙汉斌没敢把实情告诉她。到了第二年，龙汉斌调到四队当支部书记。刚播完小麦，就不行了，全身的关节疼，眼睛也肿了，脸肿了，浑身都肿了，晚上疼得睡不着觉，疼得打滚。到总场医院住了半年，也没有治愈。直到1982年秋天，分场安排他到兴城疗养，服药、蜡疗、泡温泉，三个月的时间总算把这病治愈了。

这一件件的事，至今想来让龙汉斌感叹不已。大难不死，他一直认为自己命大。

第五章

俗世与幻境

荒原上构筑的精神家园

采访札记：

很多受访老兵都提到一个名人，诗人艾青；老眭和他的北大荒发小们唠起来，也会提到诗人艾青。他们有的亲眼见过他，见他每天晚饭后在房前的路上散步，有的喝过艾青亲自设计商标的北大荒酒，那商标很素雅，远景是完达山脉，无垠的麦田上，拖拉机牵引着康拜因在收割……酒也好，贴着这种商标的酒现在已经绝产，成了收藏品。显然诗人艾青与北大荒已经紧紧连在了一起，不仅是他的名字，还有他留在北大荒的印迹。

其实艾青在八五二农场的时间，不过才一年半，之后便被调往新疆。

艾青当年的职务是八五二农场示范林场副场长。据说特别邀请并安排艾青来北大荒的就是王震，这显然是有意的关照。

黑土地还是很眷顾诗人的，分给了他一幢独门独院的房子，尽管那房屋也很简单,但这是副师职待遇,与其他场长们一样,八五二人更看重的是他的诗名,珍惜他的才华,所以才想着请他来设计酒的商标。以艾青的诗名和身份,降尊纡贵,为一个小酒厂设计商标,实在是北大荒的偏得。

据黄振荣的儿子黄黎回忆,艾青曾经写过一百首《风物诗》,但在送审时,却被一位负责人批示:"此诗看不懂,原稿退回。"后来艾青还根据黄振荣的踏荒经历,写过《踏破荒原千里雪》,写过一首《蛤蟆通河上的朝霞》,"可惜,由于我当年的处境,没有机会发表。这两篇长诗后来我带到新疆。"(艾青语。黄黎《诗人艾青与北大荒人的情谊》)

著名作家、诗人聂绀弩没有艾青幸运,不仅要参加最底层的劳动,还因一次意外失火被判刑入狱,后被安排到《北大荒文艺》做编辑。期间,共写了五十多首以北大荒为题材的格律诗,如《搓草绳》《刨冻菜》《削土豆种伤手》《锄草》《北大荒歌》等,写劳动场景,诗人的形象却跃然纸上,超然、乐观、诙谐,虽苦在其中,却精神不倒。其中那首七言古体长诗《北大荒歌》,写得大气磅礴,显示出遗世独立的气概,成为北大荒诗歌的绝唱。他写《锄草》:"何处有苗无有草,每回除草总伤苗。培苗常恨草相混,锄草又怜苗太娇。未见新苗高一尺,来锄杂草已三遭。停锄不觉手挥汗,物理难通心自焦。"直白、通俗,让人一目了然。你可以说聂绀弩的诗用词太俗,不乏俚语,但是,这却是实实在在的生活感受和体验,此时诗人已沦落在生活的最底层,所以他的诗不做作,不虚饰,不矫情,是真正源于民间的歌。

　　此刻，不由得又想起清朝时那些被发配到关外东北的流人们，想起他们留在黑土地上的那些锦绣文章和炽热的歌。因一言获罪，因一事遭谴，因一人被难，细究起来，或是"莫须有"或是官场倾轧，竟致发配苦寒之地予以惩戒。流人们的遭遇可堪悲悯，但也正是这些命运多舛的文人，以戴罪之身，著书立说吟诗作文，结社讲学传播技艺，将文化的种子播撒于荒蛮之地，亦将极地之民俗地理稗官野史记述成藉。方拱乾的《绝域纪略》、张缙彦的《宁古塔山水记》、杨宾的《柳边纪略》、吴兆骞的《秋茄集》等等，还有散见于各类典藏中无以计数的流人们吟咏北地风情民俗的诗词歌赋，才使千百年来的荒凉之地，不再被视为文化的荒原；才使得古来尚武之地，亦开启文明之风；流传至今，亦成为研究北地文化的经典之作。

　　与垦荒官兵进入荒原的同时进入北大荒的一些文化人，如艾青、聂绀弩，还有著名作家丁玲、吴祖光，画家丁聪、黄苗子等等，无疑是北大荒的偏得。他们都是重量级的文化人，代表着国家级水平。他们与北大荒的不期而遇，客观上抬升了一个相对独立的小社会的整体文化层次，他们关于北大荒的文字和笔墨，与他们的名字一起，无疑将在北大荒文化史上被着上重重的一笔。

　　也可以说，大批复转官兵进入北大荒，北大荒便不再荒凉。这种骤变，不只是自然生态，同时亦是人文环境。垦荒者们虽然有着一个统一的身份叫复转官兵，成分却复杂，而且来自全国各地，带着四面八方的讯息，同时也为荒凉的北大荒打开了一扇窗，与外界相通，与时代同行。北大荒，可以说是典型的移民区，风俗南北融合，语言南腔北调，形成了特有的社会风俗和生活习惯，包括语言。尤为可贵的是，垦荒者们尽管受教育程度参差不齐，却有相当一部分有着很高的文化素养和文化远见。他们在开拓黑土地的同时，也在这片文化荒漠上播下了文化的种子，他们精耕细作，小心培育，风霜雪雨化为精髓，酿造出黑土地别样的风情。

第一节 电影，最奢侈的文化生活

采访札记：

老眭至今还有着在农场看露天电影的记忆，说起来津津乐道。那时候只要听说晚上放电影，孩子们就从白天盼到日落，到了晚上，急急忙忙地扒拉一口饭，就拿着一个小板凳跑到广场去占位置，当然，兜里还得揣上一把爪子。那电影都反复放过好几遍了，人物对话孩子们都能准确无误地提前说出来。那影片中的内容、活灵活现的人物甚至富有个性的人物语言，直至今日仍留存在脑海中。这些熏陶，正是文化的启蒙，焉知有多少北大荒的孩子不是在这样的文化氛围下培养了文艺的细胞文化的基因？孩子们的热切，是因为渴望，是因为这样的机会太少了。孩子们或许只是看看热闹，而大人们的精神生活，与黑土地的肥沃相比，则显得很是贫瘠。北大荒最初的荒凉，包含着文化上的荒凉，同样需要开垦。

张文英说:"那时候的北大荒没有业余生活。早上六点就上班了,中午回家吃口饭又要上班,晚上六点来钟下班,下班赶紧吃饭,吃完饭又要开会,基本上每天都有事,几乎没有业余时间,除了睡觉,礼拜天也很少休息。那时候十天有一天休息,但农忙的时候,一两个月也休息不了一天,没有什么业余时间。偶尔能看场电影就很高兴了,全场一百多个连队,几个月都看不上一场电影。"

真的可以说,看电影,是北大荒人很奢侈的文化生活。艰苦的生存环境,高强度的垦荒劳动,偶尔能看一次电影,不管什么内容,也不管看过了几遍,都是一种享受,是一种身心的放松,为单调而艰苦的垦荒生活,增添了一份乐趣。

电影放映员的工作,看似很轻松,其实也很辛苦。

1958年时,八五二农场就一台电影放映机。总场有一个电影队,三个人,队长是1956年来的,还有一位女的,第三个人是赵定祥。

赵定祥当兵前念过初中,但没毕业,1947年他是儿童团团长,1948年1月,被送到部队的学校学习了半年,结业后就分到连队当战士、宣传员、工作员、文化教员等。部队参加淮海战役、在西北打胡宗南,赵定祥他们就搞战地宣传,说快板,鼓舞士气。1950年他在连队当文化教员,主要是扫盲,教速成识字法,就像现在的汉语拼音,还教唱歌。他并不识谱,都是现学现卖。1954年以前他都是在西北军区独立五十五师文工团服役。1954年调到天津总政第一汽车拖拉机修理学校，负责放电影。1958年3月份转业到北大荒，六月份调到总场工会帮忙，随后就留下来，一直干到退休。

在电影队，要经常下到各分场生产队放电影，还有炮手营伐木点、尖山子（三分场场部）等，转一圈要半个多月。都是坐马车去，晚上就住托儿所，没有托儿所就住食堂，有一次还在六分场仓库的麻袋堆上睡了一晚上。1958年冬天雪下的大，去炮手营放电影，都是戴着棉帽子睡觉。

后来各个分场都成立了电影组，有了电影机，再后来总场有了座机，总场的电影队改成了电影站。赵定祥他们就不下分场了。分场要的片子到总场电影站取，总场电影站要的片子到管局电影站预定。

张跃华（左）在朝鲜

作者眭建平（左）和张跃华

张跃华说他放了一辈子电影。

十九岁时，他高小毕业无事可干，跑到太原找老乡玩，老乡介绍他去国民党的部队当了兵。"其实我什么都没干过，就东跑西颠的。"何况不久张家口就解放了，张跃华被解放过来，参加了解放军，分到66军197师591团警卫连。一开始让他当文化教员，还教唱歌，一个月后让他去军部学放电影，一年多后回到197师电影队。1950年随66军入朝。在朝鲜天天打仗转移，也放不了电影，就跟着部队机关跑，后来电影队就负责带担架队，做些力所能及的事。1952年第五次战役后部队回国，1953年在朝鲜的20兵团需要电影放映员，张跃华二次入朝。1958年4月，转业到北大荒。

张跃华在八五二农场六分场也是放电影，到总场取片子，然后一队到八队地跑，马车、爬犁、尤特斯都坐过，有时还骑马。不管刮风下雨还是刮大烟泡；没有白天黑夜，过年过节，从来没有休息过。"我们电影组还配合分场政工组，结合形势，画幻灯片，在放电影片前打出去，效果还不错。哪个生产队的扩音机坏了或喇叭坏了，我们也是随叫随到帮着修。"

张跃华刚刚过完九十岁的生日。"我的心态好，什么东西都不在意。"

第二节 学校，草棚子里的教学

采访札记：

当年，很多垦荒官兵大都没念过正规学校，念过私塾的寥寥无几，更多的人都是参军后在部队扫盲班才开始识字，他们文化程度不高，但真的很在意有没有文化。他们说起不识字的窘态，说起在枪林弹雨的前线扫盲的心态，说起因为没有文化只能当普通农工的遗憾，那一声长叹，一声苦笑，含意无穷，令人百般回味。

李进晓当兵前上过一年学，这在那时的部队里算是有文化的，就把他调到县武装部。有一次去上级部门取信，"写收条吧，写了快半个小时了也没写出来，弊了一头汗。部长就说你回去吧，就说收到就行了。"

贺友：到敌占区去侦察，侦察完敌人兵力的配属、位置等，由于我没有文化，我就画圈和画线，什么地方有什么，什么样的圈和线，圈、线的大小，分别代表着大小和多少等等。那时要有文化多好。

付孟海：我们家的人都没有文化，不识字，汽车、火车都没有见过，就知道种地。我当兵的时候，在火车上看见顶棚上发光的东西还问别人，那是啥呀？

赵希太也讲了一个故事，是他当兵时亲历的事，这件事足可以说明，一支解放了全中国的革命军队，在最底层的部队里的文化层次，又是多么地需要文化人。"我一开始在区中队，也没有识字的，队长都不会写字，吃饭都吃糊涂饭。怎么办呢？后来说要找一个会写字的，会写韭菜、小米的。有人出主意，说有一村，兄弟俩，弟弟字写得可好了。我们队长说这好。我们晚上就去了，那个弟弟说愿意，我们就把他带回来了。第二天交代工作，文书兼上士，让他买菜。我们区中队五十来个人，他写上名单，报到县大队，意思是我们增加人了，让上面给我们区中队多少粮。没几天县大队来了一个干事，检查工作，上午检查工作到队部，和文书谈了一会儿话，了解了解情况，吃完饭回去了。隔两天来了一个通讯员，拿着一封信给队长。队长不识字，给指导员看，信上说要把文书调到县大队当书记，书记比文书大一级，排级干部。队长说，我们刚找到一个上士，你们要调走，我们不是还没有记小米的嘛？那也得放人啊。我们这儿就又没有识字的了。"

王吉贵的文化教育，是在部队扫盲时学习千字卡，就是一个写汉字的卡片。在朝鲜时，他是高射机枪手，打飞机、打碉堡、配合步兵夺阵地，眼看着战友一个个倒下，他也几次死里逃生，但只要下了战场，他就坚持认字。"有的人说，学它干啥，还不知道什么时候死呢。我说死是它的，不死是我的。"就这样，王吉贵三年后从朝鲜回国时，就可以看报纸了。退休时他是南横林子中学分管后勤的党支部书记。

　　顾隆开的文化也是在部队补习的。在朝鲜的时候，"有一次我们正在学文化，炮弹掉下来，牺牲了好几个。""回国后到了西北，又在陕西省华山县学习了半年，学习文化知识，学习建设铁路、修桥、修坑道的知识。一天好几堂课，军事、政治、文化、技术，脑袋灌得满满的，半年就可以写信回家。那时候年轻，脑袋好使，也愿意学。"

　　最早的这一批垦荒者，其实最能体会没有文化的难堪，因而最怕自己的后代重复他们不堪的经历，可以说，他们也是最早的觉醒者。

> **顾隆开**：有文化就好了，能为党多做些贡献。没有文化光知道干活，不能想一些积极的办法，有文化干活就有成绩。
>
> **李三圆**：我文化低，又让我当粮管员，上生产队拉粮食，又得动笔，记谁交了多少粮食，拉了多少粮食。算账不会不行啊，人家老给我提意见，压力大，弄得

晚上连觉都睡不着。我就不干了,就搞积肥,管三辆马车,天天往地里拉肥料。

吴明玉:我没有文化,是大老粗,吃了一辈子没有文化的苦。我对我的孩子,不管是姑娘还是儿子,你只要有能力,你只要想上学,我就是天天喝稀粥也供你上学。没有文化不行啊。

今天北大荒的中青年一代,说的是一口标准的普通话,几乎没有地方口音,也没有土得掉渣的、被称为"苞米楂子味儿"的东北腔。

父辈们南腔北调的口音,没有遗传给下一代。下一代生活在一个庞杂群系组成的小社会,需要一种权威而且行得通的交际工

如今的八五二小学

具,普通话成为首选。当然,这得益于他们接受的比较正规的教育。而在北大荒接受了初、高中教育后走出去的老兵们的后代,遍布全国各地直至海外,不乏各行各业的精英,其中有全国知名大学校长、著名经济学家、企业家、博士生导师、海军舰艇舰长、医生等等。

艰苦的生存环境和贫乏的物资财力,都没有耽误下一代的教育,几乎在建场建点的同时,北大荒的各类各级学校也应运而生,最初选派的教师,大多都是转业军官,有着较高的教育背景和文化修养。

> 沈仁连:学校的条件很差,一到星期六下午,三年级以上的学生都要上山砍柴火。但老师都很棒,大都是部队转业官兵,很多都在部队学校当教员的。我到四分场学校的时候,是学校唯一的党员。学校一共十二个老师,还有一个中文系毕业的大学生。

那时候教室少、学生少,都是复式班。学校都是一条龙的,从学前班开始一直上到小学毕业,吃住在学校,老师既是老师又是保姆。

刘克勋虽然不是大学本科毕业,但参军后就在第六军医学院学医,一年后从学员队调到学科辅助教学,随后被送到北京医学院化学科学习生化、在药学科学习药学。一年后再回到第六军医学院生物化学实验室做技术员,1955年授衔时是少尉衔,正

八十九岁的刘克勋

排级。以他受教育的经历,在当年的转业军官中,是比较高的。1958年他到了北大荒,1959年就被调去南横林子学校当老师。这个老师当得很不容易。学生的家长都是复转官兵,天天忙着开荒种地,无暇照顾自己的孩子,学生们都住校。"学生宿舍就是一个土炕,上面铺一张炕席。"刘克勋教化学、生物,还当班主任,"要天天给学生烧炕,早上天不亮就去点炉子,晚上临睡前要把炉火压灭、要查宿。当老师总得比学生起得早,比学生睡得晚。"1961年刘克勋调到四分场中学教化学、数学。学校办了个农业中学,学校有一千亩地,算是实验田,刘克勋不仅要教学,还要领着学生种地。农业中学算初中,但教学基础非常好,不仅有理论,还有实践。刘克勋是个喜欢学习的人,在部队上学时,有时间他就蹲图书馆资料室;到农场当了教师,他更是注重自学,不断补充知识,买书、积累各种教学资料。可惜,家住草房时意外失火,十多麻袋的书都被一把火烧掉了。如今说起来,还是心疼不已。好在,那些知识都已经融会贯通,成为他的知识储备,并传授给他的学生们。1977年国家恢复高考，刘克勋教的学生大多都考上了大学。仅北京农业大学，就从农中招收了四五个学生。现在，这些学生都已经成为专家，还有一位是博士生导师。可见，当年农场学校的教学质量之高。

但是，刘克勋只有高中文凭，还有一个第六军医学院的专科学历。到了开始讲文凭的年代，尽管他当了四十年的化学教师，长期当教学组长、年级组长，也只能是中级职称。不过刘克勋很欣慰，他在中学教的都是毕业班，统考成绩、高考成绩没有人能超过他；管局、总局搞教研比赛，在管局他得了第一名，在总局得了第二名。

刘克勋说："有人讲学历，我就讲文化。"

第三节　文化人，磨难中修炼出正果

采访札记：

当年，有一位叫徐先国的少尉军官，从河南信阳步校转业来到北大荒。他只是一位普通的转业军官，关于他的人生经历并没有太多的资料，但他留下了一首诗，一首关于开发北大荒的诗——

一颗红心交给党，英雄解甲重上战场。

不是当年整装上舰艇，也不是当年横戈渡长江。

儿女离队要北上，响应号召远征北大荒。

用拿枪的手拿起锄头，强迫土地交出粮食。

让血染的军装，受到机油和泥土的赞赏……

这首诗名为《永不放下枪》，创作于1958年3月，是徐先国受到大诗人郭沫若《向地球开战》那首诗的鼓舞写出来的，临出发到北大荒前，他寄给了《人民日报》。等徐先国到达黑龙江萝北县时，这首诗已经在《人民日报》上发表出来。5月26日，《人民日报》发表了王震的一封信：《千万人的心声——给徐先国同志的一封信》，对徐先国的诗给予鼓励，同时配发的还有诗人郭小川亲自撰写评论的《关于"永不放下枪"》。郭小川在八路军一二〇师三五九旅时曾经当过王震的秘书，而郭沫若的那首诗也是受王震之托创作的，显然王震非常懂得用文艺宣传的形式鼓舞士气。王震的肯定、大诗人的评论、国家最权威媒体的发布，足以强化这首诗的分量和影响力。于是，这首诗被多位著名音乐家谱成了曲，如时乐蒙、李伟、丁家歧等，这首诗变成了歌，在各种舞台上演唱，成为大型纪录片《英雄战胜北大荒》的主题曲，成为十万垦荒官兵自己的歌。

这是一首典型的年代诗，充满了激情，充满了豪言壮语，是垦荒军人最真挚的情感表达。它符合那个时代的风格，积极的主题，鲜明的情感，直白的语言，亦如大诗人郭沫若的那首《向地球开战》："现在你们有不少同志解甲归田，不，你们是转换阵地，向地球开战……"但徐先国不是诗人，他只是用自己认为最恰当的形式表达了心声。他是一名垦荒军人，他不只用诗，更要用艰苦的体力和精神的付出，来体现他在诗中表达的豪情。徐先国和他的四百多军校战友到达北大荒后，被分别派往预备役七师农场的四个分场，从他后来写给王震的信中可以得知他的状态——"现在，向荒地进军、向困难进军的战斗已经全面打响了！冒着风雪，不怕日晒，藐视一切困难，一部分人投入了抢耕抢种；一部分人开始了修路；一部分人上山伐木，建造房屋；为了减少国家开支和解决自身困难，为了给国家增加财富，还组织了打猎队上山打猎，打鱼队下河捕鱼，家属妇女们也和大家一样，拉犁、撒种、割草……我们正浩浩荡荡地战斗在广阔无垠的荒原上面。"

据相关资料，徐先国一直坚守在北大荒，1992年离休；2004年，他把当年王震写给他的两封信捐给了北大荒博物馆。至于他来农场后是否还写诗，我们无从知晓。

毕竟是在一片荒原上，毕竟是在一个特殊的历史时期，垦荒者在面对一片荒凉之际，同时也面对着文化的荒凉。北大荒，同样是一片待开垦的文化处女地。

1 李意诚：我不会和别人谈我的苦，我就谈写字、写字

采访完李意诚，老人主动提出要给我们写幅字。他铺展宣纸，提笔凝神，下笔恣意，笔转龙蛇间，一幅墨宝跃然眼前——大荒魂。苍劲的行草，笔意酣畅，出自一个八十六岁的老人之手，那气势也是足足的，令人称奇。

李意诚，退休前是八五二农场六分场的工会干事。他在

李意诚已经是远近闻名的书法家

八五二农场是名人，书法家。向他求字的人很多，每天答对不过来，他就尽力，"能做到哪儿就做到哪儿吧"。他还教了许多学书法的学生，足有几百人，很多人都写出来了，有好多人在单位都当了领导，也有好多人离开了八五二。

"我没有什么追求了，能多活两年就行了，像我这么大岁数的，眼睛也不花，手也不抖，在咱们这里不太多。我心态挺好，不求这不求那，家人都好好的，收入上不发愁，我就满足了。"

老人说得很平和，一种随遇而安的平和。刚刚听完他的讲述，我们知道，这种平和，只是一种曾经沧海后的释然，过往的一切，仍然萦绕于心。走上书法之路，在他其实是一种无奈之举，用"失之东隅收之桑榆"比喻实在有些轻佻，借喻一下意思罢了。

李意诚的人生，在来到北大荒之前，其实就已经注定了。

李意诚是山东德州人，1951年1月入伍，家庭出身是地主，参军前当过儿童团员。以他的家庭情况，是没有资格当兵的，只因为他在土改时做了一些有益的事，被破格录取了。同年他考上了解放军的一所学院，校址在广州黄埔军校旧址。

当时正是抗美援朝战争时期，志愿军取得了第五次战役的胜利，全校要举行黑板报比赛，教员知道李意诚的字写得好，就把他调了去，正是有了这个写黑板报的任务，李意诚才得以继续留在了部队。1957年李意诚毕业了，因为条件好，被留校工作，后来分到天津医学院，也是部队的学校，可是不到三个月，医学院解散了。1958年1月，李意成听了一场报告后，明白自己不可能再留在部队了。1958年3月13日，李意诚被确定转业。

"当时王震部长有句话，离开部队的军人只有一条路，就是去北大荒。我们学院四百多个转业官兵都到北大荒来了。"

李意诚被分到八五二农场一分场，在小孤山。一分场场长是穆振江。在一分场没有多长时间，穆振江就让他到八一农大学习，但他却没有正儿八经地上课，"都是这帮忙那帮忙，三帮两帮就毕业了。本来要留校的，穆振江非要我回来，一回来就留到了现在。"

"我和老伴说，咱不是会写几个字嘛，咱们可以教孩子写字。"

李意诚收了第一个学生，从此，一发不可收，一直教到现在。

"我教孩子教的是人心，教字是一方面，做人是主要的。这三十六年来，我就是这么做的，我还要继续做下去。回过头来看，我这条路是走对了。

"没有啥后悔的。我不来别人得来呀，总得有人来呀。我不后悔这个，我赶上了，我赶上了何必后悔呀。我要是后悔了就不会有现在的身体了。过去就过去了，过去、历史，不提了，我不会和别人谈我的苦，我就谈写字、写字。"

2 王建吾：这个年代太好了，所以年纪这么大了也不想死。以前吃的苦，值得

未见到王建吾时就听说他曾经是一位诗人，这让我们对采访他抱有极大的期待。最初的北大荒可以说是文化荒原，大多数垦荒老兵文化水平不高，还有很多是目不识丁的文盲，像王建吾这样的文化人，在极端环境下的心路历程必是有着不一样的轨迹，对垦荒生涯的感受，也自然有异于他人。而我们也更想探听老人深藏在心里的故事，一个诗人在北大荒所经历的故事。

我们先后采访了两次，第一次采访感觉意犹未尽，或者是王建吾有些欲说还休的意思。第二年再次来八五二农场，我们又一次拜访了老人。

王建吾还住在二十世纪七八十年代修建的平房里，顶棚低矮，空间狭小，房间布置也简单，只是必要的生活设施和用品，一张桌子靠墙放着，充当了多种用途，自然也包括书桌。在这房间里，没看到满壁书籍。八十九岁的老人依然那么恬静、儒雅，思维很顺畅灵敏，虽经北大荒的风霜浸染，仍未洗却文化人的气质，那眉宇间仍让人感觉着深邃，那深邃中便似藏着许多的心事和经历。

这次，老人敞开了心扉，操着浓重的乡音，给我们讲述他

的经历，讲他自小生活过的那个封建意味浓重的家庭，讲他未成年时的叛逆心理，讲父亲纳妾对母亲的伤害，讲他目睹的日据时期杭州的社会动荡民不聊生，讲国民党统治时期参加反饥饿大游行，讲他读大学时对革命从懵懂好奇到自觉投身其间，甚至讲到他与一个姑娘的初恋。老人慢条斯理的讲述，仿佛徐徐打开的一本书，让我们认识并体味着另一种人生；而一个充满诗情的人在北大荒独特的心路历程，是个体的生命形态，同时也映射出一个时代的悲凉。

王建吾，浙江杭州人，1929年12月生人，1949年12月入伍，就读于军政大学浙江分校。他年轻时的理想就是当个诗人，在部队时，他的诗作就在地方报纸上发表了，这让他很有荣誉感，也深受鼓舞，并认定自己是可以在这条路上走向理想的彼岸。北大荒的荒凉、北大荒的神秘、北大荒的传说，还有北大荒即将展开的惊天地泣鬼神的垦荒壮举，都可以成为他诗歌创作的源泉和动力，并成就他诗人的梦想。

为此，他和几位志同道合、同样怀揣理想的战友一起，自愿报名来到北大荒。

那一年，他三十一岁，在华东军区海防大队，驻防在温州洞头岛。解放这个海岛时他差一点儿丢了命，打扫战场时，一个躲在洞里的国民党兵打冷枪，一枪打飞了他的帽子。王建吾命大，躲过一劫。中华人民共和国成立后，部队一直驻防在那里，编制也由师变为旅。王建吾是文化教员，参军前念过两年大学，参军后念的是浙江军政大学。文化教员的任务就是扫盲，他所在的部队前身是铁道游击队，山东籍的同志多，不识字的人多，扫盲任务挺重，学拼音，速成法，后来又有了速成小学、速成中学。

他知道北大荒荒凉，冷，零下几十度，对他这个杭州人来说，也是难得的生活体验，这对将来创作很有益处。

1958年5月，王建吾来到了北大荒，一待就是几十年，直到退休，他竟然一首诗也没写出来。

到北大荒的第一站是八五九农场。先是坐车到佳木斯，去八五九农场没有公路，那时还下雪呢，松花江冰封着，直到五月下旬开江后，才乘船到了八五九农场。下了船却没有路，只能用拖拉机拉爬犁，连人带行李拉着，到一个地势高的地方停下来。带队的说，就在这儿建点儿盖房子，然后就分头去伐木、割条子、割草、苫房子。"我记得比较清楚，当天晚上睡在帐篷里，早上起来，帐篷上面一层白的，那是五月啊，下雪了！"

环境很恶劣，荒凉的程度超乎王建吾的想象。荒原上没有什么人，只有这些复转官兵。王建吾是班长，领着农工，一边盖房子一边种地。拖拉机把荒草地翻过来，人在垄上用一个木杆一插，下颗豆，用脚一踩。很原始的耕种方式。

入冬前盖好了一批房子，也不是好房子，就是土坯房，木笼子。怎么分配呢？要开会集体讨论。那时候有个规定，分房子以机务人员优先，因为他们功劳大，用拖拉机翻地得靠他们啊。王建吾的班里有个孕妇，十二月份就要生产了，不能冻着，不然不仅大人，连孩子都难保。王建吾说，有些事不能一概而论，要考虑给她分房子，不考虑她我们良心上过不去。

那时候，生产也忙，几乎没有空闲时间。早饭在家吃，到地头等天亮，午饭在地里吃，下午太阳不落山不收工。黄昏的时候，蚊子、"小咬"多，用手一拍，手掌上黢黑，都是蚊子、"小咬"。王建吾是南方人，更不抗咬，眼皮被咬肿了，眼睛都睁不开。1958年冬天，他被派去大草甸子劳动，晚上不能回家，就住在地窨子里。地窨子没有门，也不能烧火取暖，铺上一层草，人就睡在上面，身上的热气与地上的寒气交融凝成了冰，三九天，王建吾感觉自己快要冻死了。

生活上的苦，工作上的累，王建吾没有怨言。"也怪，那时候人简单得很，单纯得很，也不迷信，埋头苦干。"

1965年王建吾所在的八五九农场八分场，因为有很多低洼地，无法耕种，被砍掉了，他被交流到八五二农场，分配到四分场八连当副连长，在生产一线工作劳动。

1978年，王建吾调到工程营学校当教师，教九年级。他已经多年不教学了，那些高中教材都没有见过，晚上备课熬到半夜十二点、凌晨一点，早上再去教课。那也是他最忙碌、最紧张的时期。

王建吾三十六岁时才结婚。在部队时曾经有过一个心仪的女朋友，是他的初中同学，比他小两岁，虽然彼此没有表白，却也是心照不宣。决定去北大荒后，他回家时想找她告别，也想明确一下俩人的关系，未曾想她出差了。他去北大荒后，两个人继续书信往来了一段时间，后来两个人的联系就断了，这段感情也就无疾而终。蹉跎之间，时光荏苒，他的生活一直没安定下来。

1966年，指导员给他介绍了一位山东支边女青年，二十五六岁，比他小十二岁，是普通农工，虽然没有文化，王建吾认可了她人好本分可靠。不久两个人就结婚了。王建吾调到学校后，她就在学校烧开水。她是典型的贤妻良母，但两个人的志趣不同，沟通起来就有些困难，彼此之间话就少，不过她在生活上对王建吾照顾有加，让王建吾感觉到家庭的温暖。遗憾的是，她走得太早，五十九岁就去世了。王建吾将她的骨灰送回自己的老家，葬进祖坟。

"我在这里碌碌无为啊，现在老态龙钟了。"

说起过去的事，王建吾很有些遗憾。他感叹自己未能实现诗人的梦想，也自认一生蹉跎没有什么建树。

其实不然。王建吾可以称为桃李满天下。以他的文化修养和知识水平，在当时来北大荒的复转官兵中应该是相当高的水准，教中学课程绰绰有余。他的许多学生都很有出息，各行各业的都有，很多人走出了北大荒，分布在全国各地直至海外。今天八五二农场的主要领导也是他的学生。

如今已经八十九岁的王建吾，来到农场整整五十九年，占他人生五分之三的时间。几十年间农场大变了样，无论是自然环境还是生活条件，都与他初到北大荒时不可同日而语。老人有三个孩子，大儿子在农场，二儿子在浙江，女儿在新疆。大儿子在农场种了二三百亩地。"当时来的时候，万万没想到会变成这样，发展真快，这个年代太好了，所以年纪这么大了也不想死。以前吃的苦，值得。"问到他来北大荒后不后悔，他坚定地说不后悔。"这是偶然性和必然性的关系。逆境不一定是坏事，环境优越也不一定是好事。至少长寿和健康就是我最大的成功。"

1998年,王建吾回杭州探亲时得知了初恋女友的消息。女友也是历经生活坎坷,老伴也已过世。王建吾并没有去见她,他说相见不如怀念。后来两人通过电话建立了联系,偶尔打个电话聊聊天,对彼此也是一种精神慰藉。女友将自己写的回忆录寄给了他,上面简单记载了她的生活经历,还附有各个时期的照片,却只字没有提到他。他说,也曾经动过写回忆录的念头,可惜没有时间了。

也就是从这一年起,王建吾又开始写诗了。他说灵感来了就写写,练练笔,不外传。

我们想看看他写的诗,老人很痛快地拿了出来。诗写在一个简朴的笔记本上,字体清峻漂亮,看字迹就知老人文化修养不凡。选其中两首诗,很能表达老人一生的情怀,摘录如下——

转业北大荒

水乡男儿北国地,
才卸戎装又戍边。
亘古荒原沉睡醒,
千年老林晨鸡鸣。
矢志边陲建家业,
峥嵘岁月创业难。
几番风云假乱真,
痴情战士白发生。

有感命笔

（一）

毕生戎马重戍边，

战地黄花分外艳，

壮志未酬身将老，

热血一腔犹未空。

（二）

难得战士春蚕情，

屯垦戍边四时春，

伏枥老骥蹄不奋，

留取清白写余生。

第六章 归去与来兮

新时代吟唱的英雄挽歌

采访札记：

在垦荒者中有一句流行语：献了青春献终身，献了终身献子孙。

这在当年，无疑是豪言壮语。

六十多年后，这不再是豪言壮语，而是垦荒者们用一生践行的承诺。

采访时，很多人都说到，这是王震提出的口号。提出这个口号时的王震是铁道兵司令员，后来他又多次提过这句话，那时他已经是国家农垦部部长了。王震说话有分量，有号召力，有权威，也有命令的意思。挥手之间，铁道兵部队的七个师以及"十万官兵"挺进北大荒，完成了一场举世瞩目的壮举，创造了一个时代的传奇，也注定了，无论是提出口号的王震，还是成千上万的普通垦荒者，他们将用一生，甚至子孙后代的命运，来诠释这一句带有牺牲意义的名言。

今天的垦荒老兵们还心心念念着王震，他们称他为"老王"，很亲切，宛若老朋友。其实他们绝大多数人在当年只是普通一兵，能接触或见到王震的人极少，最多是在人群中远远地看上他一眼，但他们口中的王震就是北大荒人，与他们站在同一片黑土地上，与他们一样有着北大荒情结。的确，王震作为国家级别的领导人，一生中先后十九次亲临北大荒——亲自点燃了烧荒的火种；坐上第一辆拖拉机，指挥开出了八五二农场垦荒的第一犁；教战士们如何翻地播种；与开荒的拖拉机手坐在地头歇气聊天；从全国各地调来支边女青年解决光棍汉们的婚姻难题⋯⋯不仅如此，他还把自己的亲妹妹王招庆一家从湖南老家安排到八五二农场做普通工作，一干就是十六年，一个外甥女病亡后永

王震将军塑像

远留在了北大荒；最后，贵为国家副主席，百年之后，他也将三分之二的骨灰葬在了北大荒，那里，现在被命名为将军岭。

与将军共眠于北大荒的，还有黄振荣。只是黄振荣走得早了些，走得突然了些。

其实，从黄振荣的儿子黄黎先生的回忆文章中，我们可知，来到北大荒之后的黄振荣不是没有机会离开，"中央军委三次电报通知爸爸回京报到，另有任用。王震知道后，1962年专程来到八五二农场。在农场职工俱乐部大会主席台上，侧脸对爸爸说：你黄振荣想走，走不了，北大荒需要你，你死也要死在八五二，埋在南横林子。我死后，也不埋在北京，埋在八五二和八五四将军岭下的松树林中，也不要人悼念我们……"（黄黎：《在王震伯伯忌日里的怀念》）

王震留住了黄振荣，北大荒留住了黄振荣。

据黄黎在文章中记载，"截止到1968年止，八五二农场面积扩大到74.5万多亩，大牲畜3166头，猪15690头，拖拉机298台，康拜因235台，各种农机具2000台。年总收入由1956年3.7万元，提高到1968年3206万元，1968年，全场盈利50.3万元。"（黄黎：《完北青松——记老红军黄振荣》）

这是黄振荣带着他的垦荒战友们创下的基业。如果假以时日，相信他会有更大的作为，他胸中一定为北大荒勾画好了未来蓝图，但是，这一切都在瞬间停滞。

面对历史，我们常常无话可说。

一甲子的时间，沧海桑田，风云际会，时代变了，社会变了，人也变了，改变最彻底的，无疑是北大荒。

曾经尽可能地找寻北大荒旧有的痕迹，只为了更清晰地还原老兵们当年的生存状态，但这却很难了，时光流逝，世事变迁，毕竟这里已经是另一番天地。打听到四合屯好像还有"拉合辫"的房子，这是个朝鲜族聚居的村落，当年就已经聚落成屯，虽不属于农场的范围，老兵们在奔往各个开荒点的途中，或有在此暂住之所，可以让我们实实在在地有个直观印象，我们便驱车前往。但呈现在眼前的村屯，都是新建的房子，铁皮瓦，白瓷砖墙，塑钢的窗子，防盗的铁门，屋顶还架着卫星接收天线——典型的新农村模样。我们绕着不大的村子走了一圈，在村子的后面找到一处废弃的房舍，在这随时都可能倒伏的墙体上，发现了"草编的墙"。这墙却只有一面，模棱两可地印证了什么是"拉合辫"，除此，却再也无法告诉我们太多的东西。

北大荒是彻底改变了。对于后来者而言，如果没有当事人、没有当事人的讲述，再丰富的想象，其实都是空洞的，毫无生气。

但是，总觉得那一批垦荒老兵没变，除了岁月催人老去，他们似乎仍然是一群坚强的垦荒者，在历史的回望中坚守着，在现实的浮躁中坚持着。这一群经历过时代苦难的人物，已经锻造出强健的筋骨，还有坚强的心理耐力。

其实，这终究还是一群历史人物，也可以说是一群时代人物。在这些垦荒老兵的身上，镌刻着深深的政治印痕。他们的语风，他们的表述用语，他们的思维习惯，包括他们的心理状态，都自然而然地显现出这一特色。在他们，这是一种自然流露，是融入骨血里的涵养。就如同他们的朴实、忠厚、善良、勤劳,仿佛天生的秉性,不随江山更改。他们会说:"我这一辈是遭了很多罪,我是党救出来的,上了好地方了。我跟孩子说,你们要好好珍惜,你们要好好爱这个地方,我们打个好基础了,不要让别人给抢走了、骗走了。"(顾隆开)他们会说:"毛主席把我们送到北大荒来,让我们开发建设北大荒,我们就要听毛主席的话,听党的话。我是党员,我到今年已经入党五十二年了。"(贺友)他们还会说:"我们的青春都献给北大荒了,大半辈子都献给八五二了。老一辈不怕流血牺牲,为我们穷人打下江山,我们就应该报答党的恩情。"(侯建民)"我很小就当兵了,家里也很穷,没有共产党就没有我们个人。和我一起来的,很多都不在了,他们没有看到通过我们的努力奋斗,北大荒建设得这么好,生活过得这么富裕,没有党就没有我们的今天,就没有我个人。"(赵定祥)

这些话是一群八九十岁的老人发自肺腑的心声,是他们穷极一生感悟出的道理,不必用觉悟或者境界来框定他们的人生智慧,这是真真切切的个人生命体验。

一群已经进入生命倒计时的老人的生命体验,或许是最后的声音,但不是绝响。

第一节 逝者与生者

采访札记:

现实与历史之间,是一个漫长的过程,走过来,当年的垦荒者们都老了，但他们很是欣慰，在有生之年，他们为之奋斗的目标实现了，他们曾经憧憬的愿景已变成最基本的生活条件。"楼上楼下电灯电话"，不再是虚幻的梦；当年渴望的拖拉机收割机在田野奔驰的场景随处可见，他们很知足，为自己曾经的付出和牺牲而自豪。

他们真的很容易满足。其实他们许多人还住在二十世纪六七十年代建成的砖瓦结构的平房里，空间狭窄墙体斑驳陈设杂乱简陋；他们的退休金虽然不高，但能按月足额领取；自己什么都不用干，吃喝玩乐，看病住院还有医保；儿孙们住进了楼房，没有公职和退休金的儿女及未成年的孙辈还都有一份口粮田，想种就种，不想种就包出去。黄开元的家里种了一百六十多亩地。他说，"我当兵的时候政府给家里三亩地，我都没看到什么样。"我们开玩笑地说，您现在是大地主了。老人笑得很开心，说从来没有想过自己家里还能种上这么多的地。

老兵们没有更多的奢望，他们也不跟其他地方的人比较，更多的时候，他们与过去的艰苦生活比较，与那些在战场上牺牲的战友比较，与已经离世的垦荒战友比较。

　　仵英：我们在兰州后勤学校的三十多个同学，有一半去了朝鲜，没有回来几个。后来留在东北十五个，到农场来了五个。想想去朝鲜没回来的同学，我们却平安回来了，我已经八十七了，够幸福的了，还有什么可后悔的呢。

李进晓：我没有死，享福了。我的战友都不在了。在朝鲜，毛岸英还到我们连队去过，还有杨连弟，也牺牲了，都是有名的人物，就是我的命大没有死在朝鲜，哈哈哈哈。那淮海战役纪念章的铜片片都生锈了，都没有用了，中华人民共和国成立的奖章我也有，都不知道弄哪儿去了。唉，老了！

国保华：我们一起来六分场的不到三百人。在建场五十周年的时候，在六分场集中了一次，还有四五十人，现在还有多少人呢？我们在总场的人统计了一下，还有十个人左右，十年时间基本都死了。这些人在部队很劳累，尤其是铁道兵，铁道兵要出大力。我们经常在广场这里坐着，四五个人在一起扯扯，经常想想谁、谁、谁，今年死两个，明年死两个，都岁数大了，都死光了。看我吧，还是比较年轻的呢，我今年八十四岁。

徐洪志：我们一起来的战友有一百多，还剩两个。前一段有一个，是我们原来的教员，死了。去年看到他，还说挺好。现在就剩我们俩了。我和老白，白中原，我们关系挺好的（就在这次采访不久，白中原也去世了）。我都活了这么大岁数，死就死吧，都够本了，比起我牺牲的战友，和我一起来的战友，我够本了，我很知足。

张成礼：现在的日子一天比一天好，达到小康水平了。我们老同志在一起聊天的时候也说，过去的就不要想了，忘记它算了。咱们有吃有喝的，想吃啥买点啥，这么大岁数还能活几天啊，年轻的时候东跑西颠，现在跑不动了，享享晚年呗。

高启彬：想想过去，再看看现在，咱还是享福的。又不干活，吃得好穿得好，国家按月给工资，没有工资的国家还给你几十亩地，你说上哪找这样的社会去？我现在很满足，战争时没打死，活到现在就是胜利。

很多人都说北大荒养人，土好水好人长寿。长寿的垦荒老兵们享受到了他们为之奋斗牺牲创造的美好生活。他们庆幸，庆幸自己命好，庆幸自己长寿，甚至认为自己啥也不干还能领着退休金、生病住院还享受公费是偏得，他们从来没有计算过曾经的付出与现在的所得是否成正比；他们怀着一颗感恩的心，总以为今天的所得，是组织赐予的，是党给的，他们恐怕从来没有思考过，正是他们的付出和牺牲，创造了共和国的基业，创造了北大荒的奇迹，也创造了今天中国的繁荣。

他们只是以常人的心态，享受着自己的晚年生活，不愁吃穿，不愁儿女，做着自己喜欢做的事——

彭荣刚退休后也闲不住，看基建队的道儿不好，坑坑洼洼的，就义务修路。挑砖头挑石头垫，把排水沟也挖通了；两边公路的草好几年没人侍弄了，他把草都割了，还栽上花。他每天早上干两个小时晚上干两个小时，天天干。直到去年，他已经九十岁了，实在干不动了，这才停。"有人问我公家给你钱吗？我说给我钱我还不干呢,我是义务劳动,我愿意干。一人修路千人走嘛。"

他们是一群小人物,生活在底层的小人物,但仍然有着一种社会责任——

黎志汉是从七分场中学校长的岗位上退休的。退休后他主要做了两件事,一是旅游,国内走了三十四个省市,国外除了南美洲、南极洲、北冰洋,也都走得差不多了,还写了一本游记《远游何处不销魂》。第二件事就是关心下一代。或许与他当过老师有关,有经验,也有这个爱好。分场还安排他当了"关工委"副主任。这就是一种责任了,不管他旅游玩到哪儿去,学校放假的时候,就是他上班时间。他组织学生听报告、搞活动。为纪念抗日战争胜利七十周年,他定下的主题是爱国主义教育,自费带孩子们去虎头要塞参观,去甲午海战等地接受教育;2016年他定下的教育主题是"创新",他认为中国共产党就是在不断创新中发展起来的。黎志汉的工作受到总场和管局的支持,还被评为优秀五老、优秀关怀青少年标兵。"这是对我

八十五岁的黎志汉

的鼓励和鞭策，我觉得自己做得很不够。"

第二节 退休和离休

采访札记：

国人皆知，退休还是离休，工资待遇、医疗待遇等明显不同，差距很大。国家政策规定，以1949年10月1日为界，之前参加革命工作的干部，视为离休，之后参加革命工作的干部，就是退休。日期精确到一天，"九月三十日"和"十月一日"成为硬性的线，不可逾制。

但是，有些垦荒老兵的履历表上，在"何时参加革命工作（何时入伍）"这一栏里的时间并不准确，尤其填写"一九四九年十月一日"的最可商榷。

在采访中，我们会问到什么时间入伍，好几位老兵都提出档案的记载不准确。当年很多人、主要是解放战争末期参军的，当兵后并没有马上填写新兵登记表，记上名发一身军装一杆枪就入列了；有的是打了几场仗后部队休整时重新登记；有的是工作调动岗位变动再次登记。那么这次登记时就有了说道，许多人不识字，都是由别人代笔填写，尤其让连队文书代笔的多。文书脑子活，图省事，入伍时间差不多在一个时间段的一律填写个"一九四九年十月一日"，一来他好写当事人好记，二来这个日期有纪念意义，"建国日"啊，当兵打仗不就是为了建立新中国吗？还有的老兵，看别人都填写了这个日子，也就照猫画虎地填上了。

但是、但是，当年参军或者参加革命工作的时候，谁会想着工作后的级别退休后的待遇呢？尤其战乱时代参加革命队伍，那是提着脑袋生死由命的选择，谁又想着几十年后会以一个年份一个日期计算贡献呢？

王益堂的入伍时间就是这么填写上去的，"一九四九年十月一日"，还是他自己写的。"我当时才十六岁，那时候的十六岁懂个屁呀，就填个十月一吧，十月一的日子好记，有纪念意义，就这么记下来了，从1949年一直记到现在。"

1993年王益堂退休了。办理退休手续时，他拿出自己的兵役证，上面填写的是"1949年9月"。但组织上说，他所有的档案里，各种表格上填写的都是"十月一号"，以此为准。最多也就是通过组织向原部队发个调查涵，可都过去这么多年了，谁能说清楚这个事？"我再想想，也不想找了，那时候我身体不太好，我高血压好多年了，心脏病也好多年了，图个平安无事，我就不想找了。虽然中华人民共和国成立前的待遇高点，找来找去的，我这个人个性，容易上火，怕找不回来再把命搭上，我就不找了。"

前些年王益堂的退休工资还是二千三百多元，前年涨了七百多块钱，去年又涨了七百五十块钱，现在他的退休工资四千多块钱。"我高兴得不得了，后来我一问，问到一个老朋友，他说老伙计啊，你这是低调，不是给你涨工资，看你的工资太低了，你都相当于中华人民共和国成立前的老干部了，都是中级职称，人家拿三千多将近四千，你才拿二千三，所以才给你低调。"

王益堂很是感激，说："前几天我还和老伴儿说呢，我说共产党好，要是过去谁管你呀，农场对我特别负责任。"

老兵们没有什么奢望。

有些事是可以找补回来的，有些事只能自我调解心态，但有些又不是补偿或者心态调整的事。

是什么呢？

第三节 漂泊和归宿

采访札记：

不能回避的是，当年来到北大荒的很多复员军人，绝大部分出身农村，家境都很贫困，复员回村，等于回归原点，重新做回农民。这对于已经走出贫困偏僻封闭的乡村，经历过战场的生死，看到了外面的世界，并已然撞到了改变命运的机会、迈进新生活门坎的他们来说，是不情愿接受的，因而选择来到北大荒，也是一种必然和理智。这里虽然荒凉，虽然艰苦，但相比较老家农村，仍然有着相对的优越，有着可期待的前景；何况还是随着部队，还有组织依靠战友帮衬，总好过回到乡下过小家小户的穷困日子。几十年过去了，今天的生活情景，印证了当年决定的正确。因而，他们不再纠结，面对往事，超然、释然。

马永怀：当年在老家也是种地的，种别人的地。没想到现在我们家里每人会有四五十亩地。我来开了很多地，像6号、7号、8号都是我们开的，三分场都是我们开的。刚来的时候是很苦，我想过将来会好的，但好到什么程度想不出来。我和我老伴儿都很满意现在的生活，来这是来对了。

顾隆开：习惯这个地方、喜欢这个地方了，这辈子就留在这个地方了。我这一步棋走好了，我和我老家情况比，算是上天堂了。我觉得来北大荒是上天堂了，我来得值，所以我不后悔。

唐德祥：我现在已经不适应上海的生活了，再说我的子女都在这里，我们的工资在这里花不了，到上海就不行了。我两个弟弟和两个妹妹还在上海，我们时常联系。

冯绍昌：我对这一辈子满意，挺好，我觉得这是天堂，什么都不缺。我的家乡没有这里好，也不想家。这里人心也好。

孙锦章：一说到这呀，我就想到我没有当兵的时候，谁管我呀？没有人管我，一天到晚的，看见别人有吃的，就跟着人家屁股后面要，那肚子饿的，难受啊，没有东西吃啊！哪像现在啊，现在是太幸福了。

到这来，一开始是艰苦点，但比起过去，真算不了什么，我是一点都不后悔。就是苦我也愿意来。

龙汉斌：我经常和我的战友讲，我们就是山沟里的农民，现在的生活都这么好，按月发给我们工资，想要什么有什么，我很知足的。到北大荒来这步棋我没有走错，若有下辈子，我还来北大荒。

吴明玉：我是不想回老家的。我对我的孩子讲：我当兵在八五〇二，我转业在八五二，工作在八五二，退休在八五二，我死了以后把我埋在北横林子，面朝八五二。

当年的垦荒者们与北大荒已经融为一体，他们自称是北大荒人。北大荒的风霜雪雨和黑土地的浑厚深沉，锻造了他们的粗犷和坚强，但是，乡愁仍然是心中最软的那一块，乡土的味道，仍然是魂牵梦绕的诱惑。每每梦回，不由自主地还有一种漂泊感，老之将至，叶落归根的念头便时时地萦绕心间。于是，有条件的，有的就回了家乡，老眭的父亲眭振华就是这样回到了江苏丹阳，由公家出钱在老家购置住房。因为他是离休，有条件这样选择。还有的，跟随走出北大荒的子女，也离开了北大荒，住进城市。

但是，人离开了北大荒，却仍然心心念念着北大荒，难以释怀。对于这些老兵来说，大半生也是最好的时光，都奉献在了北大荒，垦荒生涯是他们刻骨铭心的记忆，更是他们生命的价值所在。侯建民说，"想，很想，时常能梦到北大荒。我们去的时候都很年轻，我们的青春都献给北大荒了，大半辈子都献给八五二了。听说现在的八五二就像个小城市，听说医院的规模也挺大的。"

江苏人朱宇同七十岁的时候办了异地安置居住，迁到吉林市,和孩子们在一起生活。"北大荒的经历,深深地印入我的脑海中,永远不会抹灭的。2016年,我回了趟八五二农场,看见八五二农场有很大的变化,通高速了,建楼房了,各方面的条件都得到了很大的改善,很是欣慰。现在虽然不在八五二,但我时刻想念一同工作、生活、学习的战友和同志。他们有的已经不在了,他们的孩子们,也就是我的学生,有的已经当上爷爷、奶奶、姥姥、姥爷了,都生活得很好,我非常高兴。最近通过孩子们的微信传来很多信息,发现八五二建设得更加美好了,有些景致根本无法想象,以为是在江南呢。"

但是,漂泊,仍然是老兵们心底挥之不去的梦魇。

留在北大荒的,是无法消除的乡愁——对故乡的怀想,未尽孝道的愧悔,还有未能为家族尽责的内疚。顾隆开说:"母亲来了一年,不习惯就回去了,回去六年母亲去世了。我很惭愧,没有很好伺候母亲,挺愧疚的。"

"我到北大荒后是想接我妈妈来的,可是舅舅们说我妈妈身体不好,不应该离开故土。我车票都买好了,没有来成。我妈妈六一年就去世了,才四十九岁。"王益堂说这话时,哭了,哭得很是伤心。当年那种有家不能回、有家难回的痛楚,仍然噬咬着晚年的他们。而老来无法叶落归根,也是他们心底的一份遗憾。山东胶县人车长清说:"现在想叶落归根也回不去了,孩子都在这了,最后的骨灰就留在南山了,呵呵。"

纪玉升退休时是六分场一队机务队副队长,他入伍是在1951年,所以是退休,没有异地安置的待遇。"前年我回老家,到村里问一问，等我死后能不能给个地方放骨灰。结果村里人说，我不是村里人，户口不在那儿，凭关系还得交五千元钱。当兵时敲锣打鼓送走的，现在我死了连骨灰都不让我放了？死了还不让我回来？真是灰心。后来我就跟我姑娘说，我死了后，把我的骨灰撒十二连一部分，撒一队一部分，我在这两个单位待过。我也不想回去了，就想死在北大荒，生是北大荒的人死是北大荒的鬼。"

纪玉升是带着情绪说这番话的。当年报名参军时，他是瞒着父母的；因为年龄小，部队几次要退回他，他哭着闹着留下来了。参军，那是何等光荣之事，"抗美援朝，保家卫国""一人参军，全家光荣"，戴上大红花、骑上高头大马，被村民们敲锣打鼓地送出村口，回望村头那棵老槐树，望着久立村头不肯离去的父母亲，此一去，他是要过江、奔赴抗美援朝战场的，他真的不知道自己是否还能回来。过江后他在步兵一〇一师，在医院当看护员。记得有一次转运伤员，走到界川，敌人的飞机来了，大家急忙分散隐蔽起来，他拖着一个受伤的铁路职工，"我趴在他身上，我说放心，只要我在，不会让你受伤的。我不是怎么伟大，我也没有什么觉悟，我是真心，送他们是我的责任。我就用大衣包着他的头，怕炸弹皮崩到他的头。"

还好，他命大，战火纷飞的战场上他拣回一条命，北大荒的苦寒也没有损了他的寿数。"现在都住楼房了，有暖气，有自来水，有液化气。我们一块来的，一起吃饭还能够两桌。"他真的没有什么不满足的，唯有一个心结，叶落归根。

就是这一份乡愁，竟也无法了却了。

尾 声
这里，曾经有一座大礼堂

采访札记：

2016年4月，我们第一次以采访的名义来到八五二农场，第二天，就见到了时任农场党委副书记赵德清。赵书记四十多岁，正年富力强，中等适称的身材，语速不疾不缓，一副文质彬彬的模样。按他的年龄推断，应该是新生代的北大荒人。他不是八五二农场土生土长的，但对垦荒历史却如数家珍，对军垦文化也非常热衷，因而，对于我们的采访，给予了极大的支持。赵书记还亲自领着我们去参观建于蛤蟆通水库旁边的八五二农场自己筹建的垦荒博物馆，欣赏建于山崖前反映军垦历史的大型壁雕作品，游览一片茂密的白桦林——将军林，瞻仰建于高岗之上的王震塑像；还参观了八五二农业机械化管理中心，那一辆辆国际上最先进的大机械着实令人兴奋惊诧。走到每一处，他都用掩饰不住的兴致，介绍、畅谈。作为分管农场宣传文化工作的领导，赵德清

八五二农场现代农机装备指挥中心

显然对八五二农场垦荒历史有着自己的观点，并矢志打造这块军垦文化的名片。

这一代管理者的意志，与我们的设想不谋而合，这让我们很兴奋，也对未来农场军垦文化的挖掘和弘扬抱有极大的信心和期待。几年下来，我们多次来到北大荒，寻找当年的垦荒老兵。短短三年间，采访过的老兵又走了二十多位，我们都能感觉到历史消逝的急促声响，每一次采访，都心知肚明，这是对老兵们的最后采访。这批老兵会在很短的时间里全部告别人世，我们知道，随着他们的逝去，后世的人再谈起北大荒，再谈起这批垦荒老兵，会有旁观者的冷静、后来人的疑惑和历史学家的客观，因而，我们总想尽力抓住历史的尾巴，感知这一段历史的温度和热度。

今天的北大仓与历史上的北大荒是站在时代的两个节点。站

尾 声 这里，曾经有一座大礼堂

在今天的高度，反观历史，我们会讨论当年对北大荒的开发，是否"过度"，以致造成局部地区的生态失衡。现实是，从保护生态平衡的宏观视角出发，不会再有当年"十万官兵开发北大荒"那种超大规模的向地球宣战，也再不会有三个整编师的老铁道兵、十万复转官兵挺进荒原、战天斗地的壮举。从这个意义上来说，这一场前无古人后无来者的垦荒，将是人类历史上一场千古绝唱，而老兵们就是最后的垦荒者。

历史需要记住这一批老兵，还有他们的忠诚、奉献、牺牲。

2018年7月，我们又一次驱车来到北大荒，来到八五二农场。

这个季节，这个偏远之地竟然异常热闹，宾馆爆满，饭店要提前预约，走在场部的大街小巷，随处可见操着南腔北调口音的外地人，大都是五六十岁的年纪，细问之下得知，他们都有一个共同的身份：知识青年。他们来自北京、天津、上海、杭州、哈尔滨等地，曾经"上山下乡"的经历，让他们与北大荒、与八五二农场有了不解之缘。他们是在"垦荒官兵"和"支边青年"之后，国家又一次成规模分批次运到北大荒的特殊群体。只不过，他们以"知识青年"的身份来到北大荒时，已是1968年之后，大规模的垦荒基本结束；那时候的八五二农场，是半军事化的建制，称为沈阳军区黑龙江生产建设兵团3师20团，他们一边参加日常的农田劳作，同时还肩负着军人的使命；他们来到北大荒只是时代错位造成的暂时现象，因而当国家有政策个人有机会的时候，便纷纷选择离开。不可否认，这种离去，有着急不可耐，有着慌不择路，也有着怅然若失和茫然无措。"北大荒的日子"

虽然短暂，却在他们的生命中，刻下了无法磨灭的印痕；北大荒的生活很苦，却有着无法言说的诱惑；北大荒的日子很窘，却也有外人无法理解的魅力。今天，当他们以聚会的名义，重新踏上这片土地时，已是老之将至。怀旧，是此行的主题；寻找，只是一种意愿和姿态。

今年来北大荒怀旧的，还有另外一批人。从江苏丹阳来的老眭的弟弟眭爱平，从陕西西安来的宋玮，从河北沧州来的桑子军，从北京来的薄伟，从大连来的刘树伦……他们有着共同的出身，军人，此次赶在八一建军节前回来，参加战友聚会。这一聚，竟然聚了三十三名，都是1978年从八五二农场走出去的兵，是发小，是老乡，还是战友。当兵，是他们不二的人生志向，军垦的生活氛围，父辈的从军生涯，无疑在潜移默化中影响着他们的人生选择。参军，改变了他们的人生轨迹，也重铸了生活的模式。他们有的晋升为部队大校，有的是国家公务员，有的成为企业家，林林总总的身份，让他们在北大荒之外找到了自己的位置，但黑土地烙在身上的刻痕无法磨灭，父辈的垦荒经历化作一种基因融入了血脉，兜兜转转地，他们还是想出各种理由回来，注定了，北大荒是他们魂牵梦萦的地方。

这里，曾经有他们前后院住过的草房子，有他们成帮结伙穿越的大草甸，有父辈们早出晚归劳碌的身影，有早恋的懵懂和初恋的尴尬，有成为拖拉机手的渴望驾驭收割机的憧憬……往事并不如烟。当他们的年龄已经超过父辈初到北大荒的年龄时，当他们历经岁月风尘时代洗礼已然成为尊者长者时，对父辈一生

尾 声 这里，曾经有一座大礼堂

的选择和坚守——无论主动还是被动——便有了客观的评判。因而，再次站在父辈开垦的北大荒的土地上，年过六旬、白发丛生的他们穿上军绿色T恤，举着军旗，列队走在场部大街上时，那一种自信和从容，其实是带有张扬和炫耀的意思，这是父辈开垦的土地，这里，有他们的根。而一个不可否认的现实是，也只有他们，还能清楚地记得并讲述父辈们在这块土地上度过的峥嵘岁月。

父辈的人生经历和生命体验，无疑构成了第二代的生活境遇，他们是父辈生命的延续和生命价值的承载，也是父辈喜怒哀乐的风向标和生活幸福指数的参照。可以说，他们见证也参与了父辈们的拓荒之举。难怪，老眭和他那些北大荒的发小们，常常会争论他们到底是属于北大荒的第一代还是第二代，这种争论虽然有与父辈争功之嫌，也有着掩饰不住的自豪感，毕竟，他们的成长是与父辈的拓荒之路相伴相随的，他们能清楚地指出哪一片土地原来是沼泽，哪一处林子当年的规模，老场部是在哪个位置；他们住过马架子和四面透风的草房子，知道"拉合辫"是怎么回事；他们跟着父母吃过集体大食堂，有过食不果腹衣不蔽体的体验；他们用最原始的工具在房前屋后扣过鸟儿套过野鸡，在路边的水沟里面摸鱼，看见过打猎队收获的一垛一垛的狍子野兔，雪夜里竖着耳朵倾听着院子外面野狼的哭嚎……

老眭和他的发小们，能如数家珍般地讲述着关于北大荒的故事，那是自己的故事，其实也是父辈们的故事。那讲述的语气，一声感慨一声唱叹，传达出的都是一种情结，北大荒情结。

而这种情结，对于那些垦荒者们来说，则是一辈子的心结，紧紧缠绕着，解不开剪不断，成为一代人的宿命，焉知，这不是一个时代的宿命？

八五二农场曾经有一座俱乐部，人们习惯称其为大礼堂，外观酷似北京人民大会堂。事实上，这座大礼堂的建筑用木材，还真是当年建北京人民大会堂时剩余的材料，因为当初的北京十大建筑包括人民大会堂所用的木料，都是从这里砍伐并运往北京的。赵希太和王言贵当时被派去东方红林场，到炮手营伐木，开拖拉机运输。赵希太记得，"松树好粗好粗的，爬犁是三角爬犁，一个爬犁装两根木头，拖拉机从山上拉下来，离火车站好远，好几百里地，在路上挖沟，再浇上水，冻上冰。一个爬犁上两个人，爬犁好长一串，像火车一样往车站拉。"王言贵讲起当年的经历，宛如再临其境，"我的车是从美国进来一个D7拖

曾经的大礼堂

尾 声 这里，曾经有一座大礼堂

拉机，没有棚子，要棚子比车还贵。外面零下四十度，一出去眼睛往一块粘。脚上穿着毡靴子，靴子里面穿着毡袜子，就这样还冻得受不了。我那个车分到指挥部，从迎春到炮手营，又从炮手营到迎春，就在这个路上跑。在路两边刨个沟，沟里浇水冻冰，车拉着爬犁在这个沟走，多得从迎春一直排到炮手营，一个车拉十个爬犁，一个爬犁能拉几十立方米木头。谁的爬犁坏了，把它推到一边去，不能挡别的爬犁的道。爬犁重，起步的时候前边有车拉，后面有车推。没有房子休息，在路上连口水都不得喝，走哪儿吃哪儿，就是高粱米。冻得手脚都不好用，我现在手也不好用腿也不好用，就是那时候冻的。几十公里，来回跑啊。王震来了，在指挥部骂，说你们不能用个大喇叭广播广播，表扬表扬好人好事嘛？"

迎春车站货场上的红松堆积如山。在完成了北京十大建筑用木材的砍伐运输任务后，八五二人用剩余的木料，为自己建了一座俱乐部。在这里放电影，开表彰大会，举办舞会，还搞过各种各样的文化活动。这是他们对自己的犒劳，更是一种荣誉。这座大礼堂成为八五二农场的一个标志，也是八五二人心中的一座纪念碑。

然而，这座"纪念碑"在几十年之后被拆掉了，拆除的决策遭到垦荒老兵们的抵制。时任农场主要领导不是八五二人，更没有参与过垦荒，他不知道或者无视北大荒的历史，也不认为一个老旧建筑有什么价值，更无法理解垦荒老兵们对这个俱乐部的感情。他要搞房地产要搞活经济，他只觉得这些"老家伙"很麻烦，于是想了个办法，让有关部门组织老干部出门旅游。许多在礼堂里办公的职工都是临时接到的拆迁通知，匆匆忙忙地把办公用品搬了出来，然后，怅然地站在外面，看着那座别有意味的礼堂一点点地被推倒；而等老干部们高高兴兴地出去游玩了一趟，回来的时候，俱乐部已经变成了一堆废墟。

如今，在大礼堂原址的位置上，建起了一栋栋商品楼，与任何地方的商品楼一样。

大礼堂留在了老一辈人的记忆中。与垦荒岁月一样，铭记于心，与他们所经历的拓荒故事一道，时时地闪现在脑海中，成为精神的慰藉。

幸好，还有像赵德清这样的新生代的北大荒人，他们懂得尊重历史，更知道历史对于现实的珍贵。他们走在老兵们开垦的土地上，他们作为这一片土地的管理者，承继的、肩负的是一种历史的责任。

幸好，还有像老眭他们这样的垦荒老兵的后代，那种流淌在血液里的集体记忆，仍然是他们强大的生命动力。

写到此，忽然又想起郭小川的那首诗，那首《刻在北大荒的土地上》。诗写于那个特殊的时代，写在垦荒者们意志风发、激情澎湃的年代，但是，诗人的心胸和远见，足可以穿透时光，面对今天的人们——

> 是的，一切有出息的后代，历史珍视革命先辈的遗训，
> 而不是虚设他们的灵牌——用三炷高香侍奉晨昏；

是的，一切有出息的后代，历来尊重开拓者的苦心，
而不是只从他们的身上——挑剔微不足道的灰尘。
……继承下去吧，我们后代的子孙！
这是一笔永恒的财产——千秋万古长新；
……耕耘下去吧，未来世界的主人！
这是一片神奇的土地——人间天上难寻。

无论历史怎样定位诗人的文化价值，无论当代人怎样评价垦荒者们的功与过、得与失，曾经的一群命运多舛的军人，曾经的一场惊天动地的壮举，曾经昭示的一种无与伦比的精神，曾经创造的举世瞩目的奇迹，都是无法更改的事实，后人的评说，都只是评说。

北大荒，真的不再只是一个地理概念。

谁有资格为它在历史的行程中界定一个坐标？

后　记

　　修改完报告文学《拓荒，拓荒！——百名老兵讲述的北大荒往事》的第四稿，竟然没有一丝的轻松，总觉得还有什么事没做完，枯坐良久，心又飞了起来，飞向了距家八百公里之外的北大荒，就想，等这部书出来的时候，我们要带着书再去北大荒，去看看那些垦荒老兵。

　　我们知道，这部书写得太慢了。而对于有些老兵来说，已经晚了，他们有的已等不及这部书的面世，等不及看我们在书中怎样描述他们所经历的北大荒岁月，便匆匆走了。那位为了接受采访、躺在病床上也要换上崭新军礼服的孙香，那位年轻时就多才多艺、老来仍然乐观健谈的张深远，那位一直以借调的身份留在北大荒、连复员费都没有领到的吕长庆，那位妻子眼看着临盆、他却让等他下基层回来再去医院的赵景财，还有……三年，仅仅三年的时间，曾经采访过的一百多位老兵，竟然已经走了二十

后 记

多人。

我们知道这些老兵都已是耄耋之年，风烛残年的生命随时都有可能逝去，必须有抢救式的采访速度、冲锋式的写作姿态，才能不负他们那满怀期待的目光和嘱托，但是，我们实在是不敢轻易下笔。我们偏得了一份宝贵的财富，一笔不可多得也无法再生的素材，我们想用最饱满的激情、最恰当的表现方式，让这部作品能承载起这样一份厚重的题材，我们怕慢待或者浪费了，那将会是我们终生的遗憾。所以，我们总是贪婪地想要挖掘到更多的素材，总是不知满足地要得到第一手的资料和故事，我们一边写作一边深入八五二农场，多次往返于吉林和北大荒之间。在与老兵们的接触中，目睹了他们一年比一年更老；在一遍又一遍的倾听中，体验着垦荒者们经历的艰苦生活；在一次又一次的实地踏查和寻觅中，探寻着北大荒的开拓者们走过的峥嵘岁月。

第一次去有北大荒之称的八五二农场，是2016年。这个题材纠缠了我们差不多二十年，因为眭建平是一位垦荒老兵的后代，他总是想写一写他从小生活过的北大荒，还有那些老兵。那里面有历史有内涵有故事，但因为种种原因一直未能实现。眭建平说再不去就晚了，老兵们都走了，就没有人能说得清那段历史了。以往见诸各种媒体的新闻报道或者相关文章都只聚焦了那些榜样人物，却很少有人注意千千万万的普通复转官兵，他们才是开发北大荒的真正功臣。于是，我们买了录音摄影录像设备，我们要抢时间为老兵们做最后的记录，用镜头视频和声音为那段历史存证。当我们见到那些老兵，听着他们操着南腔北调讲述曾经的过往，淡定从容地回忆枪林弹雨下的生死经历，乐观或者自嘲地叙述苦寒之地开荒拓土的艰辛磨难时，我们感动了。

那真是一种实实在在的体验，一个个鲜活的生活细节，是躲在书房泡在电脑前无论如何也想象不出来的——

我们想象不出，在朝鲜战场上，二十多个战士被美军的炸弹炸死在眼前，当他一个个摸着毫无生息的战友并唤着他们的名字时，那心里的感受会是怎样？

我们也想象不出，在北大荒的荒野上，当一只饿狼的双爪搭到肩膀时，他竟然能背着这只狼一直走到有了人烟的地方。

我们还想象不出，一串馒头从手腕沿着胳膊向上排开直达脖颈下，然后一个个地吃下去。什么样的劳动强度，能让一个人一口气吃下十三个馒头？

我们更想象不出，三年困难时期，守着公家的粮囤，他竟然能让自己饿得昏倒在路边，这是一种什么样的境界？

还有，一巴掌拍下去，能打死数十甚至成百只的蚊子；几对年轻的夫妻住在同一铺大炕上过日子的窘态；用玉米叶子玉米棒芯泡石灰水做成淀粉充饥……

好多的故事和细节，都令我们震撼不已。我们每天被这样的故事和细节感染着，刺激着，心态也在不断地调整中，体会着各种人生的况味。同时，它也刺激了作为一个作家的神经，我们要把这些故事写出来。

之后，三年之间，我们又多次走进北大荒，走进八五二农场。因为这里是还健在的垦荒老兵们居住相对比较集中的地方，也是当年的垦荒者们最早开垦的荒原之一。有两次我们都是特意选在四月份和五月份，因为当年的垦荒者大批次进驻北大荒的季节，正是这两个月份。虽然已经过了清明，可这个中国最北的地方仍然寒意未消，白桦林旁的小溪上还封着一层薄冰，阴凉的春雨不时化作雪霰，让人生出一阵阵寒意。我们想实地体验一下北大荒的寒冷，感受一番当年的垦荒者初进荒原时的心态。但显然，这只是我的臆想，如今的北大荒完全变了模样，老兵们口中荒无人烟杂草丛生野兽出没的荒原，经过六十多年的岁月，已然变成了一座小城市，有高耸的大楼、宽阔的街道、超市和商场、移动通讯和电玩城，哪里还有一丝荒原的景象？便是那一望无际阡陌相连的田野，也几乎见不到作业的人工，而是现代化的大机械在耕地、播种……

  我们在想象中复原当年的荒凉，在和老人们交流时，尽量问得详细一些琐碎一些。在采访的间隙，我们努力让自己的脚走得更远一些、更往下一些，走遍每一个分场每一个生产队，走进老兵的家。在那里，我又找到了一些老兵，他们还住在二十世纪六七十年代修建的平房里，房子已经老旧不堪，外墙斑驳，有的出现了裂缝，里面空间狭窄，陈设简陋。一路上，我们认证了老人们初进荒原时走过的老头店、二人班、寡妇林、什臼桥、尖山子。在更远处，我们发现了一处废弃的草房，剥落的一块墙体，让我们搞清楚了老兵们口中最初建造的"拉合辫"房子是什么样。在更深处，我们看到了一片荒野，被刻意保留而未开发的沼泽地，上面布满了塔头墩子，还有随风摇曳的一人多高的"羊草"。站在荒地的边缘，虽然穿着防寒保暖的冲锋衣，我们仍然体验到了什么是寒风刺骨；试着踩上塔头墩子，脚下的湿滑和松软，让我立刻想到垦荒者陷进沼泽地而逃身出来的情景；一人多高的荒草里，曾经藏着飞禽走兽，它们是这里的原住民，满怀敌意地注视着那一批天不怕地不怕地闯进来的垦荒者……

无疑，对于我们或者像我们这个年龄的人来说，"十万官兵开发北大荒"是一个历史题材。但是，当我们深入到历史的发生地，生活在这些亲历者和创造者身边时，这个题材就与以往的历史题材不同了，它不再是从历史资料中获取的素材，也不是道听途说的故事，而是我们真真切切地认识和了解着这些创造历史的人，感同身受着那一场波澜壮阔的生活。

老兵们很愿意倾诉，拉开一个话题，就会滔滔不绝地说下去，有的根本不问我为什么要采访这些事。有一位老兵，叫刘光辉，第一天讲完了，第二天又主动找来，说昨天忘了说什么，结果，他再开口说的，仍然是昨天说过的那些内容。程举兴，九十多岁了，曾以身体状况不佳婉拒我们的拜访，不料隔了两天，他竟让女儿用轮椅推着来了。在街头，我们会遇到散步的老兵，停下来，他会跟我们唠上一会儿；在休闲广场，坐在聚堆的老兵身边，听他们说起谁谁谁又走了，剩下的还能不能凑一桌……时不时地还会听老兵们说，现在没有人愿意听他们讲过去的事，连儿女们都不愿意听，有的不相信他们说的事，更有的认为他们是在讲故事。但是我们信，在我们已然熟悉了八五二农场的前生今世，前前后后采访了一百一十六位垦荒老兵后，我们真的相信。

老兵们在战场上舍生忘死的拼杀，老兵们在北大荒的土地上艰苦卓绝的拓荒壮举，老兵们背负沉重的精神包袱与命运抗争的精神，老兵们忍受着极度贫寒却无私奉献的境界，铸就了一个时代的灵魂。正是他们，创造了共和国的一个崭新时代。时间已经渐渐稀释了那段历史，也被今天的人们理所当然地漠视。但正是因为有老兵们的亲口讲述，这一段往事就可感可知，甚至可以触摸，看似遥远的历史也有了温度，进而变得鲜活生动起来。我们会把笔墨聚焦在这些普普通通的垦荒者身上，真实记录一段空前绝后的历史，为这些小人物做一大传，也为中国的垦荒史留下那个特殊年代最原始最生动也是最真实的记载。

关于这部报告文学的写作暂时告一段落，但三年间与北大荒那种魂牵梦萦般的联系，让我们总是有着即刻出发的冲动。我们深信，从此以后，我们的生活中再也抹不去北大荒的印迹，这一次深入生活的收获，那一段空前绝后的拓荒壮举和那一代拓荒者的故事，都将涵养着我们，并成为受用一生的精神财富。

在这部作品出版之际，我们首先要感谢那些愿意接受采访的垦荒老兵，他们能接受我们，相信我们，尽力满足采访所需，不仅绘声绘色地讲述，还配合录音录像，尽可能提供历史资料和照片。他们有的身体不适行动不便，却不拒绝采访；有的需要多次采访，他们也不厌其烦。他们总是抱以极大的热情和支持，使我们的采访得以顺利进行，而且总是有意外之喜，可谓收获巨大。我们要向这些老人表达真挚的谢意和敬意。

同时要感谢的是八五二农场的领导以及总场宣传部、组织部、老干部科以及各分场相关部门以及社区的同志们，还有那些老兵的家人，正是在他们的大力支持和周到安排下，我们的采访才能这样顺利，成效才会这样显著。

特别要感谢黄黎先生提供的非常珍贵的老照片，这些老照片定格了时代的瞬间，不仅重现了历史的生动，也为我们的文字增添了鲜活的色彩。

还要感谢的，是我们的朋友赵德清书记、栾居伟部长、范军科长、张培诚、常凤兰等，因为有了这些朋友们的理解和支持，以及倾力协助甚至亲力亲为，保证了采访如期完成，也保证了采访有质量、有力度而且有广泛性。

正是因为有他们，才会有《拓荒，拓荒！——百位老兵讲述的北大荒往事》这本书的出版。在此，一并表示衷心的谢意。

邱苏滨　眭建平

2019年7月10日于吉林市